Alkoholfrei

Simone Bauer

Alkoholfrei

Roman

Herzklopfen und so

Inhalt

1

Sinnfrei

Wir kamen gerade aus dem Aberdeen. Also nicht aus der Stadt, sondern aus Aberdeens gleichnamiger Kneipe. Aberdeen hieß natürlich nicht wirklich so, sein echter Name war Gregor Keller und er war der beste Wirt der Stadt. Nicht, weil seine Bar so ein tolles Ambiente versprühte. Um ehrlich zu sein, die schottische Einrichtung machte den Laden nicht gerade attraktiv für uns. Shots für einen Euro allerdings schon. Außerdem wusste Aberdeen, dass wir alle noch unter 18 waren, und schenkte uns trotzdem Alkohol aus. Vielleicht dachte er, die Ahoi-Brause, die er zum Wodka reichte, würde die Getränke schon irgendwie jugendfrei machen.

Seit ein paar Wochen war ich 16 und seit meinem Geburtstag tummelte ich mich am Freitagabend immer auf den Straßen zwischen dem Aberdeen und dem Boulevard, der Disco, in die man in unserem Alter bereits durfte. Eigentlich auch nur bis Mitternacht. Aber in diesem Viertel schien man beide Augen zuzudrücken, nicht zuletzt, weil wir guten Umsatz brachten.

Die Luft roch in dieser Nacht nach Abenteuer – und nach Zigarettenrauch, viel zu viel Parfüm und der Bierfahne, die

Frida hinter sich herzog. Als wir das Boulevard erreichten, amüsierte sie sich gerade darüber, dass sich ihr Atem weiß gegen die dunkle Nacht abzeichnete. Ich fand das weniger witzig, bedeutete es doch, dass es eisig kalt war.

Und anders, als ich es mir erhofft hatte, wurde uns ein schneller Einlass in den Laden verwehrt. Der Türsteher, mit dem wir mittlerweile per Du waren – man kannte sich eben –, schüttelte den Kopf. »Es sind zu viele Leute im Club, ich kann euch nicht reinlassen. Seid froh, dadrin ist es wie in einer Büchse voller Sardinen.«

»Aber es ist auch wesentlich wär …«, setzte ich frierend an, doch Antonia unterbrach mich: »… geiler«

Frida sagte gar nichts, sie versuchte vergnügt, kleine weiße Wolken in die Luft zu jagen, die sich im Dunkeln verflüchtigten.

Vor uns standen einige Schüler aus unserer Jahrgangsstufe. Ich ließ meinen Blick schweifen, auf der Suche nach einem ganz bestimmten Jungen aus der Parallelklasse. Als er plötzlich hinter mir auftauchte, erschrak ich mich.

»Zigarettchen?« Er zündete sich eine selbst gedrehte Kippe an und streckte sie mir hin.

Mein Herz machte einen Hüpfer, wurde aber sofort von meinem Verstand gezugelt. »Hannes, ich rauche doch immer noch nicht.« Ich lächelte und probierte den Augenaufschlag, von dem man immer las, dass er eine besondere Wirkung auf Männer haben sollte.

Er schien aber nicht zu funktionieren und das betörende Lächeln genauso wenig. Hannes rollte nur mit den Augen und wandte sich wieder seinem Tabak zu.

Ich seufzte. Hoffentlich würden wir bald im Boulevard sein. So wenig ich es mochte, davor anzustehen, so gut gefiel es uns drinnen. Meine Freundinnen und ich hatten zwar schon oft versucht, in andere Lokale Einlass zu bekommen, aber entweder hatten wir keinen Erfolg gehabt oder uns dann dort schlichtweg nicht wohlgefühlt. Zudem fiel unser Alter anderswo einfach auf und die Ü-20-Jährigen hatten keine Lust, zusammen mit Realschülern zu feiern. Das konnte ich gut verstehen. Manchmal wollte nicht mal ich mit Realschülern feiern.

Hinter uns kamen gerade ein paar 15-Jährige an, sie waren in der Klasse unter uns. Sie lachten übermütig, voller Hoffnung, nach uns reinhuschen zu können. Hannes bot einer von ihnen ebenfalls eine Kippe an. Wut verdrängte Frost. Warum beachtete er mich nicht länger als drei Sekunden? Machte ich etwas falsch? Ich hatte sogar meine Locken geglättet! Was war an der 15-Jährigen besser als an mir?

Frida hatte sich aus der Kneipe noch ein Bier mitgenommen, obwohl sie eh schon lallte. Fahrig strich sie sich durch die rot gefärbten Locken, fummelte an ihrem Nasenring und verschmierte mit dem Hals der Bierflasche ihren Lipgloss. Wenigstens hatte sie es aufgegeben, mit ihrem Atem Figuren in die Luft zu zeichnen. Ihre Albernheit schlug gerade in Depression um.

»Wo ist Stefan?«, fragte sie leidend.

»Wahrscheinlich hat ihn Aberdeen wieder so lange zugetextet, bis er sich noch ein Bier bestellt hat«, überlegte ich laut.

Stefan war Fridas Freund und kam mit jedem klar. Das hieß aber nicht, dass er nicht auch eine ziemlich linke Bazille sein konnte. Er hatte Fridas Herz gewonnen und sich in unsere Gruppe eingegliedert, als wäre es ein Kinderspiel, zwischen seit Jahren befreundete Mädchen zu treten. Es würde auch ein Leichtes für ihn sein, irgendwann die Geschäfte seines kinderlosen Onkels zu übernehmen. Und in die Regensburger Mafia einzusteigen. Wenn es so etwas wie eine Regensburger Mafia überhaupt gab.

Bevor ich weiter darüber nachdenken konnte, tauchte er aus dem Nichts auf, gab Frida einen Klaps auf ihr Hinterteil und einen Kuss. Antonia machte ein Würgegeräusch.

Stefan ignorierte es, ließ von seiner Freundin ab und zückte seinen nagelneuen Blackberry. Sein Onkel investierte gern in ihn und Stefan hatte nichts dagegen, wenn sein Onkel die Spendierhosen anhatte. Leidenschaftlich hämmerte er auf dem Smartphone herum. Er spielte wahrscheinlich nur ein dämliches Spiel, tat aber so, als würde er eine E-Mail an wichtige Geschäftspartner verfassen. Wir Mädels dienten als Publikum – da es nichts anderes zu sehen gab, sahen wir ihm zu.

Es dauerte nicht lange und Antonia wurde es leid, Stefan zu beobachten – etwas, was Frida leider nie wurde –, weshalb sie sich mir zuwandte. Ihr Lächeln war strahlend: »Gut siehst du aus!«, kiekste sie.

So etwas hörte man nur dann von Antonia, wenn sie hacke war. Denn Antonia, die so oft wie möglich ihre ohnehin schon schlohweißen Haare nachfärbte und einen akkuraten Pixiecut trug, ließ sich normalerweise nicht dazu herab, anderen Komplimente zu machen.

»Das Dunkelblau steht dir. Und die Glitzerdetails … fallen auf. Sind trotzdem cool«, beurteilte sie mein Outfit.

Keine von uns hatte ein Top an, das den Wert von 15 Euro überstieg. Wir kauften unsere Klamotten meistens bei Pimkie oder New Yorker, wenn wir uns am Samstagnachmittag vom Weggehen erholt hatten. Tatsächlich shoppten wir sehr häufig – auch, weil wir mussten. Schließlich wuschen wir die Shirts für einen besseren, engeren Sitz mit kochendem

Wasser und nach wenigen Malen waren sie so zerstört, dass wir sie wegwerfen konnten. Sicher, wir hätten uns den Kauf von vier Shirts sparen können, wenn wir ein richtig schönes Oberteil gekauft hätten, das immer gut saß und super aussah, aber das hätte nicht zu uns gepasst. Außerdem waren diese Shoppingtouren so etwas wie »unser Ding«, unser Ritual, etwas, das nur wir drei taten. Ich genoss es, Teil dieser unerschütterlichen Union zu sein, die samstags eben shoppen ging.

»Aber der rosa Cardigan passt leider überhaupt nicht dazu, Süße.« Antonia schürzte die Lippen.

»Toni, du weißt doch: Als ich das letzte Mal ohne Jacke weggegangen bin, habe ich mir die schlimmste Erkältung aller Zeiten zugezogen«, rechtfertigte ich mich. »Außerdem haben wir Anfang Oktober.«

Die Kälte der letzten Septembertage und der Schweiß auf meiner nackten Haut hatten dazu beigetragen, dass mir für zwei Wochen die Stimme gefehlt hatte. Es hatte ewig gedauert, meine Mutter zu überzeugen, heute Abend rauszudürfen. Frida und Antonia wurden grundsätzlich zum Freitagabend wieder gesund. Selbst, wenn hohes Fieber sie die ganze Woche daran gehindert hatte, am Unterricht teilzunehmen. Bei mir funktionierte das anders. Ich verpasste für gewöhnlich nur den Spaß, ging dafür aber zur Schule. Wenigstens war der Abend toll gewesen, dem ich die Erkältung zu verdanken gehabt hatte. Zum ersten Mal hatte Hannes mich so richtig wahrgenommen und über einen meiner Witze gelacht. Sein Lachen war so atemberaubend tief! So männlich und unerschütterlich. Mmm …

»Antonia, wo du doch nur Klamotten im Kopf hast und absolut nichts anderes«, Stefans Lächeln war irgendwo zwischen anzüglich und gemein, »da solltest du dir mal Gedanken über einen Job in einem Laden für Nuttenfummel machen.«

»Halt die Klappe, Stefan«, fauchte Antonia.

»Ja, sei nicht so fies, Schatz«, bat Frida ihn. Es kam selten vor, dass Frida sich gegen ihren Freund auflehnte, aber wenn, dann tat sie es zumeist für uns. Unter all diesem verwischten Lipgloss und dem Mundgeruch steckte eben doch ein nettes Mädchen.

Seit der Grundschule waren Antonia, Frida und ich nun schon unzertrennlich. Wir waren alle Einzelkinder und fühlten uns wie Schwestern. Und wie Schwestern stritten wir uns schon mal, vertrugen uns danach aber gleich wieder.

Der Türsteher nickte leicht und schon stürzten meine Mitschüler in den Club, als wäre Ausverkauf bei H&M.

Stefan trat unterdessen an den Türsteher heran und ließ dabei seinen Blackberry in die Tasche seiner Baggyhose gleiten, die zwar zerlöchert war, aber mit großer Wahrscheinlichkeit teurer als mein gesamtes Outfit inklusive Haarschnitt! »Hey«, sagte er lässig.

Der Türsteher boxte ihn nur freundschaftlich – er hatte sich schon mal mit Stefan die Kante gegeben und ihm dabei anvertraut, dass seine Freundin mit ihm Schluss gemacht hatte. Weil sie sich lieber mit einem, wie sie ihn nannte, »Superhengst« amüsierte. Armer Türsteher. Laut Stefan hatte er dabei sogar ein bisschen geweint.

Auch Hannes klatschte den starken Kerl ab, dann folgten wir den Jungs ins Innere. Ein zufriedenes Lächeln breitete sich auf meinem Gesicht aus. Meine Finger waren steif gefroren, doch kaum war ich im Boulevard, schien mein Körper wieder aufzutauen. Hier roch es immer nach Trockennebel und Damenparfüm. Die Luft war schon fast schwül. Schnell raus

aus dem Cardigan! Ich warf ihn auf eine Sitzecke, Antonia ihr Halstuch daneben. Dass Frida schon mal ihre Handtasche unbeaufsichtigt herumliegen ließ, interessierte hier niemanden. Es war, als ob der gemeine Regensburger kein Interesse am Diebstahl hätte, sobald er über die Schwelle des Boulevard trat.

Auch wenn mich das Anstehen beinahe wieder nüchtern hatte werden lassen, war ich jetzt wieder voll dabei. Laute Popmusik dröhnte durch den Raum. Ich konnte nicht mehr still stehen. Sobald das ganze Prozedere abgehakt war – Einlass, an der Bar Freunde treffen und Getränke bestellen, auf der Toilette den Lidstrich nachziehen –, würde es auf die Tanzfläche gehen – und ich liebte es zu tanzen. Also drängte ich Frida und Antonia in Richtung Klo. Frida verabschiedete sich von Stefan mit einem Kuss, der einen glauben ließ, wir würden nie wieder zurückkehren.

»Heute ist die Stimmung genauso geil wie beim letzten Mal, als du dabei warst«, verkündete Antonia, während Frida sich ihr Haar aufplusterte und ich meinen Eyeliner auspackte.

Frida kiekste: »Werd ja nie wieder krank! Verstanden?«

Ich wusste zwar nicht genau, ob meine Anwesenheit der Grund für die gute Stimmung war oder nicht, aber eigentlich war mir das auch egal. Ich wollte nicht mehr groß diskutieren, ich wollte nur noch den Beat genießen und das Gefühl, wenn er mir durch Mark und Bein fuhr.

Als wir vom Klo kamen, begab ich mich direkt auf die Tanzfläche und suchte von dort aus nach Hannes. Mein Blick fand ihn am anderen Ende, er hatte ein paar Kumpels getroffen. Sie begrüßten sich gerade, als sich etwas in mein Sichtfeld schob.

Ein Mädchen war vor mir stehen geblieben, um mich mit großen grünen Augen anzusehen. »Wow, du tanzt aber gut!«, begrüßte es mich. Ein durch den Raum flirrender Laser ließ sein strohblondes, kinnlanges Haar grün erscheinen, passend zu seiner Iris. Das Mädchen war hübsch und natürlich und zeigte nicht so viel Haut wie ich und meine Freundinnen. Wenn ich nicht so betrunken gewesen wäre, hätte ich es vermutlich als Mathilda Gerke, meine Nachhilfeschülerin, erkannt und sofort umarmt. Doch in meinem Zustand war ich nur noch zu einem leisen »Danke!« und einem halbherzigen Lächeln imstande. Nicht einmal auf das Kompliment, das Mathilda mir gemacht hatte, konnte ich reagieren. Stattdessen sah ich sehnsüchtig zu Hannes hinüber und wünschte mir, dass er sich spontan dazu entscheiden würde, mit mir zu tanzen. Ich hatte schon oft mit ihm getanzt. Und manchmal hatte er mich dabei sogar berührt. Das hatte einen Schwarm Schmetterlinge in meinem Bauch frei werden lassen, jedes süße Mal.

*

Wenn wir von Antonias Vater abgeholt wurden, dann meistens vor zwei – dann wollte er nämlich ins Bett. Nach zwei war die Emma, die sich ohne Scheu unter der Discokugel drehte, dann wieder die Emma, die im Tanzkurs ganz nah an der Wand stand. Und diese Emma ließ sich nun auf einen Stuhl in der Küche plumpsen und den Abend Revue passieren.

Mir fiel wieder ein, dass mich dieser komische Kumpel von Hannes über den Haufen gerannt und mit Jacky-Cola begossen hatte. Langsam zupfte ich an meinem Top herum und schluckte. Igitt, der braune Drink hatte Spuren hinterlassen! Durch den Alkohol war meine Reaktionszeit etwas verzögert – in Zeitlupe stand ich auf und schaltete das Licht ein. Im Schein der Küchenlampe wurde das volle Ausmaß des Flecks deutlich: Das T-Shirt war ruiniert, zweifelsfrei.

Ich dachte an den nächsten Shoppingsamstag, an das Shirt, das ich kaufen würde, und an das Geld, das übrig bleiben würde. Ich würde es auf die Seite legen. Vielleicht für den großen Ausbruch. Die süße Flucht vor allem, was ich gewohnt war. In etwa einem Jahr wollte ich eine Sprachenschule in München besuchen, um Fremdsprachenkorrespondentin zu werden. Ich wollte mein Französisch aufbessern und vielleicht sogar noch eine dritte Fremdsprache lernen. Spanisch vielleicht. Oder Chinesisch. Aber zuerst musste ich von der Schule angenommen werden. Und das dann meinen Eltern beibringen. Ich hatte ihnen zwar nicht versprochen, ihren Buchladen zu übernehmen, aber ebenso wenig hatte ich ihnen bisher angedeutet, dass ich vorhatte, in eine größere Stadt zu ziehen. Die meisten Leute trauten es mir ohnehin nicht zu, dass ich das durchzog.

Zugegeben, ich ging nicht damit hausieren, wie viel mir an der Sprachenschule lag. Und noch dazu war mir es peinlich, was den Wunsch geweckt hatte, endlich in die große weite Welt hinauszuziehen. Es hatte alles damit begonnen, dass wir keinen Fernseher hatten. Meine Mutter hatte mir in der fünften Klasse sogar verboten, *Sex and the City* zu gucken. (Antonia hatte unterdessen schon die Rollen verteilt – sie war natürlich Samantha, Frida war Charlotte und ich hätte Carrie werden können, wenn ich doch nur gewusst hätte, was das bedeutete.) Vor zwei Jahren hatte ich aber zum Glück einen Weg gefunden, endlich auch fernzusehen. Ich guckte all die interessanten Serien unter der Bettdecke auf meinem Laptop. Hörte ich meine Eltern im Flur, klappte ich den Laptop schnell zu, damit sie nicht mitbekamen, dass ich Serien konsumierte, die mich in Städte wie Los Angeles, New York und Boston entführten. Ich wollte ja nicht, dass sie mir mein Allerheiligstes wegnahmen – und damit meinen Sprachpartner. Denn dadurch, dass ich die Serien im Original sah, waren meine Englischkenntnisse immer besser geworden. Meinen Traumberuf »Lieblingsserien übersetzen« hatte ich bei der Agentur für Arbeit zwar bisher nicht finden können, aber ich hatte entdeckt, was mir wirklich Spaß machte. Meine Eltern würden natürlich nie erfahren, warum ich mich plötzlich so für Fremdsprachen begeisterte.

Ebenso wenig wie meine Englischlehrerin. Wie die meisten Lehrer hatten wir Frau Gordon schon seit der Fünften. Es war ihr lange nicht aufgefallen, dass ich mich in Englisch in den letzten zwei Jahren erheblich gesteigert hatte. Denn ich war nicht unbedingt die größte Vorleserin der Klasse. Ich meldete mich selten, zu traumatisierend waren die Male gewesen, an denen ich an der Tafel ausgefragt worden war und versagt hatte. Als Frau Gordon dann doch gemerkt hatte, wie raketenartig mein schriftliches Können abgegangen war, hatte sie mich nach dem Unterricht zu sich geholt und mich in Abwesenheit meiner Klasse abgefragt. Seither hielt sie meine Leistungssteigerung für die Folge ihrer pädagogischen Methoden. Und ich ließ sie gern in dem Glauben.

Frau Gordon war es auch, die mir Prospekte verschiedener Sprachenschulen mitgebracht hatte. Für München hatte ich mich entschieden wegen des Flairs und der Tatsache, dass mich dort keiner kannte, weil niemand mit mir in den Kindergarten, die Grundschule und die Realschule gegangen war. Ich wollte eine völlig neue Emma sein, obwohl ich wahrscheinlich die alte bleiben würde. Außerdem gefiel mir an München, dass der Englische Garten tatsächlich größer war als der Central Park. Dass die Bavaria manchmal wirkte wie Lady Liberty in Klein. Und dass sich dort unterschiedliche Kulturen mischten. Jeder Zugereiste war in der bayrischen Landeshauptstadt willkommen.

Auch, dass ich inzwischen Nachhilfe in Englisch gab, war Frau Gordons Verdienst. Ich mochte sie wirklich gern. Und noch mehr mochte ich ihren Sohn Stuart. Er war mein Tanzlehrer und ich himmelte ihn an wie einen Filmstar.

Allerdings konnte mich gerade weder der Gedanke an ihn noch der an meine Zukunft aufheitern. Hannes hatte mich mal wieder nicht beachtet, dafür hatte sein Bekannter mein T-Shirt versaut. Ich seufzte. Aber wenigstens war der Rest des Abends spitze gewesen. Zumindest hatten das meine Freundinnen in Gegenwart von Antonias Vater behauptet. Manchmal hatte ich das Gefühl, Antonia und Frida reichte das: trinken, den Facebookstatus updaten, wie geil doch alles ist, beim Nachschminken kurz darüber reden, dass dieser Abend den letzten übertraf, und weitertrinken. Sie dachten nicht so viel darüber nach, was sie taten und wohin das führte. Ihnen gefiel es, sich treiben zu lassen. Und ihnen gefiel, was der Alkohol mit ihnen machte. Toni kam noch mehr aus sich heraus, wenn sie betrunken war. Zu viel, wenn man bedachte, dass sie ihre Zunge dann gern in den Hals verschiedener Typen zu stecken pflegte. Und bei Frida hatte ich das Gefühl, dass sie vergessen hatte, wie man nüchtern Spaß haben konnte. Außerhalb der Schule sah ich sie kaum noch ohne ein Glas in der Hand.

Mein Kopf dröhnte und das helle Licht in der Küche machte das nicht besser. Ich beschloss loszutorkeln. Es wurde Zeit, endlich eins mit dem Bett zu werden.

In meinem Zimmer schlug mir die übliche Kälte entgegen. Wir wohnten in einem Altbau in der Regensburger Innenstadt, der nicht immer so kuschelig warm war wie die Häuser meiner

Freundinnen. Aber es machte mir nichts aus, mit einer Decke mehr zu schlafen.

Als ich mich einwickelte, fiel mein Kopf auf den Marienkäfer aus Plüsch, den mein Vater am Tag meiner Geburt gekauft hatte. Seitdem war er Teil meiner Betteinrichtung und mein treuer Bettgefährte. Ich sagte leise: »Gute Nacht, lieber Marienkäfer.« Und versuchte, etwas Schönes zu träumen.

*

»Glaubt ihr, dass ich an einer amerikanischen Highschool der Head Cheerleader wäre?«

»Frida, mit deinem Nasenring dürftest du nicht mal bei der Turnmannschaft mitmachen«, antwortete ich und wischte mir eine Strähne aus dem Gesicht.

Ich hatte heute Morgen wenig Lust zum ordentlichen Kämmen gehabt und auch das schwarze Kleid, das zerknittert an mir herabhing, hatte ich mir nur schnell übergeworfen. Antonia war hingegen topgestylt – wie an jedem Tag.

»Aber ich wäre zumindest beliebt, oder? Ich meine, Stefan ist der totale Quarterback-Typ!«

»Ich glaube nicht, dass beliebt zu sein wirklich so wichtig ist, dass wir es beim Pausenbrot diskutieren müssen. Und außerdem fehlt Stefan zum Quarterback ein ordentliches Kreuz.«

»Also ich wäre ganz sicher Kapitän der Cheerleader«, warf Antonia nun ein.

»Du hast doch nicht mal einen Freund«, entgegnete Frida und sog an ihrem Trinkpäckchen.

»Na und? Hast du gemerkt, wie viele Leute uns alleine auf dem Weg hierher gegrüßt haben? Kommt sicher nicht davon, dass du so charmant bist.« Antonia winkte einem Jungen zu, der an uns vorbeilief – ohne dass sie ihn überhaupt kannte, nur um ihr Argument zu untermauern.

»Darf ich kurz einwerfen, dass ihr ausschließlich Quatsch besprecht? Können wir dabei bleiben, dass keine von uns ein Star ist, sondern dass wir ein perfektes Trio sind?«

»Die drei Musketierinnen!«

»Die Pink Ladys!«, rief Frida und zog an ihrem rosafarben Hosenträger, der an ihrer zerlöcherten schwarzen Jeans befestigt war.

Ich seufzte und biss von meinem Wurstbrot ab. »Genug jetzt!«, nuschelte ich mit vollem Mund. »Wir brauchen keinen Gangnamen. Oder Quarterbacks.«

Ich war ja auch ein verträumtes Mädchen, aber Frida sehnte sich noch mehr nach einem hollywoodreifen Leben als ich. Okay, vielleicht lag es daran, dass sie die Schule hasste. Sehr zum Verdruss ihrer Mutter. Die wiederum eine große Anhängerin der Anti-TV-Policy meiner Eltern war. Ständig gab es bei Frida zu Hause Krach. Zwar gewann sie fast immer, aber es musste anstrengend sein, sie zu sein. Wahrscheinlich flüchtete sie sich deshalb jedes Wochenende in Partys und Alkohol.

»Was spräche denn dagegen, wenn das Leben manchmal wie im Film wäre?« Frida schob schmollend die Lippe vor. »Dann würden wir mit ziemlicher Sicherheit nicht hier stehen, Leberwurstbrote essen und gleich Mathe haben. Stattdessen würden wir Banken überfallen oder …«

»Sorry, aber ich hätte keinen Bock, im Gefängnis zu landen«, unterbrach ich sie.

»Mach dich mal locker«, schnaubte Frida.

Ich seufzte. Vorsichtig sah ich mich um. Ich weiß auch nicht, was plötzlich in mich fuhr, aber ich hatte eine Idee. »Willst du sehen, wie ich mich mal locker mache?«, fragte ich Frida.

Sie grinste. »Ich bitte darum.«

»Alles klar.« Ich nahm meine beiden Brothälften auseinander – oder das, was noch davon übrig war – und klatschte eine von ihnen neben Fridas Kopf an die Wand. Mom hatte das Brot eh viel zu dick bestrichen. Das kam davon, wenn man sich das Essen aus Zeitmangel nicht selbst zubereitete.

Das Brot rutschte langsam an der Wand hinab und hinterließ eine schmierige Spur aus Butter und Leberwurst. Frida brach in Lachen aus. Aber nicht nur sie war am Prusten, auch alle anderen Schüler im Umkreis hielten sich die Bäuche. Ich hingegen lachte nicht. Ich hatte Angst, dass ich gleich von einem Lehrer bestraft werden würde.

»Klasse Aktion, Hader!«, rief Hannes mir vom anderen Ende des Ganges aus zu.

»Okay, so sehr mir jetzt gerade das Herz aufgegangen ist: Ich glaube, ich bin dann mal weg.« Ich zeigte meinen Freundinnen das Victory-Zeichen, bevor ich zur Toilette lief, um mich zu verstecken. »Ciao mit V!«

»She's outta here!«, krächzte Antonia lachend.

*

»Danke, dass du mich zu Antonia fährst. Sie wollte etwas mit meinen Haaren ausprobieren.«

»Ich finde deine Haare gut, so wie sie sind«, erwiderte mein Vater, ohne mich anzuschauen, den Blick hatte er fest auf die Straße vor uns geheftet.

Ich war nicht gewillt, darauf einzugehen. Zum einen, weil mich die Meinung meines Vaters in modischen Fragen nicht wirklich interessierte. Zum anderen, weil Antonia gar nicht vorhatte, mir eine neue Frisur machen. Wir wollten vorglühen.

»Kommt Frida auch?«, fragte mein Vater.

Ich sah weiter aus dem Beifahrerfenster. »Natürlich«, entgegnete ich.

»Ihr seid ja unzertrennlich. Und das seit der ersten Klasse! Weißt du noch, wie du Frida kennengelernt hast?«

Das fragte mich mein Vater jedes Mal, wenn die Sprache auf Frida kam. Und jedes Mal antwortete ich dasselbe: »Am ersten Tag in der Grundschule. Ich war total verängstigt. Ihre quietschbunte Pausenbox hat mich angelockt.«

Fridas offene und kreative Art hatte mich damals wirklich überwältigt. Ihre Brotdose war mit Stickern beklebt und mit Glitzerstiften verziert worden und darin hatten sich neben zwei Pausenbroten auch Weintrauben und Kirschen befunden. Aus ihnen hatte Frida kleine Männchen gebaut, mit denen sie in der großen Pause ein Stück aufführte. Ich glaube, es hatte »Weintrauben-Megaman und die holde Prinzessin« geheißen. Und auch, wenn man mit Essen nicht spielte, es hatte mir damals mächtig imponiert, dass sie es tat. Sie war so lustig gewesen. Und war es auch heute noch. Doch manchmal dachte sie leider nicht darüber nach, dass ihre Witze andere verletzen konnten. Sie reflektierte nicht mehr, weil Stefan auch nicht reflektierte. Und die quietschbunte Pausenbox existierte auch schon lange nicht mehr.

Mein Vater hielt an. Von der gestrigen Tanzstunde war ich noch etwas geschafft und müde, hatte leichten Muskelkater. Ich hätte auch einfach sitzen bleiben, mich wieder heimfahren lassen und einfach nur ins Bett gehen können. Doch stattdessen stieg ich aus, verabschiedete mich und wurde gleich darauf von Antonia empfangen.

»Emma, wie findest du meine falschen Wimpern?«, begrüßte sie mich und schlug mehrmals die Augen auf und zu.

»Graziös«, entgegnete ich.

Antonia machte einen Knicks und sprang begeistert die Treppe rauf, ich folgte ihr in ihr Zimmer. Zwischen *Twilight*-Memorabilien und rosafarbenen Kissen hatte Frida gerade den Wodka geöffnet.

»Hier, auch welche für dich.« Antonia reichte mir eine Packung mit langen schwarzen Härchen. In gleichmäßigem Abstand waren kleine Glitzersteinchen aufgebracht, die super zu meinem Oberteil passten.

»Danke. Hilfst du mir beim Raufkleben?«

»Aber sicher«, antwortete Antonia und wies mit der Hand auf ihren Schreibtischstuhl. Ich sollte mich setzen. »Frida, dann warte ich mal mit dem Wodka.«

Frida hatte bereits drei Gläser vorbereitet. Auf Antonias Bitte hin zuckte sie mit den Schultern und genehmigte sich alle drei Shots.

»Weißt du, ich weiß echt nicht, warum du Stuart so magst. Er ist so gemein«, sagte Antonia beiläufig, während sie mit dem Kleber hantierte.

Sie ärgerte sich noch immer darüber, dass Stuart in der gestrigen Stunde einen Witz auf ihre Kosten gemacht hatte. Zugegeben, er war ziemlich fies gewesen, aber sie hatte es auch ein bisschen verdient gehabt. Antonia hatte die Eleganz nämlich nicht gerade mit Löffeln gefressen, tanzte aber dennoch mit Vorliebe in der ersten Reihe. Auch Stuart war das aufgefallen und er hatte sie bereits mehrmals gebeten, zu Hause zu üben, damit sie Fortschritte machte. Doch Antonia tat nichts und wiegte sich weiterhin ungelenk, aber voller Inbrust hin und her. »Ich habe gestern eine neue deutsche Redewendung gelernt«, hatte Stuart nun gestern in den Raum gerufen. »Antonia, du bist ein echter Körperklaus!« Alle hatten gelacht. Auch ich.

»Er ist halt ein super Tänzer«, erklärte ich Antonia nun. »Und er hat es sicher nicht böse gemeint. Du kennst ihn doch ...«

Antonia antwortete nichts, stattdessen machte sich Frida nun erneut bemerkbar.

»Er ist heiß«, warf sie ein. »An dem würde ich mich gerne mal verbrennen.«

Ich prustete los und auch Antonia schüttelte sich vor Lachen. Beinahe klebte sie mir meine Lider zusammen.

*

»Hey Emma, wer ist denn die heiße Schnecke neben dir?«, fragte Frida, als wir Stunden später an einem Spiegel in der Nähe der Garderobe vorbeiwankten. Sie zeigte mit dem Finger auf sich selbst.

»Das weiß ich nicht so genau. Aber hast du Antonia gesehen?«

Ich hatte keine Zeit, mit Frida darüber zu debattieren, wie gut ihr Partyoutfit saß. Wir vermissten die Dritte im Bunde. Und das schon seit beinahe zwei Stunden. Ich hatte allein die Tanzfläche gerockt, als es mir aufgefallen war, dass ich Antonia seit einer Ewigkeit nicht gesehen hatte. Die Glitzerpartikel hatten sich von meinem Oberteil gelöst und waren hochgewirbelt worden, wo sie mit denen an meinen Wimpern Liebe gemacht hatten. Sternenstaub hatte in der Luft getanzt – ich war glücklich gewesen. Bis ich mächtig sauer geworden war.

Antonias Vater würde uns gleich abholen und es war sicher nicht schlau, ohne seine Tochter beim Auto aufzukreuzen. Außerdem machte ich mir Sorgen.

»Antonia? Wer ist diese Antonia?« Frida musste sich am Spiegel abstützen, um mir gerade in die Augen blicken zu können.

Ich antwortete nicht. Stattdessen packte ich Stefan, der gerade an uns vorbeilief – vermutlich war er auf dem Weg zur Toilette –, und herrschte ihn an: »Kannst du bitte fünf Sekunden auf deine Freundin aufpassen? Ich muss Antonia suchen.«

Er nickte mit aufgerissenen Augen und nahm Fridas Hand.

»Ich bin gleich zurück, ihr bleibt hier!«, sagte ich und warf ihm noch einen strengen Blick zu. Der Gedanke, dass Antonia gerade etwas richtig Bescheuertes anstellte, machte mich plötzlich wieder nüchtern. Dabei hatte ich unzählige Tequilashots meine Kehle hinunterlaufen lassen. Während ich auf die Tanzfläche lief, konnte ich aus dem Augenwinkel sehen, dass Stefan die in Konfettifarben gekleidete Frida gegen den Spiegel drückte und ableckte. Glücklicherweise entgingen mir die Einzelheiten.

Auch konnte ich mich nicht weiter mit Hannes befassen, der mir vor die Füße stolperte und nach dem fünften Jägermeister deklarierte, dass er »wahnsinnig beschwipst« sei. Ich hatte eine wichtigere Mission.

Ich fand Antonia im Vorhof des Boulevard. Ihre Haare standen in alle Richtungen ab. Spucke flog durch die Luft, während sie auf eine Reihe 15-Jähriger einquasselte: »Das nennt ihr einen Push-up-BH? Soll ich euch mal einen Push-up-BH zeigen?«

Schon machte sie sich an ihrem schwarzen Spitzentop zu schaffen. Unser Freund, der Türsteher, schielte bereits gespannt in ihre Richtung und die ein oder andere 15-Jährige dachte inzwischen sicher, dass man sein Schamgefühl am Eingang des Boulevard abgeben musste.

Ich rollte mit den Augen und stürmte auf sie zu. »Antonia!«, fauchte ich. »Antonia, lass das.«

»Was 'n?« Sie ließ von ihrem Top ab und sah mich aus trüben Augen an.

»So Toni, wir gehen jetzt wieder rein, holen die Frida und fahren dann heim. Dein Vater wartet schon«, sagte ich, griff nach ihrer Hand und drängte sie wieder in Richtung Disco und anschließend zur Garderobe.

Als wir zehn Minuten später im Wagen ihres Vaters saßen, fragte der uns, wie es gewesen war. Meine Freundinnen antworteten nicht. Antonia war noch seekrank, weil ich sie nicht gerade sanft durch die Gegend geschubst hatte, und Frida befand sich auf Wolke sieben – ob ihr Spiegelbild oder Stefans Kuss der Grund dafür war, war ungewiss. Also sagte ich bereitwillig, dass es »spitze« gewesen war. Die Details verschwieg ich natürlich. Antonia sah derweil aus, als würde sie gleich ihren Mageninhalt auf dem Boden des Benz' verteilen.

Es war immer wieder erstaunlich, dass Antonias Vater unseren Zustand tolerierte. Er war der Meinung, unter seiner Aufsicht würden wir nicht außer Kontrolle geraten. Hätte er gewusst, dass seine einzige, kleine Tochter sich beinahe vor der Tür des Boulevard ausgezogen hatte, hätte er uns wohl kaum fröhlich Bon Jovi vorgespielt. Nein, dann hätte er uns gewiss umgebracht.

2

Wertfrei

Um nicht mit dem Wurstbrotskandal in Verbindung gebracht zu werden, kehrten wir nicht an unseren üblichen Platz im Schulflur zurück. Einige Lehrer hatten Brandreden gehalten, wie sie zu Vandalismus in der Schule standen, und ich hatte keine Lust darauf, als Täterin identifiziert zu werden. Ich hatte doch nur meine Ehre (und Lässigkeit) verteidigen wollen. Also trafen wir uns von nun an auf den Stufen zum Obergeschoss, um unser Pausenbrot zu verzehren.

Während Antonia jammerte, weil sie sich in der Sportstunde zu sehr am Reck verausgabt hatte, baute sich Frida ein Riesensandwich aus Antonias Toast mit Tomate-Mozzarella und ihrem eigenen Schinkenbrot.

»Wisst ihr, worauf ich mich richtig freue?«, fragte ich, an meiner Brezel nagend. »Unsere Abschlussfahrt nach Frankfurt! Die wird grandios!«

»Absolut. Vier Tage schulfrei«, jubelte Frida und nahm einen Bissen von ihrem Monsterbrot, dabei renkte sie sich beinahe den Kiefer aus.

Antonia warf ihr einen angewiderten Blick zu. Vermutlich überlegte sie, ob sie einen Schlangen-Beute-Witz machen sollte. Sie entschied sich dagegen und nahm sich dann doch lieber des eigentlichen Gespräches an. »Aber Hallo! Und Frankfurt soll ja wirklich toll zum Einkaufen sein. Mama braucht ein Paar neue Stöckelschuhe!«

»Und wir werden ein gemeinsames Zimmer haben«, rief Frida und klatschte dabei in die Hände. Ein Stück Tomate flog durch die Luft und landete auf der Stufe unter uns.

»Schade, dass die Fahrt erst im März ist«, seufzte ich.

Antonias Augen glimmten auf. »Hey, wollen wir schon mal für die Fahrt proben? In der letzten Novemberwoche habe ich sturmfrei, da fahren meine Eltern zu unserer Verwandtschaft nach Thüringen. Ich darf daheimbleiben, weil ich ja für die Schule lernen muss.«

Wir lachten – als würde Antonia tatsächlich lernen! Sie fuhr fort: »Was haltet ihr davon: Ladies Night? Ich besorge den Sahnelikör und dann bleiben wir die ganze Nacht wach?«

»So verlockend das auch klingt, aber meine Großeltern feiern am letzten Novemberwochenende ihre goldene Hochzeit«, entgegnete ich.

Antonias Mundwinkel fielen nach unten. »Oh nein, Süße! Es ist immer so traurig, wenn wir nicht vollzählig sind!«

»Ja, dann verpasst du, wie wir Telefonstreiche machen, ohne die Nummer zu verbergen.«

»Was machen denn Scherzanrufe ohne unterdrückte Rufnummer für einen Sinn?«

»Es ist zum Beispiel sehr wirkungsvoll, wenn du bei Dirk anrufst und ihm erzählst, du hättest gesehen, wie er Frida beim Sozireferat angegafft hat«, kicherte Antonia.

Ich zog die Brauen zusammen. »Das hat er doch gar nicht, oder?«

Dirk war ein ungeheuer lieber Kerl. Nur ein bisschen zu emo, um von »normalen« Mädels ernst genommen zu werden. Sein schwarzes, asymmetrisch geschnittenes Haar hatte ihm aber immerhin eine Beziehung mit dem einzigen Emomädchen des örtlichen Gymnasiums eingebracht.

»Ja, aber er macht sich dann in die Hose, weil er Angst vor Stefan hat«, gackerte Frida. »Beim letzten Mal, als wir ihn angerufen haben, ist er drei Wochen lang nicht mehr mit uns weggegangen!«

Antonia und Frida klatschten sich zufrieden ab. Eine weitere Scheibe Tomate klatschte auf den Boden. Ich wandte mich wieder meiner Brezel zu. Wahrscheinlich musste man erst einiges an Schnaps intus haben, um überhaupt darauf zu kommen, andere auf diese Weise zu terrorisieren. Wenigstens verstand ich jetzt, warum ich Dirk so lange nicht im Boulevard gesehen hatte.

*

»Ich habe solchen Hunger, ich könnte ein halbes Schwein in einer Semmel verschlingen«, stöhnte Antonia, als wir am Abend das Aberdeen betraten.

»Tu nicht so! Wie ich dich kenne, würdest du am Ende nur die Semmel essen und das Schwein deiner Figur zuliebe verkommen lassen. Dann wäre es umsonst gestorben«, entgegnete ich schroff. So langsam nervte mich Antonias Dauerdiät.

Unser Lieblingstisch war noch frei, ein runder in der Nähe der Bar. Die Jungs setzten sich gar nicht erst, sie schlugen ein Kickerturnier vor.

Antonia wehrte den Vorschlag jedoch ab. »Macht das mal ruhig alleine. Ich muss erst mal irgendetwas finden, mit dem ich meinen Magen füllen kann.« Sie griff nach der Karte und wählte nach einem kurzen Blick das Getränk des Abends: jede Menge Rotwein. Frida und ich entschieden uns ebenfalls dafür.

Ich muss schon zugeben, ich fühlte mich verdammt erwachsen mit diesem dickbauchigen, langstieligen Glas in der Hand. Frida und ich fingen augenblicklich an zu fantasieren, wie es wäre, britische Ladys zu sein mit einem Gestüt, Landhaus und riesigem englischen Garten, inklusive heißem Gärtner.

Antonia interessierte sich nicht für unsere Geschichten, sie wurde von einem hünenhaften Blonden abgelenkt, der soeben den Laden betreten hatte. Als er Stefan begrüßte und sie auf uns zukamen, war Antonias Ehrgeiz erwacht. Während Frida und ich uns sophisticated fühlten, benahm sich Antonia gar nicht fein. Sie machte sich augenblicklich an den Jungen ran. Er konnte sich nicht mal in Ruhe vorstellen, ohne dass sie ihn lüstern musterte.

»Ich bin Julian und ...«

»Wow, ich steh auf dein Hemd!«, unterbrach ihn Antonia und schwupps, hatte sie ihn am Kragen gepackt und zur näheren Inspizierung an sich herangezogen.

»Sie wird doch nicht etwa ...«, raunte ich Frida zu.

Frida war bereits am Nicken. »Oh ja, sie wird.«

Keine fünf Minuten später war es dann auch schon soweit: Antonia drückte dem nichts ahnenden Julian ihre Lippen auf den Mund. Ich konnte nicht fassen, wie freigiebig sie mit ihren Liebesbekundungen war.

Während ich darüber nachdachte und die rote Flüssigkeit in meinem mittlerweile dritten Glas schwenkte, starrte ich zu Hannes hinüber, der am anderen Ende des Tisches saß und unserer Mitschülerin Heidi von seinem Motocrossrad erzählte.

Das wollte er später nämlich mal beruflich machen – Motocrossfahren, nicht Heidi davon erzählen. Sein großes Idol war Carey Hart. Und wie der wollte Hannes unbedingt zwei Dinge erreichen: einen gestreckten Handstand auf seinem Motorrad machen, einen sogenannten »Hart-Attack«, und Pink ehelichen (was natürlich nicht ging, denn die war ja schon weg vom Markt). Am liebsten fuhr Hannes Motocross auf freien Strecken, dort, wo man sich so richtig im Schlamm suhlen konnte. Anderswo hätte er auch nicht fahren können, immerhin war er erst 16. Gut also, dass es rund um Regensburg genug Waldflächen gab, die er und Stefan – mehr oder weniger legal – unsicher machen konnten. Ich wusste das alles, weil ich es schon tausendmal gehört hatte.

»Und dann, wenn ich berühmt bin, möchte ich von Red Bull gesponsert werden und eine eigene Sportklamottenlinie rausbringen!«, erklärte Hannes Heidi gerade.

Ich lächelte. Während er in Zukunftsträumen schwelgte, war ich mir sicher, dass es sich lohnte, meine Liebe für ihn aufzuheben – weil er wunderbar war. Unser erster Kuss würde etwas ganz Besonderes, Magisches werden. Wie konnte ich ihn nur dazu bringen, sich endlich in mich zu verlieben?

Ich warf einen Blick zu Antonia, die noch immer an Julians Lippen knabberte. Vielleicht lag es am Alkohol, dass ich auf einmal diese Idee hatte. Warum sollte ich immer nur in der Ecke sitzen und sinnieren? Sollte ich nicht vielleicht auch mal die Initiative ergreifen?

Die Chance dazu bot sich mir augenblicklich. Heidi hatte einen Bekannten entdeckt und schien mehr als glücklich, nicht weiter mit Hannes über Motocross sprechen zu müssen. Emma Hader zur Stelle! Auf meinen hohen Schuhen schlenderte ich zu Hannes hinüber – dabei wirkte ich, zumindest in meiner Vorstellung, unglaublich sexy. In Wirklichkeit musste ich aber schwanken wie bei hohem Seegang. Als ich mich auf den Stuhl neben Hannes gleiten ließ, hatte Rotwein Nummer vier grässliche Flecken auf dem Boden hinterlassen.

»Und, alles klar?«, hauchte ich.

»Sicher doch.« Er musterte mich. Dabei fiel ihm auf, dass mein Glas nahezu leer war. Er griff zu einer der Weinflaschen, die Aberdeen inzwischen in der Mitte des Tisches platziert hatte, und füllte mein Glas bis obenhin.

»Hannes, das ist mein fünftes Glas!«, kicherte ich. Ich wollte seine Hand streicheln, aber meine Finger blieben in der Luft hängen.

»Na, passt doch!«, sagte er und dann lächelte er wieder dieses Lächeln, das mir die Knie weich werden ließ.

Ich führte das Glas zum Mund. Ich schmeckte nicht mehr, ob es der gleiche Wein war wie zuvor oder ob Aberdeen uns jetzt den billigen Fusel aufgetischt hatte. Dazu war ich viel zu betrunken. Und zu abgelenkt. Denn während ich das Zeug hinunterschüttete, legte Hannes seine Hand auf mein Knie und fragte mich nun ebenfalls: »Und, alles klar?«

»Absolut!«, antwortete ich.

Ein Geniestreich an Unterhaltung war das nun gerade nicht. Aber ich konnte keinen klaren Gedanken mehr fassen. Die Welt um mich herum verschwamm – wegen der Getränke, wegen Hannes. Ich stellte das Glas ab, um mich auf dem Tisch abstützen zu können, und versuchte, meinem Angebeteten in die babyblauen Augen zu blicken.

Hannes sah mich ebenfalls an. »Deine Augen sind irgendwie ... die erinnern mich total an meine Katze!«

Mein Herz machte vor Freude einen ausgelassenen Sprung. »Oh danke«, sagte ich verlegen.

»Ja, die hat sich beim Spielen verletzt, seitdem sind ihre Augen einfach nur noch gerötet und so.«

Ich legte die Stirn in tiefe Falten. Hatte Hannes auch zu tief ins Glas geschaut oder waren meine Augen ernsthaft so blutunterlaufen? Ich konnte zwar nur schwerlich abschätzen, wie sich der Alkoholkonsum auf mein Äußeres ausgewirkt hatte, aber ich sah doch bestimmt netter aus als Hannes' kranke Katze. Oder etwa nicht?

Ich wollte gerade aufstehen, um zur Toilette zu gehen, da kämpfte sich Julian von Antonia frei. »Sag mal, spinnst du eigentlich?«, fuhr er sie an. Er wischte sich über den spuckenassen Mund. Antonia war wohl ein bisschen zu gierig geworden. »Mir reichts jetzt, ich gehe.«

Da nun wieder mehr Platz an unserem Tisch war, kehrte Heidi mit ihrem Bekannten, der ein übergroßes Basecap trug und offensichtlich ein Anhänger der Hip-Hop-Kultur war, zu uns zurück.

Antonia zuckte mit den Schultern. »Na, dann eben nicht«, rief sie dem flüchtenden Julian hinterher, der sich den unteren Rücken rieb. Antonia seufzte nur und wandte sich dann Heidis Bekanntem zu: »Hey, ich mag dein Basecap. Magst du es, gekratzt zu werden?«

*

Die schwache Herbstsonne durchflutete das Zimmer an diesem Mittwochnachmittag und ich überlegte, wie es wäre, eine Beziehung mit Hannes zu führen. In meinem Kopf lief ein Film, in dem er mir die Schultasche trug, sich im Bus neben mich setzte, nach der Schule mit mir zum Eisessen in die Altstadt ging. Ich dachte an all die Restaurants, in die er mich einladen konnte – heute mal in Sam Kullman's Diner, morgen dann zum Teechen ins Café Lila – und an all die Plätze, an die ich ihn entführen konnte. Hand in Hand würden wir durch das Herbstlaub im Botanischen Garten laufen, gemeinsam auf den Stufen des Doms sitzen und Tauben füttern ... Vielleicht ließe Hannes sich auch zu einem Tanzkurs bei Stuart überreden. Wahnsinnig gern hätte ich außerhalb des Boulevard mit ihm getanzt!

Soweit ich wusste, war Hannes nicht an einer anderen interessiert. Denn seit ungefähr einem halben Jahr war ich in ihn verknallt und seitdem hatte er keinem anderen Mädchen hinterhergesehen. Zumindest nicht, dass es mir aufgefallen war – und ich beobachtete ihn ständig. Außerdem fühlte ich irgendwie, dass er mich auch mochte. Warum hatte er sich sonst so oft und so ausgiebig mit mir unterhalten? Über Musik, seine Zukunftspläne, sein Leben!

»Äh, Emma?«

Ich reagierte nicht. Wie in Trance saß ich da und sann darüber nach, wie wohl der Moment vor unserem ersten Kuss aussehen würde. »Bitte, geh nicht!«, würde er hauchen und mich an der Hand nehmen. Möglicherweise hätte ich vorher meinen Schuh verloren und er würde ihn aufheben und ihn mir kniend wieder überreichen.

»Emma?«

Und dann, dann würden wir uns endlich küssen und im Hintergrund würde ein Feuerwerk explodieren.

»Emma, verdammt!«

Die Traumblase platzte und ich sah auf. »Ja?«, fragte ich etwas verdattert.

Meine Nachhilfeschülerin Mathilda blickte mich ungeduldig an. »Ich check das nicht, wie oft soll ich das noch sagen?«

»Aber Mathilda, das ist doch voll einfach: The hairdresser shaved Britney Spears' hair. Und dann machst du daraus: Britney Spears' hair was shaved by the hairdresser. Wirklich easy.«

Mathilda ließ sich frustriert zurück in ihren Stuhl fallen. »Das ist überhaupt nicht *easy* und diese blöde Aufgabe, die du mir gegeben hast, ist genauso wenig hilfreich wie die doofe britische Familie in unserem bescheuerten Englischbuch. Wer steht denn tatsächlich auf Manchester United? Da sollte mal FC Bayern stehen …«

»Mathilda, ich würde es sehr begrüßen, wenn du meine Aufgabe nicht als ›blöd‹ bezeichnen würdest. Ich habe mir da echt viel Mühe gegeben. Ich glaube nicht, dass andere Nachhilfelehrer sich extra Aufgaben ausdenken.« Ich beugte mich vor und sah sie eindringlich an.

»Andere Nachhilfelehrer träumen aber auch nicht die ganze Stunde von Rittern in goldener Rüstung.«

Ich senkte die Lider. »Stimmt auch wieder. Sorry. Wollen wirs noch mal probieren?«

Mathilda nickte und ihre grünen Augen leuchteten.

Ich nickte und straffte die Schultern. »Also, the police has caught Paris Hilton eight times. Paris Hilton has been caught by the police eight times.«

*

Meine Eltern hatten an diesem Freitagabend ihren monatlichen Lesezirkel. Und irgendwie wünschte ich mich in diesem Moment auch dorthin und das, obwohl sie sicher gerade Edgar Allan Poe rezitierten. Und Hannes hätte ich am liebsten gleich mitgenommen. Denn sein Kumpel – der, der mir Jacky-Cola über den Oberkörper geschüttet hatte –, steuerte auf uns zu.

Innerlich warf ich eine Handgranate nach ihm. Zum einen, weil ich nicht scharf darauf war, mit ihm zu reden, zum anderen, weil ich sehr wohl scharf darauf war, weiter mit Hannes zu reden. Wir hatten eine Sitzecke im Boulevard ergattert und uns gerade über die Tänzer in der Mitte des Raums amüsiert. Zugegeben, das war nicht besonders nett. Aber eine von denen, eine Ultrablondine, hatte gerade den Roboter gemacht. Hallo, komm bitte endlich im 21. Jahrhundert an! Außerdem hatte Hannes mich bisher schon zweimal am Arm berührt und meine Moves gelobt. Antonia hing seit einiger Zeit mit einem Typen an der Bar ab. Also, wenn man unter »abhängen« »knutschen« verstand. Und Stefan war mit Frida verschollen. Hannes und ich waren also allein und besser hätte es gar nicht laufen können, bis dieser Typ auftauchte.

»Hey, Alter, hast du schon die heiße Schnalle gesehen, die aussieht wie ein schwedisches Supermodel? Total geil. Voll dein Typ!«

Ich hätte aufgebracht sein können. Darüber, dass schwedische Supermodels mit ultrablonden Haaren eher Hannes' Typ waren als Mädchen aus Regensburg mit etwas dunkleren, längeren Haaren, die wesentlich besser tanzten als besagte »total geile« Frauen. Aber war das nicht immer so – und auch irgendwie okay? Jeder hatte doch einen Idealtyp Mann oder Frau, interessierte sich aber im echten Leben auch für andere Leute. Ja, auch ich sah mir im Netz gern Fotos der dunkelhaarigen Männer Darren Criss und Ed Westwick an, aber hier saß ich mit meinem realen Traumtyp, dem sportlichen, blonden Hannes.

»Ich hol uns noch eine Runde Drinks!«, sagte Hannes und sprang plötzlich auf.

»Oh, ich hab noch!« Ich hob mein Glas Wodka-Cranberry.

Hannes winkte ab. »Ich würde sagen, du trinkst das aus, bis ich zurückkomme. Bis gleich.«

Warum musste er denn nur jetzt losgehen und was zu trinken holen? Wir hatten uns doch gerade so gut unterhalten! Von mir aus hätten wir auch gar nicht trinken müssen.

Frustriert nahm ich den letzten Schluck und ließ das Glas unter der Sitzecke verschwinden. Als ich den Kopf wieder hob, standen Frida und Stefan plötzlich vor mir.

Frida hatte tiefrote Flecken im Gesicht, ihr schwarzes Augen-Make-up war vollkommen verlaufen. Mit glänzenden Augen rief sie: »Ratet, wo wir waren!«

Schon schlang Stefan seine Arme um sie und flüsterte: »Na, wir wollen ja wohl nicht jedem erzählen, dass wir gerade in die Schule eingebrochen sind, oder?!«

Ich konnte es nicht fassen. »Ihr seid in die Schule eingebrochen? Jetzt gerade?«, zischte ich.

»Emma, erst mal trinken«, sagte Hannes und stieß mir mit einem neuen Glas Wodka an den Oberarm. Er hielt offensichtlich an seinem Plan fest, mich abzufüllen.

Ich griff das Glas, nahm einen kleinen Schluck und starrte Frida dann wieder fassungslos an. »Warum das denn?«

Anscheinend hatte ich noch nicht genug getankt, um das cool zu finden. Oder war ich neidisch, weil ich mich das nie getraut hätte?

Ich überlegte kurz. Nein, definitiv war Ersteres der Fall. Ich verzog entsetzt das Gesicht, doch Frida achtete gar nicht darauf.

Sie prahlte weiter: »Na ja, wir sind nur spazieren gegangen, Stefan und ich. Und auf einmal standen wir vor der Schule. Und ich meinte ... was meinte ich noch mal?«

»Ob die Schule in der Nacht ein Geisterschloss ist.«

Hannes kicherte. »Und ist sie es?«, fragte er ganz interessiert.

»Sagen wir mal so, es ist nicht ungruselig«, entgegnete Frida.

»Ihr wart da also ernsthaft drin?«, hakte ich nach.

Stefan sah mich an, in seinen Augen funkelte der Stolz. »Na klar! War super leicht zu knacken«, behauptete er.

Hannes jauchzte. »Wie denn?«, wollte er wissen.

Stefan hob die Schultern. »Ich habe die Glastür eingeworfen und dann von innen die Tür aufgemacht.«

»Hat unfassbar laut gekracht!«, lachte Frida. »In etwa so.« Sie schnappte sich mein Glas, kippte es aus und warf es auf den Boden. Es zersplitterte in tausend Scherben.

Hannes blieb von dem Krach und der Suppe auf dem Boden unbeeindruckt. »Wart ihr bei Herrn Schmalzbauer im Chemiesaal und habt ihm ein Wörterbuch hingelegt, damit er nicht ständig ›Äh‹ sagen muss?«

Frida und Stefan brachen in Gelächter aus.

Hannes fasste das als Aufforderung auf, weiterzumachen. »Habt ihr ihm an die Tafel geschrieben: ›Ja ist kein Hauptsatz‹?«

Ich lachte, obwohl ich seine Scherze nicht besonders lustig fand. Sicher, Herr Schmalzbauer war nicht gerade mein Lieblingslehrer und auch kein Rhetorikgenie, aber das hatte er nicht verdient.

Hannes' tiefes Lachen verstummte und plötzlich wurde er ganz ernst. »Hey, habt ihr zufällig im Lehrerzimmer irgendwelche Tests mitgehen lassen?«

Frida rümpfte die Nase. »Oh nein, warum sind wir nicht selbst drauf gekommen?«

Weil ihr total betrunken seid vielleicht?, dachte ich gehässig.

»Aber wir haben Frau Jäckls Lineal geklaut!«, sagte Frida und zog es aus der hinteren Tasche ihres Minirocks. Triumphierend schwenkte sie es hin und her.

Ich verstand es nicht. Warum hatten Frida und Stefan das getan? Um sagen zu können, sie hätten mal des Nachts in der Schule geknutscht? Und wie konnte es Hannes so wenig erschüttern, dass sie das getan hatten? In die Schule einzubrechen war nicht, wie ein Leberwurstbrot gegen die Wand zu klatschen, das war strafbar. Und auf jeden Fall nichts, was man mal eben so machen konnte. Das war doch kein Kinderstreich mehr! Ich wusste, dass Frida schon mal im Rausch gegen ein Auto gelaufen war und daraufhin den Seitenspiegel abgebrochen hatte. Schon das war schlimm gewesen, aber dieser Einbruch? Das war einfach zu viel. Das konnte doch nur Stefans Idee gewesen sein! Seit sie zusammen waren, trug Frida ja schließlich auch den Nasenring und färbte sich die Haare in allen Farben des Regenbogens. Dass das ihrer Mutter das Herz brach, daran dachte Frida nicht. Lieber tat sie so, als ob sie sich schon immer für krumme Touren interessiert hatte und dafür, möglichst außergewöhnlich auszusehen. Dass sie sich so verändert hatte, seit sie erfahren hatte, dass Stefans Exfreundin ein Lippenpiercing gehabt hatte und mal beim Sprayen an die Turnhalle erwischt worden war, leugnete sie. Aber was, wenn das rauskam? Wenn Frida der Schule verwiesen wurde, keinen Ausbildungsplatz bekam – das alles nur wegen eines Vollabsturzes und eines Assitypen? War es das wert?

Ich wollte nicht diejenige sein, die diese Frage laut aussprach. Ich hatte Angst, dass Frida es mir übel nehmen und nicht mehr mit mir reden würde. Dann hätte ich gar keine Möglichkeit mehr, positiv auf sie einzuwirken. Also lachte ich halbherzig mit und wünschte, sie würde aufhören. Wir würden alle aufhören.

*

Ich erwachte völlig verkatert. Mein Wecker zeigte eine obskure Uhrzeit an, ich glaubte sie ihm nicht. Meine Haare standen zu allen Seiten ab und mein Zimmer war stockfinster. Es war ein spätherbstlicher Samstagmorgen – und ich war unfähig, wieder einzuschlafen. Dabei wollte ich mich nur wieder umdrehen und alles vergessen.

Wie sollte ich jemals Spaziergänge mit Hannes im Botanischen Garten machen, wenn wir nicht einmal an dieselben Dinge glaubten? Die gleichen Vorstellungen von Moral hatten?

Ich fühlte mich verdammt beschissen. Keine Tasse Kakao der Welt wurde das jemals ändern können. Kein Schokoeis, keine laute Musik, keine herzzerreißend geschriebenen Gedichte. Das war einfach das Ende.

*

Natürlich war es nicht das Ende. Mein Leben ging einfach so weiter. Bis zum Mittwoch der darauffolgenden Woche schleppte ich mich mit einem finsteren Gesicht herum. Erst Stuarts Tanzstunde am Donnerstag konnte mich aufheitern. Nach dem Katy-Perry-Gehüpfe und Hip-Hop-Geshake der letzten Stunden hatte er für heute eine langsame Nummer ausgesucht. Wir studierten eine Choreografie zu Christina Perris *Jar of Hearts* ein.

Antonia war damit beschäftigt, ihre Liebe zu *Twilight* zu deklarieren, immerhin war der Song auch auf dem Soundtrack zum vierten Teil. Dass das viele Gerede ihren Tanzstil nicht besser machte, war klar. Sie konzentrierte sich überhaupt nicht auf die Musik. Ich konnte den Schmerz von Christina Perri dagegen mehr als nachfühlen und bewegte mich sanft zur Musik.

Nachdem Stuart mich eine Weile beobachtet hatte, lobte er mich: »Sweet performance. I like your ballet bun by the way.«

Sofort wurde ich knallrot. »Thanks«, murmelte ich.

Heidi neben mir verzog das Gesicht. »Hat Stuart gerade etwas Obszönes gesagt?«

»Er hat meine Frisur gelobt.« Ich zeigte auf meinen Dutt. »Und meine Tanzaufführung.«

»Bist ja auch wirklich gut«, mischte sich Alina ein.

»Ach, hört schon auf«, tat ich ihre Worte ab. Ich hasste es, im Mittelpunkt zu stehen. Wobei ich es natürlich ganz schön fand, zur Abwechslung mal etwas Nettes zu hören – von anderen Mädchen *und* von einem Kerl.

*

Am Freitagabend trank ich im Aberdeen einen Fruchtcocktail, ziemlich langsam, mich unwohl fühlend. Ich war schwermütig. Auch als Hannes sich zu mir setzte.

»Was ist denn hier los? Kein Wein, Weib und Gesang?«

»Das Weib ist da, mein Lieber.« Ich hob die Hand und zeigte müde auf mich.

»Es bringt mich aber nicht zum Singen, wenn du nicht mit mir trinkst.« Er tunkte seinen Finger in den rosa Schaum meines Erdbeer-Daiquiris. Und während er ihn ableckte, sagte er: »Lame!«

Ich entgegnete nichts.

Er dachte kurz nach. »Dir schmeckt doch sonst Bacardi so blendend! Soll ich dir einen spendieren?«

Auch wenn ich ein großer Fan von allem war, das ich umsonst bekam, ich hatte wirklich keine Lust. Ich schüttelte den Kopf, doch Hannes ignorierte es.

Er zeigte auf den Daiquiri. »Den hier machen wir noch leer, dann steigen wir auf was Besseres um, ne?«

Ich seufzte. Wir hatten uns angenähert, er hatte mir seine Träume gestanden. Er hatte mich beleidigt, es hatte mir nichts ausgemacht ... und dennoch schien er nur Interesse daran zu haben, mich betrunken zu machen, und nicht mehr. Es erschien aussichtslos, jemals seine Freundin zu werden. Und wenn, dann musste er mich ja auch mögen, wenn ich mal schlecht drauf war – und nüchtern.

Mein Blick schweifte rüber zu Frida. Stefan hatte eine Wette mit dem Besitzer der Kneipe am Laufen gehabt und gewonnen. (»Wenn du mir nicht glaubst, dass es eine Phobie gegen Knöpfe gibt, dann wetten wir doch!«) Der Gewinn bestand aus einer Flasche Martini, die Frida gerade killte. Und fröhlich mit Malibu, Tequila und Wein mischte. Völlig ungeniert bediente sie sich an den Getränken ihrer Freunde – außer an meinem, an dem machte sich ja schon Hannes zu schaffen.

»Hey, Aberdeen, spiel mal Rammstein!«, brüllte sie nun und lenkte damit die Aufmerksamkeit der gesamten Clique auf sich. Die Wolke aus Prada-Candy-Duft, die sie sonst umgab, war einer Alkoholfahne gewichen, die sogar einen Eisbären hätte ausschalten können.

»Ha, Frida ist ja heute echt gut drauf«, gluckste Antonia. Klar, wenn man »gut drauf« an einem verklärten Blick festmachte, dann war sie es auf jeden Fall.

»Ich würde mal sagen, sie ist heute eine außerordentliche Saufnase«, merkte ich an und beobachtete, wie Frida auf wackeligen Beinen auf den Stuhl stieg.

»Und du bist heute außerordentlich langweilig«, sagte Hannes und drehte sich zu mir. »Trink mal aus, dann ordere ich uns ein paar Feiglinge. Wer hat Lust auf ein Spiel?«

»Ich!«, schrie Frida und grölte gleich darauf bei *Pussy* mit, das Aberdeen nun aufgelegt hatte. Allerdings verstanden wir den Text nicht, den sie da sang, für uns war es nur lautes Genuschel. Als sie wieder vom Stuhl stieg, um einen weiteren Schluck Martini zu sich zu nehmen, blieb sie hängen und fiel vornüber auf ihr Gesicht.

»Oh Mann, Frida, alles okay?« Während der Rest der Tischgesellschaft lachte, wollte ich ihr aufhelfen.

Doch Frida wollte sich nicht helfen lassen. Sie schubste meine Hand weg. »Hat nich' wehgetan!«, behauptete sie. Dennoch blieb sie ein paar Minuten auf dem Boden sitzen. Wahrscheinlich, weil sie die Kraft nicht mehr aufbrachte, um aufzustehen. Mir fiel mir auf, wie gerötet ihre Pupillen waren. Konnte Hannes nicht dazu mal einen Katzenkommentar anbringen?

Irgendwann zog sich Frida an ihrem Stuhl hoch und drohte Dirk Schläge an, wenn er sie noch einmal auslachte.

Ich seufzte und stand auf. »Ich geh mir mal die Nase pudern!«, flüsterte ich, aber niemand beachtete mich.

Seit Fridas glorreichem Einbruch in die Schule war sie unantastbar. Die Polizei ging davon aus, dass irgendwelche Rowdys die Glasscheibe eingeworfen hatten. Und tat nichts. Immerhin war ja nichts geklaut worden – dass das Lineal fehlte, war noch nicht mal Frau Jäckl aufgefallen. »Ist doch eine mega Geschichte«, war die allgemeine Meinung. Und auch ich tat so, als fände ich Fridas Einbruch in die Schule okay. Denn ganz alleine dagegen reden, das wollte ich auch nicht.

Ich hatte den Waschraum erreicht und blieb vor dem Waschbecken stehen. Ich war von meiner eigenen Feigheit angewidert. Wenigstens wendete sich mein Spiegelbild nicht von mir ab, weil ich nicht für meine Meinung einstand. Ich trug neuen Puder auf, fuhr mir durch die Haare und atmete durch.

Als ich die Tür wieder aufstieß, lief ich beinahe Stuart über den Haufen. Ich war überrascht, ihn hier zu sehen. Das war fast, als ob man einen Lehrer im Kaufhaus traf. Völlig absurd. Wer glaubte denn schon, dass Lehrer ein Leben abseits der Schule hatten? Niemand.

»What are you doing here?«, fragte ich verwirrt und überraschte mich selbst damit, dass ich ihn ansprach, wo ich mich doch sonst nur ansprechen ließ.

»One would think a bar named Aberdeen would be a place where Scots meet, wouldn't you?« Hilflos zuckte Stuart mit den Schultern. Und dann begann er darüber zu reden, dass ich große Fortschritte in seinem Kurs machte. Ob ich nicht über zusätzliche Stunden nachdächte.

»I'm afraid I'm not an artsy person«, antwortete ich und erzählte ihm dann, dass ich mich in Zukunft wohl eher darauf konzentrieren würde, Sprachen zu lernen. Und auf meine Abschlussprüfung. Aber vorher würde ich noch im Buchladen meiner Eltern aushelfen müssen.

»What a shame!«, seufzte Stuart.

Wir lächelten einander freundlich an. Es tat gut, mit ihm zu reden, meine Stimmung hatte sich augenblicklich gebessert.

»My friends, they are waiting«, sagte ich schließlich und reichte ihm die Hand.

Als ich zurück in den Gastraum kam, saß Frida nach vorne gebeugt auf ihrem Stuhl. Maria aus unserer Klasse, meine Banknachbarin Alina, Dirk, dessen Freundin Katja mit den pinken Haaren, Antonia, Stefan und Hannes spielten derweil ihr bescheuertes Spiel. Sie klopften mit den kleinen grün-violetten Schnapsfläschchen auf die Tischkante, setzten sich dann die Deckel auf die Nasen, klemmten sich die Fläschchen zwischen die Zähne und schütteten den Schnaps hinunter. Wer langsamer als die anderen war oder schwächelte, musste die nächste Runde spendieren.

Antonias Bewegungen erschienen bereits unkoordiniert. Sie hatte den ganzen Abend lang Wein getrunken und jetzt rutschte der Deckel von ihrer Nase.

»Toni muss die nächste Runde ausgeben!«, krähte Stefan schadenfroh.

Ich setzte mich zu Frida und bemerkte, dass sie leise schnarchte. Vor ihr stand ein leeres Schnapsglas, dass bei meinem Verschwinden noch nicht da gewesen war. Wahrscheinlich hatte sie den Wodka auf ex getrunken.

»Frida?«, sprach ich sie an und legte ihr die Hand auf die Schulter.

»Was?« Sie schreckte hoch. Schläfrig sah sie mich an. Ihre Augen schienen von Sekunde zu Sekunde glasiger zu werden.

»Hast du gerade gepennt?«, fragte ich sie verwundert.

Dirk hatte meine Frage mitbekommen und lachte darüber. Sofort wurde Frida fuchsteufelswild. »Ich hau dir gleich auf die Schnauze, Mann, wenn du mich noch einmal auslachst, dann …« Ihre schrille Stimme verlor sich, als ihr Blick wieder auf mich fiel. Aus roten, verengten Augen sah sie mich an. »Worum ging es gleich noch mal?«

»Frida, willst du zur Abwechslung nicht mal Wasser trinken? Ich hol dir was.«

Ohne ihre Antwort abzuwarten, stand ich auf. Während ich auf die Bar zusteuerte, entdeckte ich Stuart, der sich mit seinen Freunden auf den Weg nach draußen machte. Er winkte mir zu und ich lächelte. Wie anders er doch aussah, wenn er anstelle von weiten Tanzhosen Röhrenjeans trug.

»Frida gehts nicht gut. Hast du stilles Wasser da?«, fragte ich Aberdeen über den Tresen hinweg. Er nickte und begann, nach einer Flasche zu suchen. Es dauerte eine Weile, ehe er sie fand – offensichtlich schenkte er nicht so häufig Wasser aus.

Als ich mit dem Glas zurückkehrte, sah ich, dass Frida auf dem schmutzigen Boden lag, direkt neben einer klebrigen Pfütze. Und das nicht, weil sie beschlossen hatte, dort zu schlafen. Sie war offensichtlich vom Stuhl gefallen. Ich ging schnellen Schrittes auf sie zu, schüttete ihr das Wasser ins Gesicht und rüttelte an ihr, doch sie reagierte nicht. Sie war bewusstlos – soviel wusste ich, ohne auch nur ein einziges Mal bei einem unserer Erste-Hilfe-Kurse in der Schule aufgepasst zu haben.

»Hey, kann jemand einen Arzt rufen?«, rief ich panisch in den Raum. »Hallo? Wir brauchen einen Arzt!«

Niemand hörte mich. Sie alle waren mit der zigsten Runde ihres Trinkspiels beschäftigt. Selbst Fridas Freund, der seiner abgöttisch geliebten Freundin sonst sämtliche Beachtung schenkte, fiel es nicht auf, dass sie am Boden lag. Er gab Antonia gerade mit einem Seitenhieb zu verstehen, dass sie wahrscheinlich auch die nächste Runde würde bezahlen müssen.

Ich tätschelte derweil Fridas Wange, wie das die Leute im Film immer taten, doch es half wenig. Ich rollte sie auf die Seite und legte ihre Hand unter ihren Kopf. Warum konnte sie nicht einfach die blassbraunen Augen aufschlagen?

Ich kramte mein Handy aus meiner Tasche und rief den Notarzt. Mit zitternder Stimme gab ich die Adresse durch und bedankte mich. In mir herrschte totales Chaos. Frida war eine meiner besten Freundinnen, wenn sie aufhörte zu atmen, wusste ich nicht, was ich tun sollte. Ich hatte entsetzliche Angst und konnte nicht begreifen, dass keiner unserer Freunde diese teilte.

Endlich kam mir Aberdeen zu Hilfe. Gut, dass ich ihn über Fridas nicht existentes Wohlbefinden informiert hatte! »Hast du schon einen Notruf abgesetzt?«, wollte er wissen.

Ich nickte.

Er tat es mir nach und meinte: »Dann bringen wir Frida mal an die frische Luft, würde ich sagen.« Er schlang sich die schlaffen Arme meiner Freundin um den Hals und trug sie in Richtung Tür. Die kalte Nachtluft weckte sie nicht auf, aber zum Glück ertönte bald das Martinshorn.

*

Man hörte ja immer von diesem speziellen Krankenhausgeruch. Dennoch war man, wenn man mal wieder in einem war, richtig erstaunt, dass es ihn wirklich gab. Ich sog ihn tief ein, während ich darauf wartete, etwas Neues von Frida zu hören. Fridas Vater war nicht erreichbar gewesen, doch ihre Mutter war im Jogginganzug herbeigeeilt. Tiefe Falten gruben sich in ihr Gesicht. Frau Gössner hatte noch nie so alt ausgesehen.

Endlich kam Fridas Ärztin zu uns. Ich hatte sie mir als Meredith Grey vorgestellt, doch sie sah erschreckend wenig nach der *Grey's Anatomy*-Medizinerin aus. Sie sagte zu Fridas Mutter: »Frau Gössner, wir können Sie beruhigen, Ihre Tochter hat eine Alkoholvergiftung. Wir haben ihr den Magen ausgepumpt und in der letzten Stunde ihren Schlaf beobachtet. Sie ist jetzt wieder wach, aber sie kann noch nicht nach Hause gebracht werden. Wir müssen ihren Flüssigkeitshaushalt mithilfe eines Tropfes regulieren und würden sie gerne noch einen weiteren Tag beobachten. Es könnte sonst leicht zur Dehydrierung kommen.« Nun warf sie mir einen Blick zu. »Frau Hader, Sie haben absolut richtig gehandelt. In so einer Situation kann oft die Zunge des Patienten zurückrutschen und die Atemwege blockieren. Das Schlimmste wäre gewesen, hätte sich Frida erbrochen. Ohne Sie wäre es wahrscheinlich nicht so glimpflich abgelaufen.« Sie machte sich eine Notiz auf ihrem Clipboard. »Wenn Sie wollen, können Sie zu ihr.«

Den Rest hörte ich nicht mehr. Ich war so wahnsinnig erleichtert, dass es Frida gut ging und sie keine bleibenden Schäden erlitten hatte, dass in meinen Ohren Vögel zwitscherten.

Die Ärztin brachte uns in das Zimmer, das Frida sich mit einer älteren Frau teilte, die bereits schlief. Meine rothaarige Freundin blickte etwas irritiert in der Gegend herum. »Mama?«, fragte sie unschuldig.

Frau Gössner war anzumerken, dass sie nicht wusste, ob sie Frida in der Luft zerreißen oder sie bis zur Besinnungslosigkeit herzen sollte. »Was macht ihr denn für Sachen, Kind?«, flüsterte sie leise und küsste Frida auf die Stirn.

»Mama, ich habe Durst, kannst du mir Saft holen?«, fragte Frida schwach.

»Ich bin gleich zurück. Ich muss erst die nette Ärztin fragen, ob du schon Saft trinken darfst!«

Während sie davoneilte, fixierte Frida mich. Ich glaubte erst, ihr Blick wäre nur deshalb so dunkel, weil es ihr noch immer schlecht ging. Doch in Wirklichkeit war sie wütend auf mich. »Danke, dass du es brühwarm meiner Mutter erzählt hast«, fauchte sie.

»Spinnst du, ich musste es deiner Mutter erzählen! Weißt du, was alles hätte passieren können, wenn ich dich nicht gefunden hätte? Niemand hat auf dich aufgepasst, dein Herz hätte stillstehen können oder deine Atmung oder beides, weil das ja auch irgendwie zusammenhängt ... Mensch, Frida, du hast mir so einen Schrecken eingejagt!«

Wahrscheinlich war noch jede Menge Alkohol in ihrem Blut, denn sie fuhr mich an: »Jetzt spieß mal nicht so rum hier!«

Ich wendete den Blick ab, verzieh ihr aber, da sie sich im Gegensatz zu mir an kaum etwas erinnern konnte. Zudem konnte ich verstehen, dass Frida nur ungern in der Situation war, ihrer Mutter erklären zu müssen, was geschehen war. Ich hatte Frau Gössner schon »eine Woche Hausarrest« murren hören, bevor wir das Zimmer betreten hatten und ihr Gefühlszustand in »hoffnungslos besorgt« umgeschwenkt war. Im letzten Monat war ein Mädchen aus der Neunten in der Ambulanz gelandet. Daraufhin hatte es eine große Diskussion im Elternbeirat gegeben und man hatte dem Mädchen sogar einen Verweis erteilt. Bei der Suche nach einer Lehrstelle würde ein solcher für Frida sicherlich nicht von Vorteil sein. Aber so etwas interessierte sie kein Stück. Ebenso wenig, wie die Angst, die ich um sie gehabt hatte.

*

Am Samstag musste Frida mit einem Psychoonkel reden, über seelische Narben, Traumata aus ihrer Kindheit und so. Natürlich verweigerte sie alle Aussagen. Sie erwähnte weder ihre

Familie noch den Grund dafür, dass sie so ausufernd getrunken hatte.

Wir sprachen danach nicht mehr über den »Vorfall«. Als Frida wieder zu Hause war, brummte sie mir eine Art ärztliche Schweigepflicht auf, obwohl ich mit Meredith Grey genauso wenig gemeinsam hatte wie die echte Doktorin. Die Haare vielleicht. Und die Melancholie in meinem Herzen.

Es folgte eine komische Woche. Frida war richtig still, vielleicht, weil sie sich nicht anmerken lassen wollte, wie dreckig es ihr im Krankenhaus gegangen war. Sie machte wohl Gott dafür verantwortlich und nicht die vielen Flaschen, die sie zuvor geleert hatte. Vermutlich sah sie sich selbst als leidende Hauptfigur in einer verqueren Story.

Verwunderlich war, dass nicht Fridas Absturz das Thema Nummer eins in der Schule war, es war ihr näher rückender Geburtstag. Selbst jetzt im Tanzkurs tuschelten die Mädchen darüber, was sie zur Party anziehen würden. Ich versuchte unterdessen, Stuarts Anweisungen zu folgen. Heute war er extrem anstrengend – ich wünschte mir, fitter zu sein. Selbst Antonia, der Sportskanone, stand schon der Schweiß auf der Stirn.

Ich wischte mir mit meinem Handtuch übers Gesicht und machte eine kleine Pause. Ich hatte in den letzten Tagen viel Zeit zum Nachdenken gehabt – und auch jetzt kam ich nicht von diesem einen unerträglichen Gedanken los: Wäre ich nicht schlecht drauf gewesen, hätte ich wohl auch mehr getrunken und vermutlich beim Spiel mitgemacht. Ich hätte nicht bemerkt, dass Frida sich danebenbenahm, und auch nicht, dass sie vom Stuhl fiel und Hilfe brauchte. Was würde passieren, wenn ich in Zukunft nicht mehr da war, um auf sie aufzupassen?

Die Tanzstunde war vorbei, ehe ich mich wieder von meinem Platz am Boden aufrappeln konnte. Auf meinem Weg nach draußen traf ich auf Frau Gordon, die ihren Sohn abholen wollte. Sie nahm mich zur Seite, bevor ich mich an ihr vorbeischlängeln und mit Antonia in die Kälte entfliehen konnte.

»Emma, du siehst nachdenklich aus«, sagte sie, Bedauern war in ihrer Stimme zu hören. Sie hatte dieselben kastanienbraunen Haare wie Stuart, ihre Augen waren grau wie das Wetter draußen.

»Es ist alles in Ordnung«, antwortete ich. Nur haderte die Hader mit ihrer Zukunft.

»Bist du dir sicher? Machst du dir vielleicht Sorgen wegen der Sprachenschule?«

»Nein, die meiste Zeit verdränge ich, dass ich da tatsächlich alleine hinfahren muss.«

Frau Gordon seufzte. »Das schaffst du schon. Da steckt viel mehr in dir, als du glaubst. Bereitest du dich auch gut vor?«

Ja, mit den neuen *90210*-Folgen im Originalton, dachte ich. Was ich sagte, war aber etwas anderes: »Machen Sie sich bitte keinen Kopf, ich meistere das Vorstellungsgespräch schon.«

Frau Gordon nickte. »Weißt du, du solltest dir auch nicht so viele Gedanken machen. Manchmal ist es besser, wenn man ein bisschen weniger denkt und mehr auf seinen Bauch hört. Dann klappen die Dinge schon.«

»Möglich«, seufzte ich. »Möglich, dass Sie recht haben.«

3

Talentfrei

Ich war mir nicht ganz sicher, ob Frida wirklich Bayern als Motto für ihren Geburtstag geplant hatte. Sicher, wir waren alle furchtbar stolz darauf, aus dem Freistaat zu sein, noch dazu in einer Weltkulturerbe-Stadt zu leben. Aber die kleinen blau-weißen Fähnchen, die überall steckten, sahen eher so aus, als hätte Fridas Mutter einen Abend für ihren Trachtenverein ausgerichtet. Gerade dröhnte ein Song der Münchner Freiheit durch den Raum, der hundertprozentig nicht auf Fridas iPod zu finden war, sondern eher auf einer der CDs ihres Vaters. Allerdings nahm niemand Anstoß an der schlechten Musik. Im Gegenteil, das schäumende Bier und die verschiedene Schnäpsen, die die Jungs herbeigeschafft hatten, machten den Song zu einem echten Partykracher.

Auch Frida trank schon wieder fleißig mit. Ihre Mutter hatte die eine Woche Hausarrest zwar durchgezogen, ihrer Tochter aber soweit vertraut, dass sie nicht glaubte, dass diese Alkohol ins eigene Haus bringen würde. Deswegen hatte sie die Geburtstagsfeier erlaubt – und nicht darauf beharrt, dabei zu sein. Sie war bei Chorproben, die bis in die späte Nacht gehen würden, und Herr Gössner arbeitete Schicht, sodass er vor dem Morgengrauen nicht zu Hause sein würde, so wie immer. Frida belohnte das Vertrauen ihrer Eltern nicht. Ich bezweifelte sogar, dass sie je etwas tat, das sich ihre Mutter von ihr wünschte – den Müll rausbringen, mit der Entjungferung durch Stefan warten, sich nicht mehr ins Krankenhaus saufen, solche Sachen halt.

Von meinem Platz aus beobachtete ich, wie Frida gerade eines ihrer Geburtstagsgeschenke ausprobierte. Es war ein stilvoller Helm mit Platz für zwei Becher, deren Inhalt sie über einen Schlauch zu sich nehmen konnte. Zeitlos. Sie quiekte vergnügt. Mittlerweile war ich der Ansicht, dass sie sich eher so verhielt, als würde sie 14 werden und nicht 17. Andererseits: So, wie sie zwischendurch mit Stefan herumleckte, hätte es auch genauso gut ihr 21. Geburtstag sein können.

Antonia, die zu meiner Linken saß und in den letzten Wochen mehr und mehr so aussah, als würde nicht mehr ihr Wecker, sondern ihr knurrender Magen sie morgens aufwachen lassen, betrachtete die beiden mit Verdruss. »Zeit, dass wir auch einen Freund kriegen. Was meinst du, Emma, Lust auf ein Doppeldate diese Woche?«

Ich runzelte die Stirn und versuchte, Antonia ohne Worte darauf aufmerksam zu machen, dass der Einzige, mit dem ich ein Date haben wollte, rechts neben mir saß. Aber da stieß ich bei Antonia auf Unverständnis. Sie machte das gleiche ratlose Gesicht, das sie machte, wenn ich ihr von meinem Traum erzählte, nach München zu ziehen. Antonia hielt eben nicht viel von München und ebenso wenig hielt sie von Hannes. »Der ist nicht gut genug für dich!«, war ihre Standarderklärung. Ich war mir unschlüssig, ob Antonia das wirklich dachte oder ob sie es einfach verhindern wollte, dass ich ebenfalls einen Freund hatte. Kamen wir bei einem Doppeldate, also zeitgleich, mit unseren besseren Hälften zusammen, dann war das okay. Aber übrig bleiben? Als Einzige solo sein? Darauf hatte Antonia keine Lust.

Ich seufzte und kontrollierte mit einem Blick, ob Hannes mitbekommen hatte, dass wir über ein Date sprachen. War er eifersüchtig? Nein, er öffnete gerade eine Flasche Bier an der Tischkante und reichte sie mir. »Lasst uns auf Frida trinken!«

»Aber wir haben doch schon fünfmal auf Frida getrunken!«, stöhnte ich.

»Lasst uns auf mich trinken!«, rief Frida und verlor dabei beinahe ihren Helm.

Die Partygesellschaft – bestehend aus denselben Jungs und Mädels, mit denen wir tagtäglich die Schulbank drückten – stimmte freudig ein.

»So, und jetzt kommen wir zu meinem Geschenk!«, unterbrach Stefan das Gegröle schließlich.

»Na, da bin ich aber mal gespannt. Wenn er ihr Schmuck schenkt, drehe ich durch«, knurrte Antonia. Ihre Sorge war nicht unberechtigt – sein Onkel hatte genug Kohle, um Stefan den Kauf eines kitschigen Schmuckstücks für seine Freundin zu ermöglichen.

Aber die Befürchtung, Frida könnte uns alle mit einem Juwelen-besetzten Collier überstrahlen, löste sich augenblicklich in Luft auf. Denn Stefan zerrte eine Schatztruhe in den Raum. Wie sich herausstellte, war sie bis obenhin gefüllt mit Wodka-Flaschen.

Ich verkniff mir ein »Oh nein«, während Antonia dem Geburtstagskind mit leuchtenden Augen die passenden Schnapsgläser überreichte. »Yes, Sir!«, jubelte Frida. Beim Auspacken meines Geschenkes – dem letzten *Harry Potter*, der ihr in ihrer

Sammlung noch fehlte – hatte sich Frida nicht annähernd so gefreut. Sie hatte nur gesagt: »Super für das Voldemort-Trinkspiel!«

Meiner Meinung nach gab es sowieso schon viel zu viele Trinkspiele auf dieser Welt – warum musste es dann noch ein weiteres geben, in dem ein Name vorkam, den man eigentlich nicht aussprechen durfte?

»Lasst uns saufen bis zum Filmriss!«, forderte Stefan die Partygäste nun lautstark auf.

Hannes klopfte mir ziemlich hart auf die Schulter. »Gib Gas!«, rief er.

Und dann wurden auch schon die Gläser verteilt und abwechselnd Wodka und Bier getrunken.

Da ich am vergangenen Freitag schon im Ansehen meiner Freunde gesunken war, musste ich nun mithalten. Niemand erinnerte sich mehr an meine Heldentat. Sie alle erinnerten sich nur daran, dass ich keinen Flaschenverschluss im Gesicht gehabt hatte. Mir war noch lebhaft der Satz in Erinnerung, den mir Antonia am Samstagnachmittag ziemlich beleidigt am Telefon entgegengeschleudert hatte: »Warum seid ihr eigentlich schon so früh gegangen? Mein Vater und ich waren ziemlich sauer, dass ihr nicht Bescheid gesagt habt. Wir haben ewig auf euch gewartet, bis wir gemerkt haben, dass ihr schon weg wart.« Ich hatte mich daraufhin entschuldigt, dass wir die Anrufe verpasst hatten, weil wir im Krankenhaus die Handys hatten ausmachen müssen. Meinen Sarkasmus hatte Antonia jedoch ignoriert, ebenso wie die Tatsache, dass ich vom Krankenhaus gesprochen hatte. Sie hatte nicht weiter nachgefragt.

Natürlich fand ich es ungerecht, dass ich jetzt auf einmal die Uncoole war. Es blieb mir nichts anderes, als ordentlich zuzugreifen, um auf der Beliebtheitsskala wieder aufzusteigen. Anscheinend war Beliebtsein doch alles, nicht nur in der Glotze.

Stefan beschloss irgendwann aus Spaß, siebzig Pizzen beim Bringdienst zu bestellen. Natürlich kamen diese nicht und ich hatte inzwischen richtigen Hunger. Vielleicht hätte ich vorher anständig essen sollen. Der viele Alkohol auf leeren Magen führte dazu, dass ich nicht mehr tanzen konnte, geschweige denn gerade gehen. Damit war ich zwar nicht alleine, aber ich war die Einzige, die sich daran störte.

*

Antonia schnarchte, als wollte sie einen neuen Weltrekord aufstellen. Da ich sie nun schon einige Zeit kannte, war es mir nicht neu, dass sie des Nachts Laubsägearbeiten zu verrichten pflegte, aber so ohrenbetäubend laut war sie noch nie gewesen.

Aber selbst, wenn sie nicht lautstark zu erkennen gegeben hätte, dass sie noch am Leben war, hätte ich nicht schlafen können. Mir war ja schon oft unwohl gewesen, nachdem ich verschiedene alkoholische Getränke in meinem Magen gemixt hatte. Meistens hatte sich mein Befinden im Liegen aber schnell gebessert. Heute hingegen japste ich im Dunkeln nach Luft – und das nun schon seit Stunden. Ich hatte das Gefühl, in einem Karussell festzustecken und schlichtweg nicht mehr rauszukönnen. Und wenn ich auch nur daran dachte, Wasser zu trinken, stülpte sich in mir alles um.

Im Halbschatten der Nacht versuchte ich, Frida auszumachen. Wir lagen alle auf dem Boden in ihrem Zimmer. Dieses Schlaflager war hauptsächlich deswegen entstanden, weil Frida es nicht mehr geschafft hatte, in ihr Bett zu steigen, und daneben eingeschlafen war. Ein kleines Rinnsal an Sabber floss neben ihr auf die Decke. Klar, für sie war der Abend toll gewesen. Wir hatten sie reich beschenkt, sie hatte viel trinken und herumtorkeln dürfen, hatte nichts bezahlt und sich nicht verletzt und jede Menge gelacht.

Ich drehte mich erneut um und krümmte mich. Kalter Schweiß klebte an meiner Stirn, während ein Feuer in mir brannte und plötzlich explodierte. Ich wusste, dass ich kotzen würde. Das Problem: Ich saß in Fridas dunklem Zimmer, das mit Stolperfallen übersät war, die einen davon abhielten, unbemerkt zur Toilette zu schleichen. Gefühlte vierzig Schuhkartons stellten die Skyline von New York nach, Make-up-Utensilien rollten auf dem Boden herum und vergnügten sich dort mit aufgeschlagenen Zeitschriften und herumliegenden Gummibärchen. Im selben Stockwerk schliefen außerdem Fridas Eltern, die inzwischen heimgekommen waren und nichts davon ahnten, dass mein Magen gleich eine gigantische Sauerei produzieren würde.

Aber es half nichts – ich stürzte los, vorsorglich schon mal die Hand auf den Mund pressend. Ein Gummibärchen blieb an meiner Fußsohle kleben.

Kaum war ich auf dem Flur, kam ich mir vor, als wäre ich bei *1, 2 oder 3*: Welche Tür war noch mal die zum Bad? Das Doofe war, dass das Bad im Hause der Familie Gössner direkt neben dem Schlafzimmer war. Wenn ich falschlag, dann kotzte ich Fridas Eltern womöglich vor die Füße.

Ich hatte keine Zeit, um lange zu überlegen. Ich stieß die nächstbeste Tür auf und landete zum Glück im Badezimmer. Als die Tür hinter mir ins Schloss fiel, begann ich zu würgen. Gerade noch rechtzeitig schaffte ich es, den Klodeckel hochzuklappen. In meinen Augen standen Tränen, als mein

Mageninhalt aus mir heraus und ins Becken schoss. Verzweifelt versuchte ich, mit der einen Hand meine Haare aus meinem Gesicht zu halten, während ich mit der anderen die Kloschüssel umarmte.

Nach einigen Durchgängen war ich leer und völlig kraftlos. Dass ich meine Zahnbürste zu Hause vergessen hatte, machte meinen Zustand nicht besser. Ich verbrachte die folgenden Stunden mit einem säuerlich-widerlichen Geschmack im Mund. In meinem Schädel rauschte es. Ich schleppte mich zurück in Fridas Zimmer.

Irgendwann nickte ich ein, doch ich schlief unruhig. In meinen Träumen küsste mich Hannes, aber er schmeckte nach Wodka und Bier und kaute unentwegt Bonbons.

Wenigstens ging es nicht nur mir dreckig. Antonias erster Satz, als sie aufwachte, war: »Ich glaube, in meiner Luftröhre verendet gerade ein kleineres Tier.«

»Es wundert mich nicht, dass es noch nicht tot ist, so wie du geschnarcht hast«, zischte ich sie an.

Wir musterten einander. Antonias Haare glichen den Borsten eines explodierten Handfegers und meine Augenringe waren tiefer als der Pazifik. Wahrscheinlich hätten wir früher laut losgelacht, so erbärmlich, wie wir aussahen. Heute schämten wir uns nur – für uns selbst und auch ein wenig fremd.

Frida konnte die Stimmung etwas auflockern, indem sie nach dem Aufwachen als Erstes rief: »Mir konnst no a Weißbier bringa!« Sie dehnte sich, witzelte, ob jemand mit zum Yoga wolle, und bereitete uns dann ein Frühstück zu, das niemand außer ihr anrührte. Antonia nicht, weil sie die Kalorien der letzten Nacht im Blick hatte, und ich nicht, weil ich vermutete, dann sofort wieder losreihern zu müssen. Gott sei Dank hatte keiner gemerkt, was ich in der Nacht veranstaltet hatte, und ich würde den Teufel tun, es jemandem zu erzählen.

*

Es kam selten vor, dass meine Eltern es schafften, ein Abendessen für uns drei zuzubereiten. Aber an diesem Sonntag fiel nichts an, mein Vater schielte nicht mit einem Auge auf die Bilanz und meine Mutter hing nicht am Telefon. Umso bedauerlicher war es, dass ich das Essen mit ihnen nicht genießen konnte. Gut, es gab Tofu, den konnte man ohnehin nicht so richtig genießen, aber meine Mutter hatte eine Rinderbouillon für die Soße verwendet und auf den mir so verhassten Brokkoli verzichtet. Dennoch, mich hielt es nicht auf dem Stuhl – allein der Geruch ließ meinen Magen revoltieren.

»Ich kann nicht mit zu Abend essen, ich muss noch für Mathe lernen!«, brachte ich gerade so hervor.

Sofort setzte sich Traurigkeit im Blick meiner Mutter fest. »Aber ich habe doch extra für uns drei gekocht!«

»Das tut mir auch leid, Mom, aber … ich muss echt was tun!« In Wirklichkeit war ich einfach noch nicht bereit, etwas anderes als Salzstangen zu mir zu nehmen. Mir war, als hätte jemand meine Speiseröhre mit Säure verätzt – und meinen Charakter gleich mit.

*

Am nächsten Morgen fühlte ich mich noch immer, als wäre ich unter einen Zug geraten. Als ich ins Klassenzimmer kam, saßen Frida und Antonia auf ihrer Bank. Antonia lackierte sich die Fingernägel in Minze, während Frida aufgeregt über ihre erste Fahrstunde sprach. Wir umarmten uns kurz und beim Geruch von Fridas aufgelegtem Prada Candy kam mir beinahe mein nicht vorhandenes Frühstück hoch. Normalerweise liebte ich diesen Duft von Zuckerwatte, aber gerade waren meine Geruchsnerven viel zu sensibel. Und der in der Luft hängende Nagellackgestank half meinem Befinden auch nicht gerade weiter.

Nicht minder unangenehm war, dass schon die halbe Klasse versammelt war und sich lautstark über das vergangene Wochenende unterhielt. Für alle anderen schien Fridas Geburtstag ein voller Erfolg gewesen zu sein. Meine Schläfen pochten. Warum mussten die nur so verdammt laut sein? Konnten die nicht alle ihre Klappe halten? Fast jeder hatte die Party live erlebt, wir mussten sie also nicht aufarbeiten wie eine Daily-Soap-Folge.

»Ich finde es unglaublich, dass du vorhast, für deine theoretische Führerscheinprüfung zu lernen, aber noch kein bisschen für den Mathetest gemacht hast«, hörte ich Antonia sagen.

Frida hob eine einzelne Augenbraue. »Du etwa?«

»Natürlich nicht, aber ich habe auch nicht vor, für die theoretische Fahrpüfung zu lernen«, gab Antonia zurück.

Ich schnaubte und begann, meine Schultasche auszupacken.

»Das sagst du nur, weil es bei dir bis März dauert, bis du anfangen darfst zu fahren.« Frida grinste. »Ich hingegen kann das so schnell wie möglich durchziehen und bin dann endlich mobil. Und nächstes Jahr zur selben Zeit müssen meine Erzeuger nicht mehr neben mir sitzen. Dann kann ich überallhin fahren. Keiner, der mir Vorschriften macht, der sagt: ›Ich kann dich aber erst um zwei bringen!‹ Dann kann ich alles machen, was ich will!«

»Und wohin willst du fahren?«, fragte ich.

Frida zuckte mit den Schultern. »Zum See. Zum Donaueinkaufszentrum. So was halt.«

War ja klar, dass sie nicht sagte: »Nach München.« Ich hätte sofort eine Reihe deutscher Großstädte aufgezählt, wenn man mich gefragt hätte. Allerdings hatte ich nicht vor, den Führerschein zu machen. Nach meinem Geburtstag im Sommer würde ich umgehend nach München ziehen. Dort brauchte ich kein Auto. Wer in München selbst fährt, muss einen an der Waffel haben. In den Verkehrsnachrichten im Radio heißt es fast immer, dass irgendwo Stau herrscht, und von Parkplätzen in der Innenstadt kann man nur träumen. Nein, das wollte ich mir sicher nicht antun.

Aber ich war viel zu müde und zu fertig, um etwas in dieser Richtung zu sagen. Also setzte ich mich einfach hin.

*

Antonia hatte im Vorfeld geschwärmt, wie toll Jörg sei. Ihre blumigen Worte hatten ihn in meiner Fantasie aussehen lassen wie einen dieser Hollywoodstars, die gemeinhin als schön gelten. Eine Mischung aus Brad Pitt (seine Muskeln), Johnny Depp (sein Gesicht) und George Clooney (sein Charme). In Persona sah Jörg allerdings aus wie jemand, den man in Fachbüchern wohl als »fettsüchtig« bezeichnen würde. Nicht Sport und Gemüse hatten seinen Körper geformt, sondern Gänsebraten und Knödel. Gut, dass er nicht *mein* Date war.

Jörgs Kumpel Thomas war da schon beachtenswerter. Seine schwarzen, glänzenden Haare waren zu einer Tolle frisiert und obwohl in Antonias Wohnzimmer kuschelige 25 Grad herrschten, trug er eine Lederjacke. Irgendetwas sagte mir, dass Thomas und Jörg sich nicht über gemeinsame Interessen kennengelernt hatten.

Wie die beiden zu Antonia gekommen waren, blieb mir ebenfalls ein Rätsel. Die Jungs machten gerade ihren Abschluss im M-Zug an der städtischen Hauptschule. Vermutlich hatte Antonia sich Jörg in einer der Nächte, in denen wir sie im Boulevard verloren hatten, schön getrunken. Man konnte davon ausgehen, dass er in ihrer Erinnerung wirklich ausgesehen hatte wie der »*GQ* Man of the Year«.

Wir saßen auf dem Wohnzimmerboden, auf dem Tisch türmten sich die vielen Schachteln mit dem asiatischen Essen, das Antonia hatte liefern lassen. Alleine die Hälfte davon gehörte Jörg. Ihm rann gerade ein bisschen Spucke über die Lippen. Außer seinem Schmatzen war nichts zu hören. Anscheinend traf meine Theorie voll zu: So viel Antonia im Vorfeld über Jörg zu sagen gehabt hatte, so wenig fiel ihr jetzt in seiner Anwesenheit ein.

Ich durchbrach die unangenehme Stille: »Antonia, ziehst du morgen eigentlich einen Blazer an?«

»Oh, wegen der Berufsberatung?« Ihre blauen Augen fixierten mich dankbar. Sie legte die Stäbchen zur Seite. »Wahrscheinlich schon. Aber ich finde das Ganze eigentlich vollkommen lächerlich. Da proben wir Bewerbungsgespräche mit der Klassenleitung, dann reden wir über mögliche Jobs. Ganz ehrlich, ich habe überhaupt keine Ahnung, was ich werden will.«

»Unterwäschemodel«, schlug Jörg plump vor.

Wir ignorierten ihn.

Was wir nicht ignorieren konnten, war, was Thomas einwarf. »Hartz-IV-Empfängerin«, sagte er grinsend.

Antonia machte eine unschöne Geste, sie war plötzlich richtig sauer. »Sag mal, spinnst du?«, blaffte sie.

Thomas antwortete nicht, stattdessen beugte er sich vor, um mich zu adressieren. »Und was willst du werden, Emma?« Das Licht der Wohnzimmerlampe fiel nun auf seine Tolle und ließ sie geradezu aufleuchten. Nicht gerade anturnend.

»Was man hier halt so machen kann in Regensburg. Bei Siemens arbeiten«, ging Antonia dazwischen.

Ich fand es zwar nicht gut, dass sie mir das Wort abschnitt, aber in dieser Runde hätte ich es ohnehin nicht gewagt, über meine Zukunftspläne zu sprechen. Niemals hätte ich diesen beiden Hanseln erzählt, dass ich am Freitagnachmittag nach der Berufsberatung zum Aufnahmegespräch nach München fahren würde. Zudem mochte es Antonia nicht besonders, wenn ich davon redete, abzuhauen. Als ich angefangen hatte, mit der Sprachenschule zu liebäugeln, hatte Antonia mich angeherrscht: »Dann kommst du jedes Wochenende mit dem Zug nach Hause oder du brauchst gleich gar nicht mehr zu kommen!« Ein andermal war sofort Schweigen eingekehrt. Frida und Antonia missbilligten es, dass ich unser Trio verlassen wollte – wobei ich das nicht einmal im Sinn hatte. Es ging mir um mein zukünftiges Leben, nicht darum, unsere Freundschaft ad acta zu legen. Für mich war Regensburg einfach zu klein. Aber wie konnte ich das zweien begreiflich machen, die nicht weiter als bis zum nächsten Freitag dachten?

Natürlich hatten sie das nicht immer getan. Frida hatte mal vorgehabt, Konditorin zu werden. Wir hatten verdammt oft zusammen gebacken. Na gut, Antonia und ich hatten nie besonders viel dazu beigetragen. Wir hatten die Dekoration aufgegessen, während Frida Torten kreiert hatte. Fragte man Frida jetzt, ein ganzes Jahr nach ihrem ersten Schnaps, nach ihren Berufswünschen, bekam man keine Antwort mehr. Wahrscheinlich würde sie im Laden von Stefan anheuern, irgendwann von ihm Kinder kriegen und sterben, ohne zu wissen, wie der Sonnenaufgang anderswo aussah.

Ich musste wohl ziemlich trübe in mein leeres Glas geguckt haben. Denn Thomas schenkte mir Tonic nach und nutzte die Chance, noch näher an mich heranzurücken.

»Sag mal, Toni, hast du nichts anderes als dieses Wasser da? Vielleicht irgendwas mit Prozenten?« In Jörgs Gesicht hatten sich mittlerweile ein paar Glasnudelreste angesammelt.

Ich sah Jörg an und seufzte auf. War ja klar, dass Hockey-Jörg das Thema wechseln musste. Anders als ich und Antonia hatte er quasi keine Zukunft. Sein großes Talent, das Essen, würde ihm höchstens einen Platz bei *Galileo* sichern. Ich wusste, dass ich gemein war. Aber ich konnte meine Gedanken nicht stoppen. Jede Faser meines Körpers wehrte sich dagegen, hier zu sein. Lieber hätte ich in meinem Bett gelegen und *The Big Bang Theory* geguckt, als mit diesen Menschen runmzusitzen und chinesisches Essen runterzuwürgen.

Ich wandte meinen Blick schnell von Jörg ab, nur um festzustellen, dass Thomas mir in den Ausschnitt glotzte. War ich eigentlich gerade in der Vierer-Date-Hölle gefangen?

»Sorry. Mein Vater hat gestern die ganzen Biervorräte vernichtet.« Antonia zuckte mit den Schultern. »Da ist nichts mehr da!«

»Wie? Deine Eltern haben keine Geheimverstecke? Also, meine Alten haben den Biedermeierschrank, den meine Oma uns vererbt hat, bis obenhin gefüllt mit Doppelkorn«, prahlte Jörg.

»Na, wir haben schon eine Hausbar, aber die ist abgesperrt.« Antonia wies mit dem Kinn in Richtung der heißen Ware. Drei Augenpaare folgten der Bewegung.

»Lächerlich!«, sagte Jörg, stemmte sich hoch und polterte auf die Hausbar zu.

»Warte, ich helfe dir!« Thomas zückte sein Schweizer Taschenmesser und erhob sich ebenfalls. Die Tatsache, dass er mir mit diesem Ding in der Tasche so nah gekommen war, ließ Gänsehaut über meinen Körper laufen.

Antonia und ich sahen einander an. Ich konnte erkennen, dass sie Angst davor hatte, was passieren würde, wenn ihre Eltern merkten, dass die Jungs sich an ihrer Bar zu schaffen gemacht hatten. Ich fand zudem den Gedanken beunruhigend, wie sich der Alkohol auf die Jungs auswirken würde. Thomas war schon ohne auflockernde Getränke viel zu aufdringlich.

Er machte sich mit seinem Messer am Schloss zu schaffen. Es dauerte nur wenige Sekunden, dann war ein Klicken zu hören und die Bar ließ sich öffnen. Thomas strahlte über das gesamte Gesicht. »Hallo Gin, tschüss Tonic!«, grölte er.

Ich merkte, dass Antonia in diesem Moment abschaltete. Dass ihr innerer Drang nach Liebe und Aufmerksamkeit stärker war als die Furcht vor der Reaktion ihrer Eltern. Sie riss die Arme in die Luft und rief gespielt überdreht: »Leute, ich weiß, was wir jetzt machen!« Sie rannte zum DVD-Regal und zog die *Pulp Fiction*-DVD ihres Vaters hervor. »Jedes Mal, wenn jemand in dem Film ›Fuck‹ sagt, trinken wir einen Kurzen!«

Ich war die Einzige, die nicht in Jubel ausbrach. Wie auch? Es gab drei Gründe, warum ich darauf keine Lust hatte. Erstens: Obwohl ich wegen meiner Fernsehlosigkeit wenig bis gar keine Erfahrung mit Quentin Tarantino hatte, konnte ich mir denken, dass wir nach fünfzehn Minuten randvoll sein würden. Zweitens: Ich war ein totaler Schisser und bekam von einem Film mit FSK 18 ganz sicher Albträume. Und drittens:

Es war Donnerstagabend und morgen stand die Anmeldung für die Sprachenschule an.

Aber wie konnte ich mich davor drücken, mitzumachen? Es war ein Vierer-Date, Antonia würde mich umbringen, wenn ich sie mit zwei Kerlen alleine ließ. Und mal ganz abgesehen davon würde ich als unfassbare Langweilerin und Spaßlegasthenikerin dastehen. Also trank ich.

Eine halbe Stunde später war Antonia schon völlig rot im Gesicht. Die zuvor ordentlich zugeknöpfte Bubikragenbluse war halb geöffnet und eine Schweißperle verlor sich auf ihrer Oberlippe, als sie das Schnapsglas erneut ansetzte. Jörg hatte den Arm um sie gelegt und offensichtlich grauste sie sich nicht mehr vor ihm.

Mir war bereits schlecht. Ich wünschte, wir würden kurz auf »Pause« drücken. Wie ich es erwartet hatte, fluchten die Figuren im Filme beinahe ununterbrochen und so drehte sich mir langsam, aber sicher der Magen um. Nudelpfanne und Kurze vertrugen sich gar nicht. Und Thomas strich jetzt auch noch durch mein Haar!

Ich konnte mich nicht dagegen wehren. Mir fehlte die Kraft zu sagen: »Hey, Leute, macht mal langsam.« Meine gesamte Konzentration ging dafür drauf, meinen Magen zu kontrollieren. Wie war ich schon wieder in eine solche Situation geraten?

Ein weiteres »Fuck« fiel. Antonia kreischte auf, stürzte das gerade eingeschenkte Glas hinunter und fiel dann Jörg um den Hals, der ebenfalls erfolgreich seinen Kurzen geleert hatte. Als würde die Umarmung sagen: »Super gemacht, Alter!«

»Hey, gehts dir nicht gut?«, fragte Thomas mich leise und hielt inne. »Wollen wir kurz rausgehen?«

Ich atmete schwer und nickte, erleichtert, dass er mich so behutsam fragte und nicht vor den anderen bloßstellte. Er war nicht ganz so angeheitert wie die anderen beiden. Er schien verständnisvoll und ich war in diesem Augenblick froh darüber. Vielleicht hatte ich mich in ihm getäuscht? So oder so – ich wollte weg vom Gin und weg von *Pulp Fiction*.

»Ja, frische Luft klingt gut«, japste ich.

»Hey Leute, Emma und ich gehen kurz auf die Terrasse«, verkündete Thomas. Er nahm mich an der Hand, half mir hoch und ging mit mir durchs Wohnzimmer zur Terrassentür.

Der viele Alkohol ließ mich nicht darüber nachdenken, dass es draußen kalt war und ich drauf und dran, mir erneut eine Mandelentzündung zu holen. Antonia johlte mir hinterher und füllte die Gläser erneut auf. Den Spielregeln zufolge mussten sie und Jörg nun für uns mitbechern.

Thomas schloss die Tür hinter uns. Ich taumelte auf einen der Gartenstühle zu und ließ mich auf das kalte Eisen sinken. Bevor ich den Himmel nach Sternen absuchen konnte, versperrte Thomas mir die Sicht.

»Hey.« Sein Haar schimmerte hier draußen nicht mehr, als würde es vor Haargel triefen, dafür wirkte sein Gesicht im Mondlicht wie ausgehöhlt. Plötzlich überkam mich ein mulmiges Gefühl.

»Weißt du, eigentlich habe ich überhaupt keine Lust auf diesen Abend gehabt«, sagte Thomas und beugte sich leicht nach vorn.

Dito, dachte ich.

»Aber du bist echt geil!«

Di-hä?

Ich runzelte die Stirn. »Thomas, vielen Dank, aber ... aber ich bin momentan nicht auf der Suche.«

»Ach, Quatsch, ein hübsches Mädchen wie du wäre doch total blöd, wenn es nicht ...«

»Wenn es nicht *was*? Auf einen unscharfen Typen wie dich abfahren würde? Thomas, du hast so viele Haarprodukte auf dem Kopf, du siehst aus, als würdest du gesponsert werden von Got2b.« Ich schüttelte den Kopf. »Sorry, aber ich will wirklich nichts von dir.«

»Jetzt sei doch keine Spaßbremse, Emma!« Er grinste schmierig und stützte sich auf die Armlehnen des Gartenstuhls. Schon wieder kam er mir so nah, dass sich die Härchen auf meinen Oberarmen aufstellten. »Es muss doch auch nichts bedeuten!«

»Thomas, lass mich«, fauchte ich. Nicht genug, dass er mich beleidigte, es behagte mir auch nicht, wie er mich ansah und wie wenig Raum uns trennte. »Lass mich aufstehen.«

Er sagte nichts, trat nicht beiseite. Stattdessen schnellte seine Hand zielsicher zu dem Teil meines T-Shirts, der meinen Busen bedeckte. Er betatschte mich und mir dämmerte, dass das nicht das Einzige war, was er im Sinn hatte. Die beachtliche Menge Alkohol in meinem Blutkreislauf verzögerte meine Reaktion. Ich war wie gelähmt. Und schon näherten sich seine Lippen meinen. Mir war speiübel. Vor Angst, vor Abscheu, vor allem. Seine Augen waren eiskalt, seine Hände packten mich nun grober an. Die Luft blieb mir weg, ich war nicht fähig zu schreien, als sich sein Mund hart auf meinen legte. Ich wollte nicht, dass Thomas mich berührte. Nur weil ich Single war, hieß das nicht, dass ich mich von jedem besteigen lassen musste.

Irgendwoher nahm ich den Mut, um mich aus dem Stuhl hochzudrücken. Ich wollte ihn überraschen, ihn wegstoßen, sodass ich flüchten konnte. Doch stattdessen schlang sich sein rechter Arm um mich und drückte mich an ihn. Dabei begrapschte er meinen Hintern. Es war nicht die Art, auf die

Hannes mich anfasste, wenn wir tanzten. Es war die Art, auf die Männer Frauen anfassten, die ihnen egal waren. Ich fühlte mich billig, abgewertet. Wahnsinnig verloren und unverstanden. Und er tat mir weh! Die Finger seiner rechten Hand rissen bald an meiner Hose, die anderen zerrten an meinem Oberteil.

»Jetzt stell dich doch nicht so an, du willst es doch auch!«, blaffte er.

Ich musste weg. Bevor er erneut versuchen konnte, seinen Mund auf meinen zu pressen, mobilisierte ich all meine Kräfte. Mit voller Wucht trat ich ihm zwischen die Beine. Diesmal erwischte ich ihn wirklich unerwartet. Er ließ mich augenblicklich los und legte beide Hände schützend in seinen Schritt. Während er noch wimmerte und auf der Terrasse zusammensank, lief ich durch das Gartentor davon. In meinem Kopf rauschte es. Es war mir egal, dass meine Tasche und meine Jacke noch im Wohnzimmer des Hauses lagen. Ich wollte nur noch weg.

*

Gesang hallte durch den Zug. Es war ein bayerisches Volkslied. Ein Betrunkener in abgewetzten Lederhosen torkelte durch die Reihen. Die alte Frau, die mir gegenüber saß, empörte sich, wie man nur so besoffen mit der Bahn fahren und andere Leute belästigen konnte. Ich nickte ihr zu. Der Gesang kam näher und mit ihm dieser Gestank. Mir stellten sich die Nackenhaare auf. Wie er roch, wie er sich benahm, völlig außer Kontrolle … wie Thomas letzte Nacht.

Das Warten auf den Bus war entsetzlich gewesen. Da mein Geld und mein Handy bei Antonia gelegen hatten, war ich darauf angewiesen gewesen, zwanzig Minuten auf den öffentlichen Nahverkehr zu warten und dann auch noch schwarzzufahren. In mir drin hatte alles geschrien: »Er wird dir folgen und dann bist du ganz alleine in diesem Bushäuschen!« Zum Glück war er mir nicht nachgelaufen. Aber ich hatte mich erst wieder sicher gefühlt, als ich in den Bus gesprungen war und mich in das Polster gedrückt hatte. Und immer wieder seine Stimme in meinem Kopf: »Du willst es doch auch!«

Sechs Stunden Schlaf und eine Doppelstunde Bio hatten mich ein wenig beruhigt. Zwar bekam ich immer noch eine mittelschwere Panikattacke, wenn ich an Thomas dachte, aber wenigstens hatte ich nicht mehr das Gefühl, mich sofort übergeben zu müssen. Alles, was ich wollte, war, die ganze Geschichte einfach vergessen, sie in eine Schublade verbannen und diese dreimal absperren. Ich musste mich konzentrieren, einzig an das heutige Vorhaben denken: Ich würde am Eignungstest teilnehmen, mit dem Auswahlkomitee der Schule sprechen und hoffentlich einen so guten Eindruck hinterlassen, dass es mich annahm.

Gut, dass zur heutigen Berufsberatung ohnehin anständige Kleidung gefordert gewesen war. Und auch gut, dass Antonia sauer auf mich war, weil ich »einfach verschwunden« war. So würde sie sicher nicht bei mir zu Hause anrufen und nach mir fragen. Meine Eltern dachten nämlich, ich wäre bei ihr. In Wirklichkeit war ich aber auf dem Weg nach München. Unterwegs ins Abenteuer, auch wenn ich davon eigentlich schon zu viel in meinem Leben hatte.

*

Fünfzig Jahre. Was für eine lange Zeit. Mit ein und derselben Person. Ich suchte in den Gesichtern meiner Großeltern eine

Spur von Stolz auf ihre goldene Hochzeit, ich sah aber nur Hunger.

Die ganze Verwandtschaft war gekommen. Na ja, abgesehen von Tante Juli, über die niemand gern sprach. Denn Tante Juli hatte seit Jahrzehnten keinen Kontakt mehr zu ihren Eltern und ihren Geschwistern. Ich selbst kannte sie nur von Fotos – sie war eine schöne Frau, oft fotografiert vor der malerischen Kulisse Münchens. Meine Mutter und sie waren eng befreundet gewesen und durch sie hatte meine Mutter meinen Vater überhaupt erst kennengelernt. Das schien Tante Juli jedoch niemand zu danken. Wenn ihr Name doch mal fiel, schüttelten alle die Köpfe. Sie war wohl auf die schiefe Bahn geraten. Ich hätte ihr Gesicht dennoch gern zwischen all den anderen gesehen.

Wir saßen in einem Lokal, das »Der dicke Mann« hieß. Cousin Albert – ein 25-jähriger Student, der leider viel zu viel Zeit seinen BWL-Büchern und viel zu wenig Zeit seiner Akne-Creme widmete – geiferte schon eine ganze Weile zu mir herüber. Ich unterdrückte ein Würgen. Es war schon blöd, mit niemanden reden zu können. Niemandem erzählen zu können, wie brillant es gelaufen war. Wie nett die Lehrer gewesen waren, wie schön das Schulgebäude, wie angenehm das Gespräch und dass ich sogar einen Witz gemacht hatte. Die Lehrer hatten mich beim Vorstellungsgespräch gefragt, was ich mir von der Ausbildung versprach. Und ich versprach mir, neue Kulturen kennenzulernen, in Amerika *fizzy drinks* zu süffeln und mich durch Frankreich zu fressen. Darüber hatten sie gelacht und dann zufrieden genickt. Aber diese Anekdote konnte ich in diesem Rahmen nicht loswerden.

Und da war noch eine Sache, die ich gern besprochen hätte und einfach nicht besprechen konnte. Sie war mir auf der

Heimfahrt von München in den Sinn gekommen, als die Nacht so schwarz gewesen war wie die, die ich im Bushäuschen gezittert hatte: Es hätte alles nicht passieren müssen. Wenn mein Kopf nicht so benebelt gewesen wäre, mein Magen nicht so rebelliert hätte – kurz: wenn ich nicht getrunken hätte –, dann hätte mich Thomas nicht angefasst. Was also, wenn ich endlich damit aufhörte? Wenn ich auf Alkohol verzichtete? Wenn es mir egal war, was andere dachten?

Tante Karin rammte mir ihren Ellenbogen in die Seite und riss mich damit aus meinen Gedanken. »Emma, wir trinken auf Oma Gitte und Opa Herbert«, sagte sie und schob mir im selben Augenblick ein Glas Sekt hin.

»Oh, ich …« Ich wurde knallrot. »Ich trinke keinen Sekt, ich stoße lieber mit meiner Cola an.«

»Ach, nimmst du etwa Medikamente?« Tante Karin senkte ihre Stimme. Dabei sprach sie aber immer noch so laut, dass alle Anwesenden sie hören konnten. Zum Glück waren meine Eltern gerade damit beschäftigt, Oma Gitte näher an den Tisch zu bugsieren, damit sie sich nicht noch mehr mit der Bratensoße einsaute. Dabei beschwerte sich meine Mutter unentwegt, wie unschicklich das doch war.

»Äh, ja«, stotterte ich. »Antibiotikum. Blasenentzündung.«

Ich schämte mich etwas. Selbst vor meinen Verwandten traute ich mich nicht, uncool zu sein. Stattdessen log ich. Die Welt ging davon zwar nicht unter. Aber ich würde lernen müssen, Nein zu sagen. In Gegenwart meiner Familie und vor allem in Gegenwart meiner Freundinnen.

4

Humorfrei

Du wirkst außer Atem«, begrüßte mich Ralf. Ich wunderte mich, dass es auf den Webcam-Bildern zu erkennen war, dass sich mein Brustkorb schnell auf und ab bewegte.

Schnaufend antwortete ich: »Ich habe gerade zu Katy Perry getanzt, als deine Skype-Einladung kam.«

Ralf lehnte sich in seinem Stuhl zurück, um herzlich zu lachen. »Ich kann dich auch mit der ehemaligen Mrs Brand alleine lassen, wenn du …«

»Nein, ich freue mich, dass du ›angerufen‹ hast.« Ich formte in der Luft Gänsefüßchen.

Ich hatte Ralf beim Eignungstest kennengelernt. Über seinem hübschen Gesicht thronten Unmengen von schwarzen Locken. Er sah aus wie ein Model für Shampoo und hatte mich gleich einladend angelächelt, als ich etwas unsicher die Sprachenschule betreten hatte. Anders als ich war Ralf überhaupt nicht nervös gewesen. Sein Ziel war es, sein Französisch zu perfektionieren, weil er irgendwann nach Paris ziehen wollte. Er liebte die Hauptstadt Frankreichs, das Laissez-faire, all die obskuren Filme, die in diesem Land entstanden, und seinen festen Freund aus der Bretagne. Mit ihm übte er schon seit Monaten Französisch. »Und nicht nur die Sprache«, hatte er mir erklärt. Und ich hatte gekichert. Seine Anwesenheit hatte mich relaxt. Vielleicht hatte Ralf sogar dazu beigetragen, dass mir der ganze Nachmittag in München so positiv in Erinnerung geblieben war.

»Und wie ist dein Gefühl?«, fragte er mich nun.

»Ich weiß es nicht.« Ich hob die Hände. Ich war mir nicht sicher, welche Fehler ich im Aufnahmetest gemacht hatte. Würden die Lehrer dies und jenes gelten lassen? Hatten sie vielleicht nur so freundlich getan und dabei versteckt, dass sie mich für unfähig hielten?

Während ich mir eine Strähne aus dem Gesicht wischte und mir einen Dutt band, sagte Ralf: »Also ich habe ein gutes Gefühl. Und du solltest es auch haben. Die werden uns beide nehmen und dann können wir nebeneinander sitzen.«

»Au ja, und uns Zettel schreiben!«

»Zettel schreiben ist doch so 2000. SMS sind die neuen Briefchen unter der Schulbank.«

»Stimmt auch wieder.«

Ich lachte in mich hinein.

Es war entspannend, mit Ralf zu reden. Und so einfach. Er war der Einzige, dem ich bisher von der Sache mit Thomas erzählt hatte. Nicht einmal Antonia und Frida wussten davon. Ich hätte es ihnen natürlich erzählen können. Aber ich war mir ziemlich sicher, dass sie es nicht schlimm finden würden, was passiert oder eben nicht passiert war. Ralf dagegen war empört. Deshalb traute ich mich nun auch, ihm zu sagen, dass ich seit Donnerstagabend keinen Schluck Alkohol mehr getrunken und mir vorgenommen hatte, es dabei zu belassen.

Er ließ sich meine Worte durch den Kopf gehen, als müsste er sich bildlich vorstellen, wie das funktionieren sollte. Soweit ich das auf meinem Bildschirm sehen konnte, war sein Gesicht nachdenklich, bis es sich plötzlich erhellte und er sagte: »Ich finde das cool. Richtig alternativ.«

»Ich habe gerade zu Katy Perry getanzt, ich kann nicht besonders alternativ sein.«

Ralf lächelte. »Ich bleibe aber bei meiner Einschätzung: Du bist cool.«

*

»Ich bin einfach nur außerordentlich frustriert«, rief Antonia am Montagnachmittag aus, als wir uns nach der Schule auf den Weg zu Frida machten. Auf den Straßen hatte sich ein spiegelglatter Film ausgebreitet und wir kamen mehr schlecht als recht vorwärts.

»Wieso?«, fragte ich. Dass sie einen Depri schob, hatte ich im Unterricht nicht bemerkt.

Sie seufzte. »Na, ich habe beim Einkaufen am Samstag überhaupt nichts gefunden. Gibt es denn was Schlimmeres als das?«

Hmm, ja, dachte ich. Zum Beispiel den Hunger auf der Welt.

»Alle Hosen waren mir zu weit. Ich habe das Gefühl, mir wird nie wieder irgendetwas passen.« Sie stöhnte genervt auf.

Was Antonia da gerade tat, war eindeutig *fishing for compliments*. Ihr passte nur deswegen nichts mehr, weil sie zum Klappergestell mutiert war. Und dafür wollte sie nun auch noch gelobt werden. Ich tat ihr den Gefallen nicht. Zudem war ich mir nicht ganz sicher, ob Antonia uns die Wahrheit erzählte. Vielleicht hatte sie sich auch nur deswegen nichts gekauft, weil ihre Eltern sie die gesamte Hausbar hatten ersetzen lassen und sie nun pleite war.

Als wir das Haus erreichten und klingelten, öffnete uns zunächst niemand. Wir mussten es dreimal versuchen, ehe Frida in der Tür erschien.

»Hey, was macht ihr denn hier?« Frida war so verdutzt, als ob sie uns seit Wochen nicht gesehen hätte.

»Ich weiß nicht, vielleicht an unserem Sozialkundeprojekt arbeiten?« Antonia hob ihre Schultasche, sie war vollgepackt mit Büchern und sichtlich schwer.

»Bin ich da dabei?«

Antonia und ich sahen einander irritiert an. »Ähm, ja?«, antwortete ich.

Frida überlegte eine ganze Weile, dann trat sie beiseite. »Na, dann kommt mal rein«, sagte sie.

Ich konnte mir nicht verkneifen zu sagen: »Danke, wir wären beinahe festgefroren.«

»Ich muss aber gleich los«, erklärte Frida, als sie die Treppen hinaufstieg und uns in ihr Zimmer führte.

Das befand sich im üblichen chaotischen Zustand. Fettige Burger-King-Tüten, kaputte Perlenketten und alte Kaugummis lagen auf dem Boden verstreut und zeugten von Fridas Lebensstil. Während ich mit den Füßen eine Stelle zum Sitzen freiräumte, entdeckte ich eine leere Ouzoflasche, die zwischen zwei Zeitschriften herumkullerte. Ich warf einen Blick auf die Flasche und dann auf Frida. Die grinste breit. »Ich trink Ouzo, was machst du so?«, lachte sie.

Ich hatte nur einmal versucht, alleine zu trinken, und zwar einen Southern Comfort, den ich zum 16. Geburtstag geschenkt bekommen hatte. Aber abgesehen davon, dass ich

Sodbrennen bekommen hatte, war es auch nicht gerade spaßig gewesen. Warum es Frida nicht ähnlich erging, wenn sie ohne Gesellschaft Ouzo trank, verstand ich nicht.

»Wohin musst du denn?« Antonia ließ sich, nachdem sie sich beinahe auf ein Paar Socken gesetzt hatte, mit einem angewiderten Gesichtsausdruck neben Fridas ausgekippter Schminktasche nieder.

»Stefan und ich fahren mit seinem Motocrossrad durch die Gegend.«

Ich hakte nach: »Ist es dafür nicht ein bisschen zu kalt?«

Frida zuckte mit den Schultern. »So ein Winterwonderland ist doch ganz romantisch.«

»Und eisig glatt. Außerdem müssen wir mit unserer Arbeit fertig werden.«

Frida warf einen kurzen Blick auf die Unterlagen, die wir ausgebreitet hatten. »Na, das sieht doch schon einigermaßen gut aus! Ihr kriegt das schon hin! Macht einfach die Tür zu, wenn ihr geht.« Mit diesen Worten schnappte sie sich ihre Motorradjacke, stieg in die Stiefel und verließ das Zimmer. Zum Abschied wedelte sie noch kurz mit ihrer Handtasche.

Ungläubig sah ich ihr nach. Es brach einfach aus mir heraus, sobald die Tür hinter ihr ins Schloss gefallen war. »Was soll die Scheiße? Spinnt die jetzt komplett?«

»Ach, lass sie doch. Wenn du einen Freund hättest, wärst du doch genauso«, sagte Antonia unerwartet schnippisch.

Ich verzog das Gesicht zu einer Grimasse. »Ganz sicher würde ich euch nie so hängen lassen.«

»Na ja«, sagte Antonia. »Das werden wir sehen, wenn du erst einmal in München bist.« Sie spuckte den Namen der Stadt aus, als wäre er etwas Widerliches. »Ist doch außerdem nicht das erste Mal, dass wir Fridas Teil der Aufgaben mitmachen.«

»Wir können das aber nicht immer machen. Irgendwann sind wir nicht mehr da und dann steht sie da.«

»Ich werde immer für sie da sein. Hier an Ort und Stelle«, erwiderte Antonia. Nur klang es nicht wie eine Freundschaftsbekundung, es klang wie eine Drohung.

Ich seufzte: »Schon gut«, und gab mich mal wieder geschlagen.

*

Wieder zu Hause beschloss ich, meine abgefrorenen Beine mithilfe einer abendlichen Badezeremonie zu enteisen und mich ein bisschen zu erholen. Nur war das nicht ganz so einfach, da es in der kleinen Wohnung über dem Buchladen nur ein Badezimmer gab. Irgendjemand platzte immer herein und wenn ich es auch nur wagte, mich darüber aufzuregen und die Tür abzuschließen, wies man mich in die Schranken: »Junges Fräulein, du magst zwar in der Pubertät sein, aber du bist nicht alleine auf der Welt und die Kinder in Afrika haben gar kein Bad!« Bla, bla, bla.

Natürlich musste meine Mutter auch heute äußerst dringend ins Bad. Sie wollte ihre Augenbrauen zupfen, während ich mein Badewasser vorbereitete, also Hunderte von duftenden Kügelchen versenkte, Schaum aufbauschte und Amy Winehouse auflegte. Etwas kraftlos saß ich am Wannenrand. Ich wollte nichts anderes tun, als mich im warmen Badewasser tröstend selbst zu umarmen. Meine Mutter sah mir wohl an, dass es mir nicht gut ging. Nach zwei Minuten Zupfen drehte sie sich zu mir um. »Also, warum ziehst du so ein Gesicht? Hast du eine schlechte Note bekommen?«

Ich schüttelte den Kopf. »Es ist nichts.«

»Ich sehe aber, dass was ist«, sagte meine Mutter und sah mich eindringlich an. »Gab es bei Frida Ärger?«

»Nein. Also, ja, schon«, stotterte ich. »Sie ist einfach abgehauen und hat uns in ihrem Zimmer ihren Teil der Aufgaben machen lassen.«

»Aber das macht sie doch immer so.« Meine Mutter wandte sich wieder ihren Augenbrauen zu.

»Möglich«, ich guckte noch eine Spur böser. »Und darüber regt sich niemand mehr auf. Wenn ich aber an einem Abend keine Lust auf ein Trinkspiel habe, ist das Geschrei wieder groß.«

»Trinkspiel?« Sie drehte sich nun erneut zu mir um.

Ich atmete scharf ein. Im Gegensatz zum Fernsehen hatten mir meine Eltern alkoholhaltige Genussmittel nie verboten. Insbesondere meine Mutter hatte ja selbst wilde Jahre gehabt. Vielleicht reizten mich Schnaps und Co. daher nicht so sehr.

Allerdings wären auch meine Eltern nicht wirklich begeistert gewesen, wäre ich volltrunken nach Hause gekommen. Auf den zweiten Blick waren sie eben doch Spießer. Also änderte ich die Geschichte schnell ein wenig ab und sagte: »Ich mache da ja nie mit. Und das ist eben das Problem. Die akzeptieren das nicht. Und ich habe nicht vor, da jemals mitzumachen.« Stimmte ja fast. Nur dass das »jemals« eigentlich ein *»weiter«* war.

Meine Mutter schien mir die Story abzukaufen. »Weißt du, es ist wichtig, zu seiner Meinung zu stehen.« Sie legte ihre Pinzette weg. »Und alles ist besser, als in etwas hineingezwungen zu werden, auf das man keine Lust hat.«

»Du hast recht«, entgegnete ich. »Aber ich will mich auch nicht ständig dafür rechtfertigen müssen, dass ich nicht trinke.«

»Vielleicht zieht ja das Argument, dass die größten Stars trocken sind. Farin Urlaub von den Ärzten ist zum Beispiel Antialkoholiker.«

»Woher weißt du denn, wer Farin Urlaub ist?« Ich hob eine Augenbraue. Meine Mutter kannte normalerweise nur die Beatles und die Bangles.

»Deine alte Mutter kennt sich sehr wohl aus«, antwortete sie grinsend. »Was ich sagen will: Man muss einfach drüberstehen, mein Spatz.« Sie strich mir eine Strähne aus dem Gesicht.

»Du hast recht«, wiederholte ich.

»Natürlich habe ich das, ich bin deine Mutter.« Sie zwinkerte mir zu.

In diesem Moment klang ein gellender Schrei durch das Haus.

»Oje, dein Vater. Ich geh mal lieber runter«, sagte sie und schloss die Tür hinter sich.

*

»Ich würde dir ja wirklich gern sagen, was bei mir bei der fünften Aufgabe rausgekommen ist, aber leider habe ich sie nicht lösen können.« Ich zog eine Schnute, während ich neben Alina durch die Klassenzimmertür hinaus auf den Flur ging. Die allgemeine Stimmung glich der bei einer Beerdigung. Mathetest, du schlimmstes Übel der Erde. Gut, ich hätte vielleicht weniger *O.C., California* gucken und im Gegenzug mehr Rechenaufgaben zur Vorbereitung lösen können. Aber ich war mir ziemlich sicher, dass noch mehr Lernen auch nichts gebracht hätte.

Alina seufzte tief, als wollte sie die gesamte verbrauchte Luft aus dem Schulhaus in ihre Lunge einsaugen. »Ich bin geliefert.«

Wir schlugen den Weg zum Biosaal ein, im Gang stand Hannes. Erst dachte ich, er lungere dort nur rum, aber als er mich sah, stieß er sich von der Wand ab und folgte mir. Alina bog zur Toilette ab, um sich etwas Wasser ins Gesicht zu spritzen, als er mich ansprach: »Hey, Ems.«

»Hannes, na? Habt ihr eine Freistunde?«

»Natürlich nicht, wir haben gleich Reli, aber ich habe keine Lust darauf.«

»Ah ja.« Ich nickte, als ob ich nachvollziehen könnte, dass er lieber durch die Schule spazierte, als zum Unterricht zu gehen. Als gäbe es im Gebäude so viel zu sehen ...

»Ich habe dir was mitgebracht.« Er zog einen USB-Stick aus seiner Hosentasche, der leuchtete blau.

Ich nahm ihn irritiert an. »Was ist das?«

»Ein Musikmix. Habe ich gestern für dich gemacht.«

»Du hast an mich gedacht?«

»Klar, du bist doch mein Homie!« Geräuschvoll kaute er auf seinem Kaugummi. »Ich war ein bisschen high und da dachte ich mir: ›Hmm, *Behind Blue Eyes* erinnert mich an Emma‹.«

»Hannes, meine Augen sind grün. Das weißt du doch, du hast sie schon mal mit denen deiner kranken Katze verglichen.«

Hannes hielt inne, um mich genauer anzusehen. »Ach, stimmt«, stellte er fest. »Aber ich kann mich ja nicht an die Augenfarbe all meiner Freunde erinnern.« Er nickte langsam, um seine Aussage zu bekräftigen, und klopfte mir auf die Schulter. »Viel Spaß damit! Wir sehen uns!«

Ratlos blieb ich stehen und sah ihm dabei zu, wie er zurück in die Richtung ging, aus der wir gekommen waren. Der USB-Stick schimmerte in meinen Fingern. Ich fand es süß, dass er Songs für mich zusammengestellt hatte. Aber »all meiner

Freunde«? Hatte er für andere Freunde auch solche Playlists zusammengestellt? Und er hatte mich »Homie« genannt. Wir waren nur Freunde? Noch dazu *Homies?* Nicht mal, wenn er high war, dachte er darüber nach, mich näher kennenzulernen? Und *Behind Blue Eyes* war ein ziemlich trauriges Lied über eine tragische Figur. Wollte Hannes mir tatsächlich sagen, dass ich zu dem stehen sollte, was sich hinter meinen wie-auch-immer-gearteten Augen verbergen mochte? Wahrscheinlich nicht. Und dennoch konnte ich nicht aufhören, über seine Songauswahl nachzudenken.

*

Das Gute am Kunstunterricht war, dass wir nicht ermahnt wurden, wenn wir mit iPod-Stöpseln in den Ohren erwischt wurden. Bei Herrn Weber war Musikhören sogar ausdrücklich erlaubt. Dafür hatte es den Anschein, dass Antonia es nicht duldete, wenn ich den iTunes-Mix von Hannes laufen ließ, während ich mit Aquarellfarbe herumprobierte. Sie schwenkte ihre Hand vor meinen Augen.

»Emma, huhu, wir sprechen mit dir!« Ein weißes Blatt Papier lag vor ihr auf dem Tisch und sie hatte nicht vor, sich mit Farbe schmutzig zu machen. Wahrscheinlich würde sie dennoch eine Eins bekommen. Für die versteckte politische Aussage, die sie machte, wenn sie ein leeres Blatt abgab. Herr Weber benotete eigentlich alles mit Eins. Wenn man so wenig malen konnte wie ich, verbuchte er es unter Expressionismus. Und wenn man besonders gut malen konnte, wurde man als nächster van Gogh der Realschule geadelt.

Ich zog genervt den Stöpsel aus meinem Ohr und stoppte die Musik. Vielleicht auch nicht gerade das Schlechteste,

Hannes stand auf gottserbärmlich schlecht gemachte Rockmusik für Teenies. »Was ist denn?«, knurrte ich.

»Welches Tattoo willst du dir mal stechen lassen?«

»Hä?«

»Wir sprechen gerade über Tattoos und Frida will das hier!« Antonia deutete auf das Blatt Papier, das vor Frida lag. Die war gerade damit beschäftigt, so viele Schwalben wie möglich zu zeichnen.

»Das soll komplett auf meinen Oberarm. Stefan steht total auf Sleeves«, sagte Frida.

Um sie nicht zu verärgern, schluckte ich die Antwort herunter, die ich ihr eigentlich geben wollte – »Auf keinen Fall einen Sleeve!« – und sagte stattdessen: »Du willst dir also ein Tattoo stechen lassen, weil es deinem Freund gefällt?«

Ich warf Antonia einen Blick zu. Ich wusste, dass das eine Sache war, bei der sie Frida nicht vollständig unterstützte. So etwas war rar, kam aber vor. Wahrscheinlich hatte sie mich auch deshalb aus meiner Trance geholt. Ich sollte ihr dabei helfen, unsere Freundin vor einem großen Fehler zu bewahren.

»Gibts nicht vielleicht eine Alternative?«, fragte ich Frida.

Zwar durfte sie sich erst in einem Jahr überhaupt irgendetwas stechen lassen, aber ich kannte sie zu gut. An den Nasenring war sie auch spielerisch gekommen. Denn ihr künstlerisches Geschick half ihr nicht nur beim Zeichnen von Schwalben oder Dekorieren von Torten, es war auch für das Fälschen der Unterschriften ihrer Eltern zu gebrauchen.

»Lady Gagas Tattoo«, antwortete Frida.

»Das am Oberarm?«

Frida nickte. »Jawohl.«

»Prüfen Sie, ob er in der tiefsten Stelle Ihres Herzens seine Wurzeln ausstreckt, gestehen Sie sich ein, ob Sie sterben müssten, wenn es Ihnen versagt würde zu schreiben. Dieses vor allem: Fragen Sie sich in der stillsten Stunde Ihrer Nacht: Muss ich schreiben?«, sagte ich feierlich.

Antonia sah mich ungläubig an. »Bitte?«

»Das ist der Spruch auf der Innenseite von Lady Gagas Oberarm. Von Rilke!« Ich zuckte mit den Schultern. »Meine Eltern sind Buchhändler, schon vergessen?«

»Frida, du kannst noch nicht mal ein Bewerbungsschreiben formulieren, ohne in einem Satz drei Rechtschreibfehler unterzubringen.« Antonia klang nun hart. »Du lässt dir weder das eine noch das andere tätowieren.«

Frida rümpfte die Nase und wandte sich wieder ihren Schwalben zu. »Ja, Mama!«, nuschelte sie.

»Du schreibst Bewerbungen?«, fragte ich sie etwas erstaunt.

»Meine Mutter hat mich dazu gezwungen. Kam überfallartig in mein Zimmer und hat mich solange angestiert, bis ichs getan habe.« Frida kräuselte die Lippen. »Als ob ich die je abschicken werde!«

»Und was willst du stattdessen tun?«

»Bisher peile ich ja Spielerfrau an.«

»Also, wenn das deine Erwartung vom Leben ist – was sagt Stefan dazu?«, fragte ich sie, die Augen weit aufgerissen.

»Herrje, das war nur ein Spaß. Ich werde einfach gar nichts machen, sobald die Schule vorbei ist.« Frida schien der Gedanke gut zu gefallen, sie lächelte. »Ich werde mich treiben lassen.«

Mir fehlten die Worte. Diesmal schien Frida es ernst zu meinen. Ich warf ihr einen fragenden Blick zu, doch sie blieb stumm. Also steckte ich mir die Stöpsel wieder ins Ohr.

Zu allem Übel mussten wir in der darauffolgenden Stunde unser Sozialkundeprojekt abgeben. Frida hatte dazu nach wie vor nichts beigesteuert und Antonia und ich waren zu sehr von Mathe abgelenkt gewesen, um uns hundertprozentig sicher sein zu können, dass unsere Note gut werden würde.

Wenigstens konnte ich beim Tanzen abschalten. Wir frischten die *Jar of Hearts*-Schrittfolge auf und Ralf, der Ballett liebte und selbst tanzte, hatte mir via Skype ein paar nützliche Tipps gegeben. »Emma, du bist ein wunderschönes Mädchen. Aber du stehst immer so krumm da, als ob du dich verstecken willst. Schulterblätter zusammen, Brust raus, Kopf gerade halten.«

Ich tat, wie er es mir erklärt hatte. Und tatsächlich: Es funktionierte. Stuart holte mich nach vorn, in die erste Reihe. Erst tanzte ich zögerlich, dann immer energischer. Den Kopf gerade, den Körper angespannt, lächelnd.

Antonia, die noch immer wie ein Pinguin hin und her watschelte, gefiel das gar nicht. Sie zischte: »Ich schmeiße diesen Kurs und probiere was Neues aus. Pole Dancing vielleicht.«

Das hielt ich für keine gute Idee. Sie konnte ja noch nicht mal ohne Stange tanzen, wie sollte sie es dann mit können? Also wagte ich zu sagen: »Findest du nicht, dafür sollte man ... gelenkiger sein?«

»Jetzt spiel dich mal nicht so auf, nur, weil Stuart dich gelobt hat«, keifte sie. »Du bist auch nicht viel besser als ich. Und ich werde jedenfalls aufhören. Wie sieht es mit dir aus? Gehe ich richtig in der Annahme, dass du mich im Stich lässt?«

»Ich gebe doch nicht auf, was ich mag«, gab ich zurück. »Nur, weil du es willst.«

Antonia entgegnete nichts, auch im Bus nach Hause sprach sie kein Wort mit mir. Aber das störte mich nicht besonders.

*

»Habe ich dir nicht gesagt, du darfst nie wieder krank werden?« Das war Fridas wenig mitleidige Frage, als ich, im Aberdeen angekommen, die »Goaßmaß«, das bayerische Nationalgetränk für Säufer, ablehnte. Offiziell, weil ich Antibiotikum nahm. Diese Ausrede hatte bei der goldenen Hochzeit meiner Großeltern so gut gezogen, dass ich beschlossen hatte, sie auch in meinem Freundeskreis zu verwenden.

»Frida, hättest du uns Anfang der Woche nicht so lange in der Kälte stehen gelassen, wäre ich jetzt auch nicht krank«, konterte ich.

»Und warum warst du dann die ganze Woche in der Schule, wenn du so krank bist, dass du nicht trinken kannst?«

»Es ist eine Blasenentzündung. Da kann man nicht viel anderes tun, als Medikamente zu nehmen. In der Schule sitzen war laut meinem Arzt okay.«

»Dann such dir 'nen anderen Arzt«, riet Antonia und Frida nickte zustimmend.

Wenig später war meine Abstinenz kein Thema mehr. Alle hatten sich an dem Gemisch aus Bier und Schnaps gelabt und Hannes war sogar so gut drauf, dass er mir ein echtes Kompliment machte: »Dein Outfit sieht ja swag aus!«

In meinem Bauch flogen Babyschmetterlinge im Kreis. Auch wenn es mich stutzig machte, wie klein sie waren, das Flattern in meinem Bauch gefiel mir. »Danke schön«, antwortete ich geschmeichelt.

In diesem Moment stolperte Frida vorbei, hielt an und steckte ihren Kopf zwischen unsere. »Whoa, ich *liebe* es hier!«, lallte sie.

»Frida, was ist?«, lachte ich, während sie die Hände in Richtung Decke streckte, als hätte sie gerade die Eine-Million-Frage bei *Wer wird Millionär?* richtig beantwortet.

»Ich fühle mich gut! Fühlst du dich auch gut, so ganz ohne Medizin?« Frida kam mir ein bisschen zu nahe, ich spürte ihren Alkoholatem auf meinem Gesicht. Also schob ich sie sachte von mir.

»Mit Medizin, ohne Alkohol«, korrigierte ich sie. »Und ja, alles bestens.«

»Wisst ihr, das liebe ich so an guten Partys.« Frida stützte sich auf der Lehne meines Stuhls auf und schwenkte den Zeigefinger. »Man kann den Kopf freikriegen!«

Klar, fragte sich nur, von was sie ihren Kopf freikriegen musste. Sie interessierte sich nicht für die Schule, nicht für ihre Zukunft – was aber ging ihr dann im Kopf herum, das sie im Alkohol ertränken musste?

Frida torkelte davon und ich sah ihr hinterher. Den Rest des Abends hing sie an Stefans Lippen. Doch ich interessierte mich kaum dafür. Denn Hannes wich nicht von meiner Seite. Selbst als es Zeit zum Abschiednehmen war, löste er sich nur widerwillig von mir.

»Also, du Schnapsdrossel«, sagte er und nahm mich an der Hand.

»Also.« Ich sah zu ihm auf.

Er drückte meine Finger. »Tschö mit ö.«

Ich lächelte und wartete gespannt darauf, dass er sich zu mir herunterbeugte. Aber leider machte er keine Anstalten, mich zu küssen. Stattdessen legte er mir die Hand auf die Schulter und klopfte freundschaftlich darauf herum. Ich verabschiedete mich und verließ das Aberdeen. Mit einem Grinsen. Denn ich war an diesem Abend kein einziges Mal gestolpert.

*

Beim Skypen hatten Ralf und ich viele Gemeinsamkeiten entdeckt, die über das Interesse an der Sprachenschule hinausgingen. Ich konnte ihm vom ersten Augenblick an meine Probleme anvertrauen. Und er redete im Gegenzug über die Schwierigkeiten mit seinem Freund. Die Entfernung machte den beiden schwer zu schaffen und immer wieder tobte Jacques vor Eifersucht, obwohl er keinen Grund dazu hatte. Ich gab mir die größte Mühe, Ralf zuzuhören und ihm Ratschläge zu geben, auch wenn ich kaum Beziehungserfahrung hatte.

»Sag mal, ist ›FridaGold‹, die dir bei Twitter followt, eine von denen, die du anlügst?« Ralf senkte die Stimme, als könnte uns jemand abhören.

»Warum guckst du dir denn meine Follower bei Twitter an?« Ich zog die Augenbrauen zusammen, musste aber trotzdem lachen.

»Na ja, ich bin ja vielleicht bald Single«, sagte Ralf leichthin und zugleich todernst.

Ich überlegte kurz. »Also, ja, das ist eine aus der Gruppe ›Muss ich noch einweihen‹.«

Dass Frida darüber hinaus zutiefst schwulenfeindlich war, wollte ich Ralf nicht sagen. So offen wie er zu seiner Sexualität stand, so offen verabscheute sie Homosexuelle. Natürlich fragte ich mich, woher ihre Vorurteile kamen. Vermutlich hatte sie nur mal wieder Stefans Meinung angenommen, wie so oft.

Mir machte Ralfs Liebe zu Männer gar nichts aus, ich konnte sie sogar nachvollziehen, ich mochte Männer ja schließlich auch. Zudem vergötterte ich Ralf dafür, wie sehr er er selbst war. Sein Outing hatte er schon vor Ewigkeiten durchgezogen. Kurz vor seinem 15. Geburtstag hatte er seine ganze provinzielle Familie an den Küchentisch gebeten – inklusive unendlich konservativer Großeltern – und sehr detailliert erklärt, dass er nicht nur Tanz, Mode und schöne Dinge liebte, sondern vor allem andere Jungs. Und dass er nur deshalb regelmäßig zum Fußballtraining ging, weil er dort seine erste große Liebe traf. Seine Familie war natürlich konsterniert gewesen, aber als die erste Beziehung zerbrochen war, hatte sie ihm beigestanden. Insbesondere seine Mutter hatte ihm eine tröstende Schulter zum Ausweinen geboten.

»Die twittert ja einen Mist«, stellte Ralf nun fest.

Das stimmte. Boris Beckers Posts waren ein Dreck gegen das, was Frida im Netz von sich gab. »Bin beim Bäcker«, war nur einer ihrer sinnentleerten Ergüsse.

»Du hast das auch noch gelesen?«

»Mir war langweilig. Wir hatten Textverarbeitung im Unterricht und ich habe nicht vor, Tippse zu werden«, entgegnete Ralf, der wie ich in einer Realschule feststeckte. »Diese Frida ist irgendwie hohl.«

Ich seufzte. »Kann sein. Ich hab sie aber trotzdem lieb.«

*

Auch eine fiktive Blasenentzündung war irgendwann auskuriert, das war mir am Freitag klar. Also entschloss ich mich zu einer neuen Lüge – und gab vor zu trinken. Hannes und ich hatten gerade angestoßen (»Zum Wohl!«) und das stille Wasser im Glas schwappte, als wäre es Wodka. Alle waren froh, eine weitere Woche Schule überstanden zu haben. Als feierten wir schon, dass die Schule *für immer* vorbei war. Ich warf jedem Einzelnen an unserem Tisch einen Blick zu. Frida schrie übertrieben herum. Antonia hatte schon wieder einen fremden Typen in ihren Armen. Stefan fotografierte alles mit seinem Blackberry. Und Hannes hatte seine Hand auf meinen Oberschenkel gelegt, aber aus irgendeinem Grund gefiel mir das nicht.

Über den lauten Schall der Musik hinweg hörte ich mein Herz wummern. Niemand merkte es. Dass mein Lachen falsch war, genauso wie mein Getränk. Also warum machte ich es nicht einfach? Ließ die Bombe platzen? Jetzt und hier?

Ich spürte ein Ziehen in meinem Kreuz und wie sich mein Kiefer anspannte. Und dann hörte ich mich sagen: »Hört mal her, Leute!«

»Hey, seid mal still, Emma hat was zu verkünden!« Hannes johlte mit glasigen Augen und klopfte übermütig auf meinem Schenkel herum.

Ich stand auf, auch, wenn ich mir dabei etwas seltsam vorkam, als würde ich jeden Moment eine große Rede vor dem Parlament halten. Dann zeigte ich auf mein Glas. »Liebe Freunde, das ist Wasser. Ich habe ab jetzt nur noch vor, Wasser zu trinken. Oder Cola oder Sprite oder Saft. Ich habe keine Lust mehr auf Alkohol, also werde ich ihn nicht mehr anrühren. Das ist billiger und schmeckt besser und vor allem …« Gott sei Dank stoppte ich mich selbst, bevor ich sagen konnte: »… benehm ich mich dann nicht so daneben wie ihr.« Stattdessen fügte ich hinzu: »… fühle ich mich genauso spitzenmäßig wie ihr. Nur eben, ohne betrunken zu sein. Danke für eure Aufmerksamkeit.« Ich setzte mich wieder hin.

Die Musik erschien mir jetzt wesentlich leiser, obwohl ich nicht davon ausging, dass der DJ sie heruntergedreht hatte. Wahrscheinlich lag es daran, dass niemand etwas sagte.

Frida war es schließlich, die plötzlich losgackerte: »Der war gut!«, johlte sie.

Auch Antonia lachte, als hätte ich mich plötzlich in Michael Mittermeier verwandelt. Und Hannes war am Gröhlen: »Das passt zu dir, du Freak!«

Ich bemerkte, wie sich mein früheres Begehren in Abscheu verkehrte. »Also ihr könnt ja schön weitertrinken. Ich bin hier mit meinem Wasser.« Ich deutete erneut auf mein Glas, nahm einen Schluck, lächelte breit.

»Alles klar!« Antonia prustete los und schnappte sich wieder ihren Kerl. Frida rührte mit dem Strohhalm in ihrem Aperol-Sprizz, während Stefan eine SMS tippte. Keiner schien mehr auf mich zu achten. Ich war so allein, wie ich es befürchtet hatte.

*

Als wir Vero Moda betraten – Antonias Lieblingsladen, weil wirklich jedes Kleidungsstück dort wie für Size Zero gemacht war –, schlug uns stickig-schwüle Luft entgegen.

»Was ich dich fragen wollte, Emma: War das gestern dein Ernst? Trinkst du wirklich nicht mehr?« Antonia warf mir einen flüchtigen Blick zu, während sie zwischen den T-Shirts nach dem kleinsten suchte.

Es herrschte schon die ganze Zeit diese unangenehme Stille zwischen uns. Seit wir uns getroffen hatten. Als wäre die treue Schwesternschaft plötzlich vorbei. Ich hörte einen leicht feindlichen Ton in Antonias Stimme.

»Ja, das war mein Ernst«, sagte ich.

Frida sah mich an, sie wirkte erschrocken.

Antonia hatte den Kopf derweil schiefgelegt. »Bist du etwa schwanger?«

»Antonia!«, rief ich empört.

Wir gingen in Richtung Rolltreppe und Antonia fragte weiter: »Also nein? Bist du zum Islam konvertiert?«

»Quatsch!«

»Okay, dann sag mal, Emma, bist du dumm?«

Mein Herz hämmerte gegen meine Rippen. Ich war es nicht gewohnt, von meinen Freundinnen angefeindet zu werden. Wir zankten uns ja öfter, aber nie hatten sie mir Dummheit unterstellt. Wie sollte ich nur darauf reagieren, dass sie mich so behandelten?

Ich entschied mich für ein schlichtes »Nein, wieso?« als Antwort.

»Warum willst du dann nichts mehr trinken? Es gibt doch nichts Schöneres als einen Vollrausch!« Frida hakte sich bei Antonia unter. »Nach ’nem Kater denk ich auch immer, dass ich keinen Alkohol mehr anrühren werde. Aber man gewöhnt sich an die Kopfschmerzen. Einfach eine Bloody Mary drauf und weitertrinken! Alles kein Problem.«

»Der Grund für meine Entscheidung war nicht *ein* Kater.« Ich seufzte schwer.

»Wie auch immer. Hannes hatte recht. Du bist ein Freak«, zischte Antonia.

Ratlos blieb ich an der Rolltreppe stehen, während die beiden den Laden bereits verließen.

*

Und wieder stand ich viel zu lange vor einer Haustür. Mit ausgeprägt mieser Laune trat ich von einem Fuß auf den anderen. Was war denn nun, wollte Antonia mich nicht einmal mehr reinlassen? Nur weil ich mir nicht mehr die Kante geben wollte?

Ich klingelte erneut und schließlich machte sie mir dann doch auf. »Irgendwie haben wir nicht mehr mit dir gerechnet und schon angefangen«, sagte sie zur Begrüßung.

»Aber ich bin doch pünktlich und habe auch gesagt, dass ich komme?« Ich runzelte die Stirn, trat mir die Füße ab und folgte Antonia ins Haus. Unser Adventstee-Trinken stand schon seit einer Ewigkeit in meinem Hausaufgabenheft. Niemals hätte ich es vergessen oder wäre nicht aufgetaucht.

Antonia setzte sich zu Frida an den Küchentisch. Es roch nach Lebkuchen, die ihre Mutter gemacht hatte, bevor sie das Haus verlassen hatte. Freudig futterte Frida vor sich hin, ihre Miene gefror aber, als sie mich sah. Ich ließ mich auf dem Stuhl neben Antonia nieder. Diese rückte ein Stück von mir ab.

»Wir wissen nicht mehr so recht, was wir dir glauben sollen. Ich meine, wo du immer so getan hast, als würdest du gerne mit uns abhängen«, sagte sie bitter.

»Was? Ich hänge doch gern mit euch ab!«

»Dann stört es dich also nicht, wenn wir Rum mit unserem Tee nehmen?« Frida wollte mich provozieren. Jetzt entdeckte ich die Flasche neben der Kanne mit Tee.

»Ihr könnt doch machen, was ihr wollt«, antwortete ich kühl. Und es war die Wahrheit. Hier ging es ausnahmsweise mal um mich und darum, was ich wollte. Beherrscht, ohne vor Wut zu zittern, zog ich die Kanne heran, füllte meine Tasse und hantierte mit dem Zucker.

Sie beobachteten mich dabei stumm. Dann setzten die beiden das Thema fort, mit dem sie beschäftigt gewesen waren, bevor ich gekommen war. Sie zogen es dabei nicht in Betracht, mich aufzuklären, worüber sie sprachen. Es schien eine Lästerei über eine Person zu sein, über wen, erschloss sich mir nicht ganz. Fast glaubte ich, dass es um mich ging. Stumpf rührte ich in meinem Tee.

»Also, der Tee mit Rum ist oberlecker. Dir entgeht was, Emma«, sagte Antonia, deren Wut auf mich offensichtlich mit steigendem Promillestand sank.

»Nein, danke«, wehrte ich ab.

»Sicher?« Antonia schwenkte ihre Tasse unter meiner Nase hin und her. Ihre Bewegungen waren nicht mehr ganz so koordiniert wie noch vor ihrem ersten Becher.

»Ganz sicher«, antwortete ich.

5

Stressfrei

Seit Tagen war ich nervös, angespannt. Nicht, als wäre ich eine trockene Alkoholikerin. Es war nur so, dass ich ständig darauf aufpassen musste, was ich sagte, was ich tat. Ich wollte niemandem eine Angriffsfläche bieten. Natürlich war das traurig. Sich ständig in Verteidigungshaltung zu befinden, war kein Zuckerschlecken.

Noch gejagter wirkte allerdings meine Mutter. Am Abend veranstalteten wir im Buchladen eine Lesung. Nicht von irgendjemandem – nein, von *der* Julia Peters! Julia Peters war eine Feministin, wie sie im Buche stand, deswegen hatte sie auch gleich selbst ein Buch darüber geschrieben, wie es war, eine solche zu sein. Es hieß *Hyperfrau* und verkaufte sich wie geschnitten Brot. Aber nicht nur deswegen war es für Mom eine Ehre, dass sie bei uns las. Wenn meine Mutter nicht gerade Sturm-und-Drangler zitierte, dann Simone de Beauvoir. Manchmal fragte ich mich, ob sich das nicht mit ihrer literarischen Lieblingsfigur Effi Briest biss, aber was wusste ich schon? Das letzte Buch, das ich verschlungen hatte, war von Russell Brand, und gerade las ich sehr interessiert Teil zwei.

Nach der Schule half ich meinen Eltern bei den Vorbereitungen für den Abend – Bücherinseln abräumen, Stühle aufstellen, Kaltgetränke bereitstellen. Obwohl Letzteres ein wahrer Fitnessstudioersatz gewesen wäre, waren weder Antonia noch Frida meiner Einladung gefolgt. Sie hatten der Veranstaltung schon vorab den »Langweilig«-Stempel aufgedrückt und ich hatte daraufhin auch keine Lust mehr gehabt, noch jemand anderen zu fragen, ob er kommen wollte. Der Laden war aber auch so voll genug. Die intellektuelle Elite Regensburgs wollte sich die Senkrechtstarterin der modernen Literatur nicht entgehen lassen.

Ich war gerade mit dem Einschenken eines Glases Rotwein für eine Dame mit spitzem Kinn und wachen Augen beschäftigt, als ein junger Mann den Laden betrat. Er fiel mir sofort auf. Denn immerhin waren hauptsächlich Frauen anwesend. Der kleine Kreis an Männern, der sich hierher getraut hatte, wirkte weniger an Julias Thesen interessiert als an ihrem herzförmigen Gesicht und ihren schimmernden Locken. Der junge Mann sah nicht so aus, als zähle er auch zu ihnen. Er hatte blonde Haare, die auf der einen Seite länger gewachsen waren. Zum strengen Scheitel trug er eine große schwarze Brille, dahinter verbargen sich braune Augen. Im Licht des Ladens wirkte seine Haut rein. Ein paar verirrte Schneeflocken, die ersten Anzeichen einer weißen Weihnacht, hatten sich auf seiner schwarzen Jacke breitgemacht und tauten schneller, als ich ihn anlächeln konnte. Wäre Hannes in diesem Moment durch die Tür gerutscht und hätte sich auf Knien für alles entschuldigt, hätte mir sogar seine Liebe gestanden, ich hätte es ignoriert.

Wie gebannt sah ich den Fremden an. Wie alt war er wohl? 17? 18? Er war auf jeden Fall im richtigen Alter und anbetungswürdiger als alle Hollywoodstars. Und er steuerte geradewegs den Getränkeverkauf an.

Wahrscheinlich muss ich es nicht extra betonen: Mein Gehirn verabschiedete sich, als er mir in die Augen blickte. »Hey, einen Apfelsaft bitte«, sagte er und ein Lächeln umspielte seine Lippen.

Ich nickte dümmlich und griff zuerst in die falsche Kiste. Um es zu überspielen, dass ich ihm beinahe Spezi als Apfelsaft verkauft hätte, ließ ich einen Spruch los: »Na, hat deine Freundin dich hierher geprügelt?«

»Nein, ich bin hier, weil ich Julia Peters für ein Schulprojekt fotografiert habe.«

Ungelenk angelte ich mir die richtige Flasche und richtete mich wieder auf. »Also kein lang gehegter Mädchentraum, sie mal live zu sehen?«, blubberte es aus mir heraus.

Innerlich klatschte ich mir an die Stirn. Warum hatte ich ihn gerade als Mädchen bezeichnet? Sonst nahm ich mir die Flirttipps aus sämtlichen Frauenzeitschriften doch auch immer zu Herzen! Was war heute nur mit mir los?

»Du fotografierst also?«, legte ich schnell nach.

Er rückte sich die Brille zurecht. »Ja. Tatsächlich habe ich mich an der Akademie der Bildenden Künste in München beworben.«

»Wirklich? Cool. Ich habe höchstens Erfahrung darin, verwackelte Schnappschüsse für mein Facebook-Fotoalbum zu schießen. Ich suck im Fotografieren echt.« Mit einem Klacken und Zischen öffnete ich die Flasche. »Aber cool, wenn man das kann. Ich habe mich auch in München beworben, allerdings an einer Fremdsprachenschule.« Endlich reichte ich ihm die Flasche. »Hier! Zwei Euro, bitte«, sagte ich erleichtert und schob dann nach: »Ich heiße übrigens Emma.«

Super, damit hatte ich nun offiziell mein ganzes Leben vor ihm ausgebreitet.

»Jarek Wintersteiger.« Er gab mir das Geld. Dabei streiften seine Finger meine und ein Kribbeln überlief meinen Körper. »Ich hab übrigens keine Freundin.« Er nahm einen Schluck Apfelsaft und linste mich dabei aus den Augenwinkeln an.

»Ich auch nicht. Also, äh, einen Freund«, stotterte ich.

Gab es eigentlich einen Award für Menschen, denen von jetzt auf gleich sämtliche Gehirnzellen abhanden gekommen waren? Ich hätte ihn bekommen sollen.

Jarek lachte. »Du bist lustig. Arbeitest du hier?«

»Nein ... na ja, meinen Eltern gehört der Laden.«

»Sieht toll aus. Dann gehst du noch zur Schule?«

»Ja, auf die Realschule.«

»Gymnasium.« Er zeigte auf seine Brust. Auf seine perfekt geformte Brust. »Vielleicht sollte ich dir meine Handynummer geben, das wäre praktisch, wenn du mich wieder mal als Mädchen bezeichnen willst.«

Also hatte er meinen Fauxpas tatsächlich mitbekommen. Ich lächelte schief. »Nun, vielleicht gebe ich dir meine auch, dann kannst du mir zeigen, wie man Fotos macht, die nicht bekloppt aussehen.«

»Einverstanden«, sagte er und holte sein iPhone hervor. Dann machte er ein Foto von mir, wie ich in der Buchhandlung meiner Eltern stand, ernst guckte, wie immer, wenn ich nicht schnallte, was vor sich ging, und gab mir das Handy, um meine Nummer einzutippen.

Danach reichte ich ihm meines. »Ich mache aber kein Foto von dir, das kann ich ja nicht«, bemerkte ich schmunzelnd.

»Na, aber dafür kannst du bestimmt andere Sachen gut«, sagte er und sah kurz von meinem Telefon auf, um mich anzulächeln. »So. Ich denke, ich such mir jetzt einen Platz.« Als er mir mein Handy zurückgab, lag seine Hand für eine Millisekunde auf meiner. »Bis nachher«, hauchte er.

Es hätte die legendärste Lesung aller Zeiten sein können. Das Woodstock der Lesungen. Oder das wohl Schlechteste, was jemals auf einer Bühne fabriziert worden war. So oder so: Ich hätte es nicht mitbekommen. Ich stand neben den Getränkekisten und betrachtete Jareks Hinterkopf – geschlagene eineinhalb Stunden lang. Feminismus hin oder her, ich hätte wahrscheinlich alles für ihn getan.

Nach der Lesung trug er ein breites, energiegeladenes Lächeln auf den Lippen. »Das war der Wahnsinn! Wie die vorgelesen hat, mit einer Intensität …«

»Ja, ich fand die auch gut«, log ich.

»Auch, wenn ich dir jetzt noch einen Grund gebe, mich einem falschen Geschlecht zuzuordnen, aber für mich gibt es nichts Interessanteres als emanzipierte Frauen.«

Ich nickte, während ich noch darüber staunte, wie lang seine Wimpern waren.

»Gott, jetzt würde ich gerne noch wohin gehen und quatschen«, sagte er und plötzlich war ich wieder hellwach.

»Na, das Aberdeen hat doch unter der Woche auch auf«, antwortete ich.

Nicht, dass ich unter der Woche je dort gewesen wäre. Ich wusste nur von Antonia und Frida, dass donnerstags »After Work« angesagt war, aber bekanntermaßen arbeitete ich nicht. Wenn ich mal Dienst im Buchladen schob, dann bedeutete das meistens, dass ich das Buch von Markus Kavka aus dem Regal holte und sein Autorenfoto anstarrte. Danach brauchte ich kein erholsames Feierabendbier, sondern eine kalte Dusche.

»Aberdeen?« Jarek verzog das Gesicht, als hätte er gerade etwas wirklich Ekeliges gerochen. »Da können wir ja gleich ins Boulevard weiterziehen.«

Ich biss mir auf die Unterlippe. »Oh«, war alles, was ich herausbekam.

»Du gehst da ernsthaft hin?«

Ich hatte das Gefühl, mich dafür entschuldigen zu müssen. »Na ja, ich bin 16, da komme ich ohne Probleme rein.«

»Ich bin 17 und gehe gar nicht erst dahin, wo Typen wie DJ Bernd auflegen.«

»Sondern lieber in die gefährliche Regensburger Unterwelt?«

Jarek lachte. »Hör mal, ich finde es okay, wenn du da gerne hingehst.«

Ich lächelte schüchtern. Wie sexy Toleranz doch war.

»Aber ich würde dir trotzdem gern zeigen, wo man wirklich gut weggehen kann. Wie wäre es morgen Abend? Heute ist es vielleicht doch schon zu spät.«

Ich konnte jetzt wohl schlecht antworten, dass ich im Boulevard sein würde.

Daher sagte ich nur: »Sehr gerne.« Über die miese Laune von Antonia und Frida, wenn sie erfuhren, dass ich nicht mitkommen würde, konnte ich mir auch noch später Gedanken machen.

*

Ich investierte geraume Zeit in die Outfit-Findung. Und vor lauter Nervosität war ich nicht fähig, irgendetwas zu essen. Obwohl ich seit dem Frühstück nichts zu mir genommen hatte. Ich war in einem Taumel, in dem ich nicht einmal Hunger und Magenknurren wahrnahm.

Vor der Lesung hatte ich mir einfach etwas aus dem Schrank geholt – ein rotes Kleid mit weißen Polkadots, schwarze Strumpfhosen, rote Ballerinas. Und obwohl es immer hieß, dass Männer alle drei Komponenten wie die Pest hassten, schien Jarek mein Outfit gefallen zu haben. Wie konnte ich diesen guten ersten Eindruck nun aufrechterhalten?

Ich entdeckte einen Rock mit Floralprint im Schrank, den ich aufs Sträflichste vernachlässigt hatte. Antonia hatte sich denselben gekauft und da sie es hasste, wenn wir das Gleiche trugen, vermied ich es normalerweise, ihn anzuziehen. Ich wollte nicht, dass sie sauer wurde. Aber Antonia nahm ja an diesem Abend nicht teil. Beziehungsweise: Sie ging ins Boulevard und ich woandershin.

Schließlich entschied ich mich, ein Top mit Lederapplikationen, das im Monki-Shop auf den Namen »Danna« hörte, überzustülpen und darüber einen grauen Cardigan. Dieser hatte bei der Gegenüberstellung mit einem Jäckchen in Zartrosa gewonnen.

Da ich durch meine Umziehprozedur viel Zeit verloren hatte, schnappte ich mir meine Tasche und flitzte aus dem Haus. Jarek holte mich von der Haltestelle ab und ich wollte auf keinen Fall zu spät kommen. Den roten Lippenstift trug ich deshalb auf dem Weg auf.

Als ich Jarek sah, war ich beruhigt. Er war keine Fata Morgana und hatte in den letzten 24 Stunden, in denen ich ausschließlich über ihn nachgedacht hatte, auch nicht aufgehört zu existieren. Ich holte tief Luft. »Also, wohin gehen wir?«, begrüßte ich ihn fröhlich.

»Ich bringe dich ins Café Libertin.«

»Hmm. Klingt *bohémien*«, sagte ich und hoffte, das Wort richtig verwendet zu haben. Denn plötzlich hatte ich das Gefühl, mir wären sämtliche Französischkenntnisse abhanden gekommen. Und die Englischkenntnisse. Und das Deutsche. Gott, er war so makellos schön!

»Klingt hauptsächlich nach der Band von Pete Doherty.«

Ich hob fragend eine Augenbraue. »Was?«

Jarek sah mich ungläubig an. »Wie? Du kennst die Libertines nicht?«

»Na ja. Nein.« Ich kaute auf meiner Unterlippe herum.

»Wie konntest du die letzten 16 Jahre nur überleben?«

»Wie konntest du dir mein Alter merken?«, versuchte ich abzulenken.

»Na, ist doch ganz leicht. Und ich habe mir auch gemerkt, dass du auf die Realschule gehst und bald in München bist.«

»Wow, wie aufmerksam du mir zugehört hast«, entgegnete ich ehrlich verblüfft.

»Du musst ja sonst nur mit Leuten herumhängen, die taub sind«, stellte Jarek fest.

Ich lächelte unsicher und folgte ihm über die Schwelle des Cafés. Das Libertin war kein rosafarbenes Kaffeestübchen, in dem man das Essen bevorzugt aus Papierförmchen zu sich nahm, sondern ein Raum voll alter Bücher, merkwürdiger Kunst und flackernder Kerzen. Es hatte etwas Heimeliges an sich und es war kein Wunder, dass es Jarek hier so gut gefiel.

Er grüßte die Kellnerin, die ich schon allein dafür hasste, dass sie ihn kannte. Sie führte uns zu einem freien Ecktisch und fragte: »Wisst ihr schon, was ich euch bringen darf?«

»Ein Bier, bitte. Alles so wie immer«, antwortete Jarek, ganz Stammgast.

Oje. Er bestellte Bier. Natürlich tat er das! Er war ein Kerl. Noch dazu in dem Alter, in dem Kerle besonders aufs Saufen stehen. Dreck. Wenn ich jetzt damit herausrückte, dass ich den

Alkohol aufgegeben hatte, würde er wahrscheinlich schneller aus der Tür sein, als ich blinzeln konnte.

Also hörte ich mich sagen: »Für mich auch, bitte«, und war gleich darauf von mir selbst enttäuscht.

Wenn ich Jarek nicht sagte, dass ich nicht trank, dann würde er es nie erfahren. Und wenn ich mit ihm trank, dann trank ich ja auch nicht nicht! Oh Gott, es war so kompliziert!

»Hat dir schon mal jemand gesagt, dass du totale Katzenaugen hast?«, unterbrach Jarek das Schweigen, das deswegen eingesetzt hatte, weil die Gedanken in meinem Kopf rotierten.

»Äh ja, vielen Dank. Aber ich stehe nicht so drauf, wenn man meine Augen mit den entzündeten Augen einer Katze vergleicht«, brach es aus mir heraus.

»Hmm? Das meinte ich doch gar nicht! Ich finde die voll hübsch! Eben katzenmäßig.« Jareks Stirn lag in Falten, er schien sich aber denken zu können, dass er einen wunden Punkt bei mir getroffen hatte.

»Entschuldigung«, entgegnete ich etwas peinlich berührt. »Und danke für das Kompliment.«

»Ich hab dir übrigens etwas mitgebracht. Ein Bild, das ich geschossen habe. Weil ich dir ja gestern erzählt habe, dass ich das tue. Also, Bilder schießen.« Er kramte in der Tasche seiner Jacke, die er über den Stuhl gehängt hatte, und klatschte schließlich ein Foto auf den Tisch. Es zeigte Julia Peters lachend im Sonnenschein.

»Wow. Du hast sie äußerst gut getroffen.« Ich zog das Foto näher zu mir heran. »Das sieht so sommerlich aus.«

»Vielen Dank, das ist am wohl kältesten Tag im Herbst entstanden.«

Ich gab ihm das Foto zurück und lächelte. »Ich hoffe aufrichtig, dass sie dich an der Akademie nehmen.«

»Ich auch. Das ist alles, was ich will. Und warum willst du auf die Sprachenschule?«

»Mein Französisch soll nicht mehr so klingen, als ob ich mich über die Franzosen lustig mache, wenn ich ›Macarons‹ sage«, erklärte ich.

»Und was willst du nach der Schule machen?«

»Die neue Staffel von *New Girl* übersetzen«, schoss es mir heraus.

»Klingt nach einem Plan«, schmunzelte er.

»Danke, dass du das so siehst. Damit bist du abgesehen von mir der Einzige.«

Jarek lachte. »Hältst du es denn für einen guten Plan, Fotograf werden und Buchcover gestalten zu wollen?«

»Ja«, antworte ich kurz, aber ehrlich.

»Na, dann passt ja alles. Wir verstehen uns!«

Die Kellnerin kehrte mit den zwei Gläsern Bier zurück an unseren Tisch. Und ich trank es, um Jarek nicht negativ aufzufallen.

Was ich nicht wusste: Bisher war alles gut verlaufen. Jarek fand nicht, dass ich mich blamiert hatte. Erst als ich mein zweites Bier hinuntergestürzt hatte, rutschte er ein wenig von mir ab. Denn was ich ebenfalls übersehen hatte: »So wie immer« bedeutete in seinem Stammgastlatein: ein Bier und im Anschluss zwei alkoholfreie Radler.

Natürlich sagte er nichts dazu, dass ich mich danebenbenahm. Er war viel zu sehr Gentleman, um mich merken zu lassen, wie fürchterlich ich mich gab. Sein Gesicht war weiterhin freundlich und ich fiel darauf herein, weil mir der Alkohol die Sinne vernebelte.

In kürzester Zeit war ich bei Bier Nummer drei und das nahm mir die Angst, einen Fremden zu berühren. Jarek hörte nun auf, seinen Charme zu versprühen. Doch mit jedem Schluck merkte ich weniger davon, dass ich ihm nun tatsächlich peinlich war. Irgendwann fiel ich ihm um den Hals.

»Ey, lass das mal«, sagte er und befreite sich aus meiner Umklammerung.

Ich schob die Unterlippe vor. »Magst du keine Umarmungen?«

»Ich mag Umarmungen wohl, aber die Leute gucken schon und du riechst ziemlich nach Bier.« Er bemühte sich, zu verstecken, wie angewidert er war.

Ich streckte ihm die Zunge raus. »Selber«, antwortete ich trotzig.

»Ich bringe dich mal besser zum Bus«, schlug Jarek vor und stand auf. Er zog sich seine Jacke an und wartete, bis ich dasselbe getan hatte. Etwas ungeschickt schlüpfte ich in die Ärmel und verhedderte mich dabei.

Jarek bezahlte und brachte mich schweigend zur Haltestelle.

»Ich bin Anti-Alkoholikerin, weißt du?«, kicherte ich hysterisch.

»Ja, klar, sieht man ja.«

»Nein, ich meine es ernst. Ich habe noch letztes Wochenende großspurig verkündet, dass ich nie wieder einen Tropfen Alkohol anfasse ... und kaum bin ich nicht mit meinen Freunden unterwegs, tu ich es doch, um dich zu beeindrucken«, fing ich das Jammern an, noch bevor mir klar war, dass ich meinen Mund geöffnet hatte.

»Echt, du hast aufgehört zu trinken?«

»Ja. Und da du mich jetzt sowieso schon für gehirnamputiert hältst, ist es okay, dass du die Wahrheit weißt und wir uns nie wiedersehen.« Im Geiste war ich schon zu Hause, mit Schokoeis und *All by Myself* singend.

Jarek blieb stehen und hielt mich an der Schulter fest. Seine Berührung brannte auf meiner Haut. Mit heißem Gesicht sah ich ihn an, als er meinte: »Ich finde es schade, dass du mich für einen Menschen hältst, in dessen Gegenwart man sich verstellen muss.« Dann ließ er mich los und die Kälte übermannte mich.

»Gute Nacht, Emma«, sagte er und ging.

*

Ich fühlte mich, als müsste ich Pferdeberuhigungsmittel schlucken, so unglaublich stresste es mich, bei Jarek anzurufen. Aber gleichzeitig wusste ich, dass ich es tun musste, weil er sich nie bei mir melden würde. Ich musste mich wieder mit ihm versöhnen, ich brauchte ihn in meinem Leben – und das, obwohl ich ihn kaum kannte. Also drückte ich nach fünf Minuten, in denen ich auf mein Handy gestarrt hatte, auf den grünen Hörer. Das Freizeichen erschreckte mich ziemlich. Ich wollte erneut auflegen, doch es war schon zu spät: Er hatte bereits abgenommen.

»Hallo?«, hörte ich ihn in der Leitung.

»Hey, Mädchen«, versuchte ich einen Witz und räusperte mich dann schnell, als ich kein Lachen vernahm. »Das mit gestern Abend tut mir leid. Ich schäme mich unglaublich dafür. Es wäre das Beste gewesen, ich hätte dir gleich gesagt, dass ich eigentlich mit dem Trinken aufgehört habe, weil ich es nicht vertrage, aber … ich wollte dir gefallen. Es tut mir leid, wie ich mich verhalten habe. Und wenn du mir eine zweite Chance gibst, können wir demnächst bestimmt mal einen schönen Abend miteinander haben. Oder du sperrst meine Nummer und wir sehen uns nie wieder.«

Ich hörte Jarek atmen. Allein das jagte mir schon Gänsehaut über den Körper.

Mein Herz begann, wild zu klopfen, als er sagte: »Ich muss zugeben: Du hast mich gestern nicht gerade beeindruckt. Aber am Abend der Lesung. Wenn du willst, kannst du Montagabend bei mir vorbeikommen, dann probieren wirs noch mal – ohne Bier.«

Gut, dass er nicht sah, wie dämlich ich grinste. Entspannt antwortete ich: »Klingt gut.«

*

Am Montag hätte ich am liebsten Frida und Antonia von den Ereignissen am Wochenende erzählt, aber sie ließen mich sofort spüren, wie wütend sie auf mich waren. Ich hatte ihnen noch nicht einmal »Guten Morgen« gesagt, als mich Antonia anblaffte.

»Hättest ja zumindest anrufen können, dass du am Freitag was Besseres vorhast, als mit uns wegzugehen.«

»Ich habe angerufen, aber du bist nicht rangegangen«, versuchte ich sie zu erinnern, doch Antonia winkte ab.

»Ja ja, spar dir dein Getue.« Sie schob ihren Stuhl von der Bank ab, stand auf und verließ das Klassenzimmer.

Frida trottete ihr hinterher, mich keines Blickes würdigend.

Alina stürmte in den Klassenraum und ließ sich erschöpft auf ihren Stuhl fallen.

»Puh, wenn die nicht bald die Anfangszeit auf zehn abändern, fühle ich mich genötigt, einen Brief an das Kultusministerium zu schreiben«, sagte sie und röchelte, als wäre sie den gesamten Weg zur Schule gerannt.

Ich beendete das Auspacken meiner Schultasche, setzte mich neben sie und sah sie an. »Klingt erfolgversprechend«, antwortete ich ihr.

»Ja, finde ich auch.« Alina fummelte am Reißverschluss ihrer Jacke. »Hast du eigentlich Fridas Streit mit Stefan mitbekommen?«

»Streit?« Ich versuchte, mir nicht anmerken zu lassen, dass ich am liebsten geschrien hätte: »Natürlich nicht! Anscheinend bin ich nicht mehr die Person, die sie als Erste anruft, wenn es ihr nicht gut geht!«

»Ja, sie hat ihm im Boulevard eine Riesenszene gemacht, bevor Toni und sie abgeholt wurden. Stefan wollte sie dazu überreden, das Haus seines Onkels zu nutzen, während der im Urlaub ist.«

»Und warum hat sie abgelehnt?« Es klang gar nicht nach Frida, die Gratisnutzung eines Whirlpools auszulassen.

»Na ja, Stefan hat den Satz mit ›Bitch‹ angefangen, da ist sie total ausgerastet. Ich sollte vielleicht noch hinzufügen, dass er auf Absinth war.« Alina hob die Schultern. »Nach diesem etwas plumpen Start ist er dann aber recht poetisch geworden. Frida hat allerdings nur noch rumgekeift.« Der Reißverschluss öffnete sich mit einem Ratschen. »Heidi hat mir aber gestern Abend erzählt, sie hätte die beiden am Sonntagmittag in der Stadt gesehen. Von daher scheinen sie sich wieder zusammengerauft zu haben, nachdem der Rausch nachgelassen hat.«

»Krass«, murmelte ich.

Wahrscheinlich hatte ich richtig damit gelegen, Frida und Antonia nicht anzurufen und ihnen von meiner Schwärmerei für Jarek zu erzählen. So gerne ich es getan hätte, es war gut, dass ich es mir verkniffen hatte. Hätte ich mit dem Abend im Café angefangen, hätten sie mich nur damit genervt, dass ich nie durchhielt und am besten sofort mit diesen Kindereien aufhören sollte. Nur: Wer machte hier die Kindereien?

*

Das Ganze beschäftigte mich immer noch, als ich mich in Jareks Zimmer umsah. »Ich freue mich, dass du mich darin bestärkst, keinen Alkohol mehr anzurühren. Meine Freunde denken, ich bin nicht mehr ganz dicht«, erklärte ich, während ich mich umsah.

Natürlich hatte ich mir Gedanken gemacht, wie Jarek wohnen würde. Um es genauer zu sagen: die gesamte Mathestunde lang. So wurde das womöglich nichts mit mir und den linearen Funktionen, dafür hatte ich aber einige Möbelstücke richtig erraten. Seine Wände waren mit den Bildern von Fotografen geschmückt, die er bewunderte. Modebilder mischten sich mit abgelichteten Landschaften und Momentaufnahmen, die er selbst gemacht hatte, hier und da hing auch ein Konzertfoto. Auf den dunklen Möbeln stapelten sich Bücher, Notizblöcke, Kleidung, alles roch nach ihm und ich fühlte mich wie in einem Tempel. Ich wagte es kaum, laut zu sprechen.

»Ich finde, deine Freunde sind nicht mehr ganz dicht. Oder vielleicht zu dicht«, antwortete Jarek. »Es gibt immerhin ein ganzes Musikgenre, das darauf beruht, ohne Drogen auszukommen. Ich finde es jedenfalls gut, dass du versuchst, nicht mehr zu trinken. Ich trinke auch nur selten. Und wenn, dann stelle ich zumindest nichts Hirnrissiges an. Außer bei meiner einzigen Kneipenschlägerei.«

»Kneipenschlägerei?« Ich grinste amüsiert.

»Ja, fünf gegen zwei, mir und meinem besten Kumpel hätte klar sein sollen, dass wir nicht gewinnen können. Danach war ich erst mal einen Monat nüchtern und kaum fähig, gerade zu gehen.« Jarek schüttelte sich. »Daraus habe ich gelernt. Ich werde ich mich nie wieder so abschießen.«

Ich nickte langsam.

»Es ist wichtig, an solchen Vorsätzen festzuhalten«, sagte er und sah mich an, seine Augen funkelten. Dann stand er auf und räumte seinen Plattenspieler frei. »Kennst du eigentlich Tomte?«, fragte er.

»Das Kinderbuch?«

Jarek schüttelte lachend den Kopf. »Nein, die Band. Die ist deluxe. Hör mal.«

Er legte Musik auf und bat mich zum Tanz. Und es war nicht das einzige Mal, dass er das tat. Fortan besuchten wir einander regelmäßig. Ich lernte, dass Jarek seine Brille nicht immer trug, dass er ein schlechter Fußballspieler war – auch, wenn er sich dem FC Bayern verschrieben hatte – und dass er gern auf Konzerte ging. Er erzählte mir, wie sehr er es hasste, wenn seine Oma ihn auf die Wange küsste. Seit seiner Kindheit hatte er ein Trauma von ihren feuchten Schmatzern, so lieb er seine Großmutter auch hatte. Im Gegenzug verriet ich ihm, dass das einzige Konzert, das ich je besucht hatte, eines von Katy Perry gewesen war, und dass ich mir seither noch mehr wünschte, einmal nach Kalifornien zu reisen. Und dass mir beim Orangenessen oft Schweiß auf die Stirn trat, als würden die Vitamine, die ich nur selten zu mir nahm, alles Böse in meinem Körper verbrennen. Es tat gut, jemandem völlig vertrauen zu können. Jarek würde das Wissen über mich nicht ausnutzen, um mich bloßzustellen. Ich fühlte mich wohl bei ihm, weil er sich nicht über mich lustig machte, sondern mit mir lachte.

Zunächst saßen wir gemeinsam auf dem Boden, an dem darauffolgenden Abend saß ich auf seinem Bett, irgendwann saßen wir dort zu zweit. Ich wagte es nicht, Jarek zu berühren, auch wenn ich es mir wünschte. Draußen wurden die Tage kürzer und noch kälter, die Häuser nach und nach weihnachtlicher, hier drinnen wurde die Musik intensiver. Wenn ich heimging oder er sich verabschiedete, war ich ganz bezaubert von ihm.

An einem Tag Mitte Dezember wanderte ich voller Vorfreude durch den Schnee. Es fiel mir stets schwer zu verbergen, wie ich mich auf die Treffen mit ihm freute. Dabei rieten doch alle Frauenzeitschriften, man solle sich eine gewisse Restcoolness bewahren, wenn man einen Mann für sich gewinnen will.

Jareks Vater kam gerade aus dem Haus und lächelte mir freundlich zu. »Na Emma, unterwegs zu Jarek?«

»Ja, wir wollten uns einen gemütlichen Nachmittag machen. Musik hören und so.« Herr Wintersteiger hielt mir die Tür auf und ich trat mir die Schuhe ab.

Ich stand noch im Flur, als ich aus der Küche Geschrei hörte. Es musste Jareks Mutter sein, die da zeterte: »Jarek, was soll das? Du hast mir doch versprochen, dich ernsthaft zu bemühen! Wir haben einen Deal und du erfüllst ihn nicht. Eine Drei ist nicht das, was ich mir unter einer guten Note vorstelle!«

»Mom, bitte! Der Lehrer hasst mich!«

»Er würde jeden hassen, der ihn in prekären Situationen fotografiert, mein Lieber! Aber nicht genug: Du bist auch noch faul. Warum lädst du dir schon wieder Leute ein? Du solltest stattdessen Deutsch pauken!«

»Hallo Frau Wintersteiger«, sagte ich. Es war mehr ein Flüstern als ein echter Gruß. Schüchtern stand ich in der Tür. Der unerwünschte Gast war da!

Jarek war erleichtert, mich zu sehen. »Emma, komm, wir gehen hoch!«

»Jarek! Du bleibst hier!«, keifte seine Mutter.

»Ja, Jarek, ich kann auch wieder gehen, das ist nicht so schlimm!«, beeilte ich mich zu sagen.

»Schon gut, ich habe keine Lust auf dieses Gespräch.« Jarek entfernte sich vom Schauplatz des Streits und ging in sein Zimmer. Ich warf Frau Wintersteiger einen entschuldigenden Blick zu und folgte ihm.

»Was war das denn?«, fragte ich Jarek, als ich die Tür zu seinem Zimmer hinter mir geschlossen hatte.

»Ach, sie ist eben … eine Mutter. Sie erdrückt mich mit ihrer Fürsorglichkeit und will nicht einsehen, dass ich schon ziemlich erwachsen bin und daher meine eigenen Entscheidungen treffen kann. Ich war, statt für Deutsch zu lernen, lieber Skateboard-Fahren.«

»Es ist Winter!«, rief ich.

»Das war lustig!« Jarek lachte. »Außerdem hat mein Vater kein Problem mit der Drei in Deutsch. Nur sie hat ein Problem damit.«

»Aber wenn ihr einen Deal habt? Versprechen muss man halten!«

Ich konnte Jarek nicht verstehen. Lieber sah er seine Mutter unglücklich, als kurz zu lernen? Er war ein schlauer Kerl, der Dinge wahnsinnig schnell auffasste. Er hätte seine waghalsigen Schnee-Skateboard-Stunts nur eine Viertelstunde später zu machen brauchen.

»Weißt du, ich finde diesen Deal lächerlich. Sie unterstützt mich bei der Fotogeschichte, wenn ich dafür gut in der Schule bin. Aber was helfen mir meine Deutschnoten, wenn ich ohnehin eine Karriere als Fotograf ansteuere? Unterricht hält mich von dem fern, was ich wirklich für meine Referenzen benötige.«

Ich seufzte. »Skateboard-Fahren aber auch. Deswegen finde ich, du solltest dich bei deiner Mutter entschuldigen.«

»Finde ich nicht, ich habe nichts falsch gemacht.«

»Du bist stur.«

»Du mischt dich in etwas ein, das dich nichts angeht.«

Ich verengte meine Augen zu Schlitzen und funkelte ihn an.

»Ach Emma, so hart wollte ich das gar nicht sagen.« Vorsichtig strich er über meinen Arm. »Und hast du nicht deinem Vater vorenthalten, dass du dich an der Sprachenschule in München beworben hast?« Jarek schmunzelte.

»Ja, aber, aber ... das ist doch ganz was anderes ...«

»Gar nicht!« Jarek lachte, als er sah, wie sich in meinem Gesicht ein dickes, fettes Fragezeichen ausbreitete.

»Weißt du, was meine Probleme anders macht als deine? Es sind meine eigenen«, stotterte ich.

»Wo hast du den Satz denn her?«

»*Ally McBeal.*« Ich zuckte mit den Schultern.

»Wäh, diese dürre Ziege! Diese Serie habe ich wirklich nie verstanden.«

»Stattdessen guckst du lieber die *Ninja Turtles*«, neckte ich ihn.

»Ja, weil Schildkröten cool sind.« Freundschaftlich boxte er mich. Er wusste genau, dass mir Reptilien suspekt waren.

Wir kicherten und einigten uns dann darauf, einen Schildkröten-und-Anwalt-freien Film zu gucken. *Almost Famous.*

*

Für Menschen, die grundsätzlich erst am 24. Dezember ihre Geschenke kaufen, muss Regensburg die Hölle sein. Die meisten Läden hatten bereits zu, obwohl es gerade Mittag war, und so trieben sich nur wenige mit Schals und Parkas vermummte Menschen auf den Straßen herum. Selbst wir Schüler, die nun zwei Wochen lang die Freiheit genießen konnten, waren nicht in der Stimmung, uns länger als nötig draußen aufzuhalten. Denn es herrschten Temperaturen wie am Nordpol.

Auch ich blieb lieber zu Hause. Ich nutzte diesen saukalten Weihnachtsvormittag, mir *30 Rock* reinzuziehen und auszutesten, ob die Länge meiner Haare schon ausreichte, um mir eine Prinzessin-Leia-Frisur zu machen. Das Experiment misslang, dafür gewannen meine Haare durch das viele Mit-den-Fingern-Kämmen an Volumen.

Meine Familie gehörte nicht zu der Sorte, die sich für den Heiligabend schick machte. Meine Eltern konnten froh sein, wenn ich meinen Schlafanzug zum Essen nicht mehr trug. Sie hatten es in meiner Kindheit versäumt, da stärker nachzuarbeiten.

Als ich die Schritte meiner Mutter auf dem Flur hörte, drehte ich schnell den Ton herunter und versteckte das MacBook, sodass sie mich unschuldig lesend auf dem Bett vorfand. Zumindest wirkte es auf den ersten Blick unschuldig. Hätte sie entdeckt, was ich aus Versehen aufgeschlagen hatte, hätte sie meine Geschenke wohl augenblicklich entsorgt. »Werden Sie zur Sexgöttin!«, prangte groß auf der Doppelseite der *Cosmopolitan*.

Doch statt eines Eklats bescherte mir der Besuch meiner Mutter nur eine Aufgabe. »Kannst du bitte den Müll runterbringen?«, fragte sie mich.

»Ich hoffe, ihr habt nicht aus Versehen das Schwein reinfallen lassen«, nörgelte ich und legte die Zeitschrift weg.

Im Hause Hader gab es an Weihnachten traditionell Schweinebraten – Gesundheitstick meiner Mutter und bayerische Gepflogenheiten hin oder her. Meine Familie war eben nicht ganz normal.

»Nein, keine Sorge, es gibt was zu essen. Aber der Müll muss trotzdem raus!«, antwortete meine Mutter und ging weiter zum Bad, um sich die Hände zu waschen.

Mir blieb nichts anderes übrig, als mich aus dem Bett zu bewegen und in die Küche zu gehen, wenn ich an Weihnachten keinen Unfrieden stiften wollte. Ich holte mir also den Müllsack aus der Küche.

Dort war mein Vater gerade dabei, Karotten zu malträtieren. Ich konnte ihm ansehen, dass er lieber Bücher verkauft hätte, als das Familienmahl für den Heiligen Abend anzurichten.

Mit dem stinkenden Sack bepackt, warf ich mir eilig den dicken Steppmantel über die Gammelklamotten und öffnete die Haustür. Die klirrende Kälte ließ meine Finger augenblicklich blau werden und ich beeilte mich, den Weg zur Tonne so schnell wie möglich hinter mich zu bringen. Ich hatte den Abfall gerade erfolgreich entsorgt, als ich direkt in eine Gestalt mit Daunenjacke lief.

»Können Sie nicht ein bisschen ... ?« Die Meckerei war schon fast über meine Lippen, da sah ich auf und bemerkte, wer mich angerempelt hatte. Ich lief sofort puterrot an. »Hey, Jarek!«, kiekste ich.

Verdammt! Was machte der denn hier? Ich sah aus, als wäre ich direkt auf dem Weg zum *Mitten im Leben*-Casting.

Er lächelte. »Hallo, Emma.«

»Ähm, wir haben geschlossen. Sorry, keine Lesung heute«, stammelte ich und versuchte, mir nicht anmerken zu lassen, wie peinlich es mir war, dass ich nicht geschminkt war und mich auch sonst in einem absolut desolaten Zustand befand.

»Ich bin nicht hier, um ein Buch zu kaufen. Ich wollte dir nur ein Geschenk vorbeibringen.« Er grinste und streckte mir ein viereckiges Päckchen hin, das so rot war, wie meine Wangen aussahen.

Ich starrte ihn entsetzt an. Warum schenkte er mir etwas? Klar, wir hatten wahnsinnig viel Zeit miteinander verbracht, aber so gut kannten wir uns nun auch wieder nicht. Und selbst wenn: Dann war es unfair vom Schicksal, dass es Jarek gezeigt hatte, dass er mir etwas schenken sollte, und mir nicht.

Es blieb mir nichts anderes übrig, als mit der Wahrheit herauszurücken, bevor die Situation noch unangenehmer wurde. »Puh, äh, ich habe überhaupt nichts für dich.«

Jarek ließ seinen Arm weiterhin ausgestreckt. Zuckersüß lächelte er. »Macht doch nichts. Komm, nimm es.«

»Erst einmal darf ich nichts von Fremden annehmen und zweitens: Ich habe nicht gewusst, dass wir uns was schenken, deswegen möchte ich dein Geschenk nicht annehmen.«

»Nun, es ist Weihnachten und außerdem bin ich kein Fremder, ich bin ein Freund von dir. Nimm es, bitte.«

Jarek ließ nicht locker. Also nahm ich ihm das Geschenk ab, bedankte mich artig und rupfte das Papier kaputt.

»Eine CD der Libertines?« Ich starrte auf das Bild zweier junger Männer, die, miteinander verknotet, versuchten zu rauchen. Einer von ihnen war im letzten Jahr in einen Plattenladen ganz in der Nähe eingebrochen.

»Weil du meintest, dass du sie nicht kennst. Ich dachte mir, dass du sie gern mal hören würdest, wo wir doch bestimmt bald wieder ins Café Libertin gehen.«

»Das ist total aufmerksam von dir.« Ich lächelte, doch es stach in meiner Brust. Er hatte mich gerade als Freund bezeichnet. Warum schenkten mir Typen immer nur Musik im Namen der Freundschaft? Was sollte das? Ich wünschte mir doch so viel mehr. Dass er mich umarmte, obwohl ich furchtbar aussah, dass er mich küsste. Mein Blick hing wohl ein bisschen zu lange an seinen Lippen, es herrschte peinliche Stille zwischen uns.

»Ich ... ich denke, ich muss jetzt wieder los«, sagte er schließlich.

»Klar. Frohe Weihnachten dir!« Ich winkte verlegen mit der CD.

Er lächelte. »Dir auch. Machs gut.«

Ich starrte ihm so lange hinterher, bis mir die Kälte unter die Kleidung gekrochen war.

Den Rest des Abends erlebte ich wie in Trance. Im Nachhinein kann ich nicht einmal mehr sagen, wie das Schwein schmeckte und welche Geschenke ich bekam. Wahrscheinlich schenkten mir meine Eltern Bücher, denn immerhin schenkten sie mir Jahr für Jahr Bücher. Mittlerweile hatte ich in meinem Zimmer eine Schubkarre voller Romane, die ich nicht angerührt hatte. Nicht, weil ich nicht gerne las. Die meisten der Bücher waren mir nur einfach zu obskur. Da war das Werk des neuen In-Dichters aus Frankreich, dem ich unbedingt eine Chance geben sollte, sämtliche Bücher rund um das *Nibelungenlied*, das ich schon in der Schule nicht hatte ausstehen können, und nicht zu vergessen lagen auch *Die Vorstadtkrokodile* und *Löcher* rum. Mit beiden hatten mich meine Eltern in meiner frühen Jugend quälen wollen. »Freust du dich?« – »Ganz sicher. Der Typ gräbt *Löcher*, das ist supergeil!« Opa und Oma schenkten mir dagegen immer etwas Praktisches. Wer fand nicht gerne Shampoo unterm Christbaum?

Woran ich mich trotz der Trance jedoch erinnerte, waren die Geschenke von Frida und Antonia. Denn die waren in den Vorjahren auch schon mal besser gewesen. Klar, das Lesezeichen, das mir Frida mitgegeben hatte, war ganz witzig. Aber als einziges Geschenk war das schon ein bisschen mickrig. Von Antonia gab es eine Workout-DVD. Sie wollte mich wohl subtil darauf hinweisen, dass sie um einiges sportlicher war als ich und dass ich noch einiges an Arbeit vor mir hatte. Wann verstand sie es endlich, dass ich es lieber so hielt wie Beyoncé? Ein Workout durfte für mich absolut nichts mit Arbeit zu tun haben. Wahrscheinlich würde sie das nie kapieren. Wie auch andere Dinge nicht …

Schon wieder zog es in meiner Brust. Ich war nicht sauer, aber natürlich erfreute es mich nicht, dass sich meine Freundinnen so wenig Mühe gegeben hatten. Ich hatte mindestens drei Stunden am PC gesessen, um für Frida eine Karte aus Bildern von Jared Padalecki zu basteln. Dazu gab es ein »Team Winchester«-Shirt, weil sie *Supernatural* liebte. Für Antonia hatte ich derweil eine hippe Pandamütze besorgt, denn Pandas waren ihre Lieblingstiere. Ich hoffte, dass sie ihr gefiel und dass sie sich nicht blöd damit vorkam.

Ich schluckte und erinnerte mich daran, dass mir Mathilda in unserer letzten Stunde eine Duftkerze überreicht hatte. »Hier, ein kleines Weihnachtsgeschenk für dich«, hatte sie verkündet und mir das zu einem Stern geformte Stück Wachs geschenkt, das total intensiv nach Vanille roch. »Habe ich extra für dich im Topshop-Onlineshop bestellt. Da war alles auf Englisch und ich habe es trotzdem kapiert!«

»Ich bin stolz auf dich!«, hatte ich geantwortet und ihr feierlich die Hand auf die Schulter gelegt.

Die Kerze würde ich gleich anzünden und dann den Libertines lauschen. Und das würde ich die nächsten Tage über tun. Denn es war kalt und schneite unaufhörlich. Ich konnte mich also vergraben und die CD immer und immer wieder laufen lassen. Und vor allem konnte ich schmachten. Und das war alles, was ich wollte.

*

Am ersten Weihnachtsfeiertag waren wir wie immer bei Tante Karin und Onkel Heinz. Onkel Heinz bereitete den Glühwein zu, während mein Vater sich wie in jedem Jahr darum bemühte, möglichst feierlich *Eine Weihnachtsgeschichte* von Charles Dickens vorzutragen. Er war gerade bei der Stelle angekommen, an der der Geist der vergangenen Weihnacht erscheint, als mein Onkel ins Wohnzimmer polterte.

»Karin, wie war das: erhitzen oder kochen?«

»Erhitzen, sonst verabschiedet sich der Alkohol!«

Ich seufzte. Jedes Jahr das gleiche Schauspiel! Ich war beinahe dankbar, dass meine Mutter sich mit ihrer Familie verkracht hatte, sodass mir noch mehr Verwandte erspart blieben.

Onkel Heinz und Tante Karin waren ja noch zu ertragen, aber nicht Albert, der schon den ganzen Tag durchs Haus schlich wie ein Geist. Angeblich lernte mein strebsamer Cousin gerade für die Uni und hatte deshalb eine Entschuldigung, um nicht gemütlich bei uns zu sitzen. Vermutlich war er aber nur enttäuscht, dass ich einen hochgeschlossenen Rollkragenpulli trug, und hatte sich deshalb verzogen.

Endlich beförderte Onkel Heinz den Glühwein auf den Erwachsenentisch. Am »Erwachsenentisch« saßen die anwesenden Menschen über zwanzig, ich saß derweil etwas abseits und spielte mit dem Hund der Gastgeber.

»Emma, komm doch endlich her! Willst du Glühwein mit Orange oder ohne?«, rief Tante Karin, als ich nicht von selbst kam.

Ich ließ kurz vom Golden Retriever ab. »Ich will gar keinen.«

»Dann stattdessen Kinderpunsch? Oder Tee?« Anders als ich erwartet hatte, runzelte sie nicht die Stirn. Im Gegenteil, sie lächelte mich an.

»Kinderpunsch klingt gut«, antwortete ich. »Danke!«

Onkel Heinz machte sich erneut auf den Weg in die Küche. Als er mir kurz darauf eine Tasse kochend heiße, rote Flüssigkeit brachte, erzählte mein Vater gerade vom Geist der künftigen Weihnacht und Hansi, der Hund, gähnte. Ich fühlte mich wohl.

*

Eigentlich war es klar gewesen, dass ich Silvester alleine verbringen würde. Antonia und ihre Familie waren zu dieser Zeit immer in den Bergen. Ihr Vater legte Wert auf Feuerzangenbowle und Après-Ski. Wohingegen Fridas Mutter Wert auf Religion legte. Deswegen war Frida auch gezwungen, an einer fünfstündigen Andacht für Sankt Silvester teilzunehmen. Sie hatte zwar schon angekündigt, sich rauszuschleichen, sobald ihre Mutter im Weihrauchrausch war, doch dann wollte sie Stefan treffen, um ihn pünktlich zum neuen Jahr zu küssen.

Ich hatte niemanden, den ich küssen konnte. Mir blieb nur, mit mir selbst Blei zu gießen und dabei die Libertines zu hören. Jarek hatte mir schon ein frohes neues Jahr gewünscht und wollte mich dann im neuen Jahr drücken, wenn wir uns wiedersahen. Er war mit einigen Freunden, die ebenfalls fotografierten, nach Paris gefahren.

Es war kurz vor zwölf, als ich unter Zuhilfenahme von Mathildas Kerze und einer Schüssel Wasser einen Bleihasen fabrizierte. Ich hatte die Hoffnung, dass das bedeutete, dass ich mir in den nächsten zwölf Monaten einen scharfen Hasen angeln würde, deswegen schlug ich die Bedeutung eilig nach. Doch weit gefehlt. »Du wirst verspottet«, verkündete das Heft. Na super. Exakt das, was man sich fürs neue Jahr wünscht!

Und dann war es so weit: Bunte Lichter flogen über die Stadt. Gold und Silber regneten auf den Dom, der bald in einer Wolke aus Rauch verschwand. Ich schloss die Augen und dachte an meine guten Vorsätze. Ich wollte das kommende Jahr nutzen, um ein neues Leben in München zu beginnen. Ich wollte zu mir selbst stehen. Ich wollte Jarek küssen – den hasigsten aller Hasen! Zwar war ich mir noch nicht ganz sicher, ob ich diese Ziele erreichen konnte, aber ich wollte es zumindest versuchen.

Zufrieden nahm ich einen Schluck des alkoholfreien Sekts, den mir meine Mutter besorgt hatte. Ich brachte ihn kaum herunter. Widerlich. Genauso wie echter. Warum tat man sich das alles nur an?

Wenig später lief erneut *What Katie Did* und zum ersten Mal hörte ich bei dem Song wirklich aufmerksam zu. Er gefiel mir, also zog ich das Booklet hervor und blätterte es durch, auf der Suche nach den Lyrics. Dabei fiel mir ein kleines Briefchen in die Hände. Ich hatte es die ganze Zeit nicht bemerkt, weil ich mir das Heft in der CD bisher nicht angesehen hatte. Es war eine kleine Weihnachtskarte. Jarek hatte in großen Buchstaben »But since you said goodbye, the polka dots fill my eye« hinein geschrieben und einen Marienkäferanhänger danebengeklebt.

Das war alles. Ich drehte den Marienkäfer zwischen meinen Fingern, er war so fragil wie das Bleikaninchen. Was hatte das nur zu bedeuten? Er wusste, dass ein Marienkäfer aus Stoff auf meinem Bett wohnte, weil er mich einige Male besucht hatte. Tat er das bei all seinen Freunden – sah er immer so genau hin? Oder gab es tatsächlich Hoffnung für ihn und mich?

6

Sorgenfrei

You remind me of Scarlett Johansson.« Ich verzog das Gesicht und sah Stuart wenig begeistert an. Welche Frau mochte denn schon so ein Überwesen wie Scarlett Johansson?

»Now you're so confident, when you dance«, sagte Stuart und erklärte mir dann, dass er in der Weihnachtspause *North* gesehen hatte, in dem Scarlett ihr Debüt gegeben hatte. Wie sie, so erklärte mir Stuart, war auch ich von einer scheuen, kleinen Knospe zu einer prächtigen, wunderschönen Blume geworden. Was auch immer passiert sei, sagte er, es hätte mich zu einer selbstsicheren Person gemacht.

Ich lächelte und schwieg. Nur wenige Schülerinnen waren zur ersten Stunde im neuen Jahr erschienen und so drehte ich fast alleine meine Pirouetten.

*

Als mich Facebook ein paar Tage später auf Jareks Geburtstag hinwies, begann ich sofort, die Charakteristika eines Steinbocks zu analysieren. Die wusste ich natürlich aus dem Effeff, aber chemische Tabellen und geometrische Formeln? Keine Chance. Das Ergebnis meiner Untersuchung behagte mir jedoch gar nicht: Die Sterne sagten Löwen und Steinböcken keine gute Ehe voraus. Auf den weißen Schnickschnack war ich aber schon aus. Auf das weiße Kleid mit mehreren Lagen Tüll und perfektem Ausschnitt. Und die fiesen Brautjungfernkleider, die ich meinen Freundinnen aufzwingen wollte. Und die mehrstöckige Schokoladentorte. Unbefriedigt kaute ich auf meinem Bleistift herum. Doofe Horoskope! Wer glaubte schon daran?

Ich entschied mich, Ralf anzurufen. Das Schneegestöber hatte inzwischen aufgehört und ich brauchte dringend jemanden, der mich auf den Boden der Tatsachen zurückholte.

»Und wie feiert Jarek seinen Achtzehnten? Irgendeine Möglichkeit, ihm beim Flaschendrehen deine Zunge unterzujubeln?«

»Ralf!«, schalt ich ihn. »Jarek ist an seinem Geburtstag mit seinem Vater beim Fischen.«

Ralf verdrehte die Augen und brummte: »Männer! Der arme Bub wird sich doch nur erkälten.«

»Zumindest gibt mir das ein bisschen mehr Zeit, etwas für ihn zu besorgen. Nur was könnte ich ihm schenken?«

Ich sah, wie Ralf eine Flasche Club Mate aus dem Off ins Bild holte und daran nuckelte. Ein Brainstorming hatte ich auch schon mit Mathilda gemacht – ihr Gesicht war vor einigen Stunden auf meinem Bildschirm aufgepoppt –, aber ergebnislos.

»Also, Mathilda und ich sind schon mal zu dem Entschluss gekommen, dass Fotokram ganz gut wäre. Vielleicht Bildbände von Rankin oder Terry Richardson oder so. Nur sind die Mädchen in den Büchern so hübsch und ich will auf keinen Fall, dass er auf den Geschmack kommt.«

»Du bist auch bildhübsch, Teuerste«, sagte Ralf in die Flasche hinein.

»Ich bin aber zu klein für ein Model. Und vielleicht steht Jarek auf große Frauen. Er ist doch selber so groß.«

»Hmmm. Okay, ich verstehe deinen Einwand nicht hundertprozentig, bin aber dafür, beim Fotozeug zu bleiben.« Ralf setzte die Flasche ab. »Wie wäre eine Lomography-Fisheye-Kamera von Urban Outfitters?«

»Muss ich wissen, was du meinst?«

»Fotografen fahren darauf ab! Vertrau mir. Ich hatte da mal so einen Flirt ...«

Ich vertraute Ralf. Außerdem war es schließlich auch eine gute Gelegenheit, mal wieder nach hübschen Kleidern zu gucken, jetzt, wo ich die wieder tragen konnte, ohne böse von Antonia angeguckt zu werden, weil ich etwas mehr als 15 Euro ausgab. Wobei, das böse Angucken blieb, nur das Selbstbewusstsein war gesteigert.

*

Das Fischen in der Eiseskälte brachte Jarek nicht um. Zumindest sah er ziemlich lebendig aus, als er mich am Abend nach seinem Geburtstag besuchte. Ich legte schnell meine Modezeitschrift weg. Er war ein bisschen zu früh dran, schien sich aber nicht daran zu stören. Prompt fläzte er sich auf mein Bett. Wenn das mein ihn stets misstrauisch anschielender Vater gesehen hätte! Der dachte inzwischen, dass Jarek und ich ein Paar waren, so viel Zeit, wie wir miteinander verbrachten.

Über sein Geschenk freute sich Jarek sehr. Er wollte die Fischaugenkamera auch gleich ausprobieren und mich knipsen, doch ich wehrte ab.

»Warum denn nicht?«, fragte er mich beleidigt.

»Du erwischt mich nur wieder in einem komischen Licht und von einem merkwürdigen Winkel aus.« Ich dachte an das Foto, das er im Buchladen von mir gemacht hatte. »Das kann doch nicht schön sein.«

»Emma, ich finde dich immer schön«, antwortete er.

In mir drin wurde alles ganz honigsüß und pappig. Ich musste mich dazu zwingen, mich von ihm abzuwenden und zur zweiten Überraschung überzugehen.

»Und ich wollte mich noch mal für dein Weihnachtsgeschenk bedanken«, begann ich.

Jarek merkte nicht, wie brüchig meine Stimme geworden war. »Oh, nichts zu danken«, entgegnete er.

Ich räusperte mich. »Der Marienkäfer war eine echt tolle Aufmerksamkeit.« Die Unsicherheit stach in meiner Brust, doch ich fuhr tapfer fort. »Ich habe dir auch was gemacht«, erklärte ich und zog einen roten Wollschal aus meiner Schreibtischschublade. »Den habe ich selbst gestrickt.«

Ich hatte in der ersten Januarwoche nichts anderes getan, als zu stricken. Mit der Hornhaut, die ich davon nun an meinen Fingern hatte, hätte ich ganz gut Gitarre spielen können, ohne Schmerzen zu verspüren.

»Ich hatte die Wahl: entweder Socken oder ein Schal. Und ich dachte mir: So wirst du nicht krank.« Ich zuckte mit den Schultern und fühlte mich dämlich, weil er nicht antwortete, sondern nur auf das Ding starrte.

»Danke, Emma«, sagte er schließlich und tastete vorsichtig über die aufgereihten Maschen. »Der ist ja weich! Ich hatte gar keinen Schal. Nur …«

»… eine riesige Sammlung Palis«, vervollständigte ich seinen Satz.

»Richtig.« Jarek schlang sich den Rundschal um den Hals. »Aber warum ist er rot?«

»Na ja, meine Mutter mag zwar eine knallharte Feministin sein, aber sie hat mal versucht, etwas für mich zu stricken, als ich noch ein Baby war.« Ich zuckte mit den Schultern. »Wir hatten keine andere Farbe und ich dachte, sie wäre schön.« Und außerdem stand sie ihm. Aber das wagte ich nicht zu sagen.

Stattdessen erzählte ich ihm, wie ich die Feiertage verbracht hatte, und er berichtete mir von seinem Angelausflug und dem Trip nach Paris. Und davon, dass er bei einem Preisausschreiben mitgemacht hatte.

»Und stell dir vor, dann haben die mich tatsächlich angerufen. Ich habe Karten gewonnen für das Konzert von Hello Mimi in der Heimat! Das ist schon seit Wochen ausverkauft. Genauer gesagt, seit einem Tag nach Vorverkaufsbeginn. Und jetzt darf ich hin, mit einer weiteren Person! Ist das nicht wahnsinnig krass?«

Ich nahm an, dass Hello Mimi eine ziemlich berühmte Band war, und lächelte. »Es wäre bestimmt wahnsinnig krass, wenn ich die kennen würde«, gestand ich und hob unsicher die Schultern. Mir war klar, dass ich vermutlich gerade etwas total Blamables gesagt hatte.

»Du wirst sie bald kennenlernen, denn du bist die weitere Person, die mit mir auf das Konzert gehen darf!« Jarek wippte aufgeregt hin und her.

»Du fragst *mich*? Von all den Buchhändlertöchtern auf dieser Welt fragst du ausgerechnet mich? Wow!«

Ich machte mir kurz Hoffnung, dass mein Vater Jarek nicht ohne Grund hasste. Vielleicht würde Jarek ja doch mein erster fester Freund werden! Und der Abend des Konzerts der erste, an dem wir uns küssen würden. Schon beschleunigte mein Herz seinen Schlag.

»Tja, na ja, ich muss zugeben, ich habe zuerst Melissa gefragt. Aber die hatte schon Tickets, also …«

»Warte! Melissa?« Ich betonte den Namen, als gehöre er einer Sprache an, die ich nicht beherrschte. Wer war diese Melissa und warum zog Jarek sie mir vor? Mein Herz war in heller Aufruhr, mein Kopf in nackter Panik. Also doch nicht der Abend unseres ersten Kusses? Es würde der Abend des ersten Kusses zwischen Jarek und Melissa werden? Was lief hier schief? Heißer Schmerz pochte hinter meinen Rippen, ich japste nach Luft – was Jarek zum Glück nicht bemerkte.

»Ich habe dir noch nie von ihr erzählt, weil ich es eigentlich noch niemandem erzählt habe. Kennst du das, wenn du in jemanden verliebt bist, es aber mit keinem teilen kannst?«

Ja, ziemlich gut sogar, dachte ich.

»So ist es eben mit Melissa. Wir sitzen schon seit Ewigkeiten nebeneinander. Und seit einiger Zeit guckt sie mich plötzlich immer mit diesem Blick an. Der geht mir durch und durch.« Jareks wunderschöne, lange Wimpern begannen zu flattern.

Mein Herz drohte auszusetzen.

»Es ist noch zu nichts gekommen, aber das Schuljahr ist ja noch lang.« Jarek zuckte mit den Schultern und lachte. »Und ich weiß, wie kitschig das jetzt klingt, aber es ist wahr: Ich träume jede Nacht von ihr.«

Ich war einfach nur baff. Aber ich durfte mir das nicht anmerken lassen. Schnell schluckte ich und sagte: »Ich habe leider überhaupt keine Ahnung von dieser ganzen Musik. Ich weiß nicht, ob es eine so gute Idee ist, mit zu Hello Mimi zu gehen. *Melissa* ist da sicher eine bessere Begleitung. Oder jemand anderes.«

»Emma, ich wüsste nicht, mit welchem meiner Freunde ich lieber auf dieses Konzert gehen würde als mit dir! Meine Fotografenkumpels wollen ständig nur über Objektive und Belichtungszeiten sprechen und die aus meiner Klasse wollen nur über das Abi quatschen. Du bist echt cool, Emma. Mit dir fühle ich mich wohl. Unsere Gesprächsthemen stressen mich nicht und ich denke mal, dir geht es ähnlich. Und mach dir mal keine Sorgen wegen der Musik. Dich kriegen wir schon noch fit!«, sagte er und wuschelte mir durchs Haar.

Ich konnte die Tränen kaum mehr zurückhalten. Deutlicher hätte er mir nicht zeigen können, dass niemals etwas zwischen uns laufen würde. Er war in eine andere verliebt und ich war sein Buddy, dem er die Haare zerzauste wie einem Hund. Ich schluckte. Mein Hals war von jetzt auf gleich ausgedörrt. All das Wasser hatte sich in meinen Augen gesammelt. Irgendwie schaffte ich es dennoch, weiter am Gespräch teilzunehmen. Wahrscheinlich war es eh egal, was ich sagte. Es würde nichts daran ändern, was er in mir sah.

*

Dieses Verlangen nach Jarek war auch am nächsten Tag noch da. Draußen war der Schnee geschmolzen wie alle meine Hoffnungen. In der Schule hatte ich mich nur schwer auf die Aufgaben besinnen können – es half auch nicht gerade, dass Frida und Antonia am Tisch vor mir Blödsinn machten und sich kein einziges Mal zu mir umdrehten, um mich daran teilhaben zu lassen, wie sie den Schweißfleckenverlauf von Geschichtslehrerin Frau Ulrich grafisch darstellten. Ich saß zwar gern neben Alina, doch der konnte ich mein Herz nun wahrlich nicht ausschütten. Dafür kannten wir einander zu wenig.

Warum stand Jarek nur auf Melissa? Was war nur los mit mir? Warum löste mein Blick in seine Augen nicht diese Gefühle aus, die er für Melissa hatte? Lag es an meinen Augen, die auch Hannes nicht in ihren Bann hatten ziehen können? Konnte man dagegen irgendeine Medizin nehmen?

Ich saß in meinem Kleiderschrank – dorthin verzog ich mich immer, wenn ich die Welt nicht mehr ertragen konnte – und stellte mir wieder einmal die Frage: Warum wollte mich niemand lieben? War ich dazu geboren, mein ganzes Leben lange alleine zu sein? Das Mädchen, dessen Liebe niemals erwidert wurde? Über das man Gedichte schrieb und Dramen und das schließlich alleine starb? Vielleicht sogar auf dem Boden seines Kleiderschranks, erschlagen von einem Regal mit viel zu knappen Weggehoberteilen?

Ich hatte mehrere Stunden mit Nachdenken verbracht, als Jarek vorbeikam und mich zwischen Schuhkartons und fest an meinen Lieblingspulli gepresst fand.

»Was hast du gemacht?«, fragte er schmunzelnd, während er sich auf mein Bett setzte und seinen Laptop hochfuhr.

»Ach, ich habe etwas Passendes zum Anziehen gesucht für das Konzert«, schwindelte ich.

Mein Kopf brummte. Die vielen Tränen, die sich in mir angestaut hatten, ließen meinen Schädel beinahe bersten. Ich setzte mich neben Jarek und sah mich in meinem Zimmer um. Gerade waren mir all die bunten Poster so fremd, die fröhliche Kids zeigten, allesamt in Highschool-Chören, Teil der New Yorker Upperclass oder ausgestattet mit Superkräften.

»Warum machst du dir nur so viele Gedanken über deine Klamotten? Du siehst doch immer super aus.«

Nur eben nicht so super wie Melissa, dachte ich und seufzte. »Also, warum hast du deinen Laptop dabei?«

»Um dir einen Crashkurs in Sachen Musik zu geben.«

Ich starrte auf die Tastatur und Jareks Finger, die darüber flogen.

»Also, die perfekte Einstimmung für einen Abend mit mir in einem coolen Regensburger Schuppen. Es geht los: Florence + The Machine, *Dog Days Are Over.*« Jarek drückte auf »Play«. Eine Harfe erklang und die Stimme einer Frau, dem klassischen Instrument sehr ähnlich.

»Das kenne ich sogar. Von *Glee*!«, sagte ich erleichtert.

Etwas in Jareks Blick sagte ein Lächeln voraus, doch er verkniff es sich.

Es stellte sich im Laufe des Abends heraus, dass ich mehrere von Jareks Lieblingsbands über meine Lieblingsserie kannte. My Chemical Romance, Lily Allen, Paramore – sie alle brachten mich zum Wippen, obwohl ich geglaubt hatte, dass ich dazu gar nicht mehr imstande war.

»Du findest das also doch alles gar nicht so schlecht«, stellte Jarek zufrieden fest, als er Lykke Li ausstellte.

»Habe ich auch nie behauptet. Solche Musik läuft nur nicht gerade oft im Boulevard.« Ich zuckte mit den Schultern. »Und tanzen kann man dazu auch nicht.«

»Ich werde dir das Gegenteil beweisen. Du wirst schon sehen.« Jarek zwinkerte mir zu. Dann fiel sein Blick auf die Uhr, die sein Laptop am unteren Rand zeigte. »Herrje, ich sollte langsam los. Ich muss noch dringend Hausaufgaben machen! Wir sehen uns dann beim Konzert, okay?«

»Okay.«

Ich hätte auch noch Hausaufgaben machen sollen. Immerhin hatte ich den ganzen Nachmittag mit Trübsalblasen im Kleiderschrank verbracht. Doch stattdessen machte ich mich auf meinem Bett lang, nachdem Jarek gegangen war, und atmete den Duft ein, den er hinterlassen hatte. Herb, maskulin, mich beschützend. Das führte dazu, dass ich beruhigt einschlief. Und für einen kurzen Moment all meine Sorgen vergaß.

*

Mein »Ich kann meinen Namen tanzen«-Jutebeutel besetzte einen zusätzlichen Platz im Bus. Zu dieser Uhrzeit war auf dieser Strecke nie viel los. Ich ging nicht zur Doppelstunde Sport, mit der Entschuldigung, ich hätte Krämpfe, und hoffte, unser Lehrer notierte sich nicht hobbymäßig, wie oft ich meine Menstruation bekam.

»Hey, was machst du denn hier?«, fragte auf einmal eine mir wohlbekannte Stimme.

»Mathilda, servus.« Ich grinste und nahm den Jutebeutel zur Seite. »Ich muss mich seelisch auf den Abend mit Jarek vorbereiten. Und du?«

»Bio ist ausgefallen. Zum Glück. Noch einen unbeholfenen Vortrag über Verhütung halte ich nicht aus.«

Ich zögerte, beschloss dann aber, Mathilda geradeheraus zu fragen: »Wie viel Erfahrung hast du denn schon mit Verhütung?«

Mathilda überlegte kurz, es sah aus, als zähle sie ihre Exfreunde durch. »Auf keinen Fall so viel wie Jenny.«

Jenny war der Glückspilz, der nach einem Absturz den Verweis bekommen hatte. Und ganz nebenbei war sie auch noch eine schulbekannte Schlampe.

»Unvorstellbar, dass das überhaupt irgendwer hat«, pflichtete ich Mathilda bei und seufzte. Eigentlich hatte ich früher nur mit Antonia über deren ausuferndes Liebesleben gesprochen. Und mit Frida über ihres mit Stefan, das sie gern zur Schau stellte. Aber wirklich offen hatte ich nie zugeben können, dass ich endlich geküsst werden wollte.

Mathilda sah es mir jedoch an der Nasenspitze an. »Das wird schon noch zwischen dir und Jarek. Es wird das Märchen, das du dir erhoffst.«

»Ich glaube nicht daran.« Ich schüttelte resigniert den Kopf.

»Ich aber«, sagte Mathilda und grinste zuversichtlich.

*

An der Garderobe nahm mir Jarek meine Jacke ab und ließ sie zusammen mit seiner Collegejacke und seinem neuen roten Schal aufhängen. Danach hielt er mir die Tür zum Veranstaltungsraum auf. Ich war angenehm davon überrascht, dass mir, anders als im Boulevard, keine Wolke aus Kunstnebel entgegenkam. An der Decke hingen weiße, gedimmte Lampen und eine Discokugel, die vereinzelte silberne Strahlen in die Gegend schoss. Vor der kleinen Bühne befand sich ein Pulk Menschen, die aufgeregt miteinander sprachen und Getränke aller Art in den Händen hielten. Und selbst auf einem kleinen Balkon, der sich über ihnen befand, hatten sich junge Leute eingefunden und harrten gespannt der Band, die gleich die bereitgestellten Instrumente bespielen würde.

Jarek jauchzte zufrieden. »Gott, ich war hier nicht mehr seit dem Dúné-Konzert!«

»Ah ja?«, sagte ich interessiert und machte mir eine Notiz im Kopf, Dúné schnellstmöglich zu googeln.

»Suchen wir uns einen guten Platz?«, fragte er mich und ich nickte.

Er schnappte sich meine Hand und zog mich hinter sich her. Ich fühlte mich, als hätte ich meine Finger an eine Steckdose gehalten.

Als Jarek schließlich stehen blieb, rannte ich beinahe gegen ihn. »Melissa!«, rief er aufgeregt.

Mist. Warum war ich noch mal hergekommen?

Jarek zog mich hinter sich hervor. »Melissa, darf ich dir Emma vorstellen?«

»Emma, hi!«, rief Melissa aus und hielt mir die Hand hin.

Sie war eine Göttin der Schönheit. Kein Wunder, dass Jarek sich in sie verguckt hatte. Ihre Gesichtszüge waren makellos, ihre Augen groß und freundlich, sie trug einen Rock und ein Shirt in Beerenfarben, die perfekt mit ihrem haselnussfarbenen Haar harmonierten. Und sie war auch noch verdammt nett.

»Emma, ich hab schon viel von dir gehört. Jarek spricht ständig von dir. Und jetzt, da du vor mir stehst: Wow, er hat recht. Du bist wirklich toll.«

Zähneknirschend erwiderte ich Melissas Lächeln, alles in mir versuchte, sie schrecklich zu finden. Aber selbst mein Herz, das für Jarek schlug, konnte nicht leugnen, dass sie echt süß war und ziemlich cool. Verflixt. Da hatte jemand wie ich, der nicht mal wusste, wer Dúné war, einfach verloren.

»Gott, ich freue mich schon so auf das Konzert! Peter Sturm, der Sänger, ist ja mal wirklich heiß.« Melissa zwinkerte mir zu und stieß mich an, als wären wir seit dem Kindergarten Freundinnen. Dann senkte sie verschwörerisch ihre Stimme: »Pssst, aber nicht meinem Freund erzählen!«

»Deinem Freund?«, wiederholte ich etwas zu laut und schrill.

Jarek fuhr herum. Was für mich gute Neuigkeiten waren, waren für ihn schlechte.

»Ja, da ist er!« Sie winkte heftig, als ein Typ mit zwei Colaflaschen in der Hand auf uns zukam. Er sah älter aus als wir, war gut einen Kopf kleiner als Jarek und legte seinen Arm um Melissa, während er uns begrüßte. Melissa schmiegte sich sofort an ihn.

Jarek, der innerlich tobte, beugte sich schnell zu mir herunter. »Entschuldige mich, ich muss mal kurz raus, frische Luft schnappen«, sagte er und drehte sich um.

Ich folgte ihm.

»Scheiße«, brüllte er, kaum dass sich die Tür hinter uns geschlossen hatte, und lief schnellen Schrittes auf und ab. Er wirkte, als wollte er Anlauf nehmen, um sich selbst in der nahe gelegenen Donau zu versenken. Gut, dass ich da war. Ein Suizid hätte allen Anwesenden den Abend wohl gehörig versaut.

»Warum steht sie auf ihn und nicht auf mich?«, rief er frustriert aus.

Am liebsten hätte ich ihn gefragt, warum er auf sie stand und nicht auf mich. Aber stattdessen antwortete ich: »Keine Ahnung. Ist doch aber auch egal. Du bist viel toller als er und viel größer. Hast ansehnlichere Haare. Riechst besser. Bist total witzig und klug und wenn sie das nicht merkt, ist sie selbst schuld.«

Schnell biss ich mir auf die Lippe, aber bei Jarek schienen meine verknallten Worte gar nicht angekommen zu sein. Er starrte stoisch auf die Kappen seiner Chucks.

Schließlich fasste ich ihn am Oberarm. »Lass uns wieder reingehen. Du verpasst sonst deine Lieblingsband.« Als er sich nicht rührte, setzte ich hinzu: »Komm schon, lass dir davon nicht den Abend versauen. Du hast dich doch so über den Gewinn gefreut! Andere Mütter haben auch schöne Töchter.«

Meine zum Beispiel. »Tu es mir zuliebe. Du hast so ein Loblied auf Hello Mimi gesungen, dass es jetzt echt eine Schande wäre, würdest du mich alleine lassen. Wer würde mir denn dann die Texte erklären?«, versuchte ich es noch einmal.

Endlich zeigten meine Worte Wirkung. Jarek hob seinen Kopf und sah mich blinzelnd an. Wahrscheinlich rang er um seine Fassung, suchte nach seiner Lässigkeit. Ich konnte nur ahnen, wie weh es tat, dass Melissa ihm ihre Beziehung verheimlicht hatte, mit ihm geflirtet hatte, ihm schöne Augen gemacht hatte, ohne Rücksicht auf seine Gefühle. Er musste sich unfassbar verarscht vorkommen. Okay, vielleicht war Melissa auch einfach nur freundlich gewesen und Jarek hatte sich falsche Hoffnungen gemacht. Wahrscheinlich war er nicht anders als ich.

Tatsächlich konnte ich Jarek dazu bewegen, wieder mit mir in den Club zu gehen. Wir stellten uns an den seitlichen Bühnenrand, ganz weit weg von Melissa und ihrem Freund, und Jarek flüsterte mir zu jedem Song eine Geschichte ins Ohr. Die Musiker waren gut, Gitarre, Bass und Schlagzeug laut und rockig. Und die Stimme des Sängers klang stets traurig.

»Das Lied heißt *Where We End Up*. Das hat der Sänger für seine große Liebe geschrieben, so sagt man«, erklärte mir Jarek und seine Lippen berührten beinahe mein Ohr. Dass er mir so nahe kam, ließ mich schaudern.

*

In den Wochen danach war es, als hätte jemand die Pausentaste gedrückt und mein Leben einfach angehalten. Ich verbrachte meine Zeit nur noch mit Brüten über den Schulbüchern, Treffen mit Jarek, bei denen selbstredend nichts passierte, Zähneputzen und Schlafen. Ich war gefrustet. Am allermeisten davon, dass sich die Sprachenschule nicht meldete. Mittlerweile machte ich mir schon Sorgen, Aliens könnten die Schulleitung entführt haben. Warum sonst hatte ich rein gar nichts gehört?

Aus lauter Langeweile arbeitete ich sogar im Buchladen. Aber verstörte Omis über *Die Tribute von Panem* aufzuklären, war das einzige Spannende, das sich dort zutrug.

Jarek ging es genauso. Er wartete auf die Nachricht der Akademie und so beschloss er, dass uns beiden Ablenkung gut täte. Also ging er mit mir runter zum Hafen. Dort gab es zwar keine imposanten Packstationen wie auf der Elbe, aber trotzdem Kräne, Container, Schiffe. Riesige Boxen, die von Regensburg aus in die Welt transportiert wurden. Jarek wollte Fotos machen und sich mit einem neuen Projekt vom ständigen Denken an seine Zukunft abbringen. Er hatte seine iPod-Boombox neben einem Container aufgebaut, auf dem ich es mir bequem gemacht hatte. »Und die Container, die fallen unter grandiosem Gepolter in den hungrigen Bauch eines uralten Frachters, und mein Herz, es poltert auch«, sang Gisbert zu Knyphausen.

Ich dachte über meine eigene Entwicklung nach. Was war aus dem Mädchen geworden, das ich noch vor einem halben Jahr gewesen war? Wäre dieses Mädchen jemals bei ihrer Clique in Ungnade gefallen? Hätte es gewagt, alleine nach München zu fahren, um sich bei seiner Traumschule vorzustellen? Dieses Mädchen hätte auch die Schönheit dieses Songs nicht erkannt. Ich war froh, dass ich meinen Weg gegangen war. Natürlich war ich noch nicht am Ziel. Und in diesen Tagen fragte ich mich, ob ich es jemals sein würde.

Aber während ich Jarek so beobachtete, war ich glücklich. Er machte ein Foto von mir. Diesmal fand ich es okay.

*

Der Valentinstag war für mich fast das gesamte Jahr über nur ein Datum – der 14. Februar, ein Tag wie jeder andere. Das Problem war, dass es diesen Rosenschickdienst gab, der an diesem Tag durch die Schule zog. Früher hatten Antonia, Frida und ich uns gegenseitig Rosen geschickt, damit keine von uns ohne dastand und den restlichen Tag über eine Fresse ziehen musste. Doch diesmal dachte keine von ihnen an mich. Während Frida sowohl von Antonia als auch von Stefan beschenkt wurde, der gleich ein Dutzend Rosen hatte springen lassen, ging ich leer aus. Wenigstens hatte ich eine virtuelle Rose von Ralf bekommen. Okay, er war schwul, aber er hatte sich die Mühe gemacht, eine Blume zu malen, sie einzuscannen und mir zu mailen.

Außerdem hatte mich Jarek eingeladen. Aber nicht zu einem Valentinstagsdate, sondern zu einem Single-Awareness-Day-Treffen. Sein Zustand hatte sich in den vergangenen Wochen gebessert. Er behauptete inzwischen, dass Melissa nicht mehr das Letzte war, an das er dachte, bevor er einschlief, und auch nicht das Erste, wenn er seine Augen am Morgen öffnete. Dennoch plapperte er noch unentwegt über sie. Ich kam mir jedes Mal unendlich mies vor, weil ich insgeheim froh war, dass Melissa vergeben war.

Am Abend betrat ich sein Zimmer, es war kurz vor acht. Die rote, dickbauchige Kerze auf seinem Schreibtisch wirkte nicht romantisch, es sah aus, als hätte Jarek sie nur angezündet, um einen abstehenden Faden an seinem weißen Strickpulli abzubrennen. Dafür lief gerade ein Akustiklied, das sehr andächtig und gefühlsintensiv klang.

»Was ist das?«

»*For Emma, Forever Ago* von Bon Iver.«

»Ich verachte Indie-Hipster wie dich!«, scherzte ich. Dann sagte ich leiser: »Es ist schön.«

»Es handelt zwar eher vom Tod als von etwas Schönem, aber immerhin kommt dein Name drin vor. Für mich hat noch keiner einen Song geschrieben«, sagte Jarek.

»Dann lass uns das nachholen«, schlug ich mit fester Stimme vor.

Trotz Unordnung fand ich Jareks Gitarre sofort, ähnlich wie sein Skateboard lehnte sie an der Wand. Ich griff nach ihr und brachte die Saiten zum Klingen. Natürlich klang es nicht besonders gut und so mussten Jarek und ich losprusten.

»Sorry, dass ich so ultraschlecht spiele. Meine Mutter wollte es mir beibringen, aber ich habe ihr nie zugehört. Anscheinend habe ich früher ›Gitarre und Kreativität‹ mit ›Mathe und Chemie‹ in eine Schublade gesteckt. Darum kann ich auch nicht malen, sehr zum Verdruss meiner kunstliebenden Eltern«, erklärte ich.

»Das macht nichts.« Jarek sah mich lange an und im Schein der Kerze, die ich mittlerweile der Sorte »Friedhofszubehör« zuordnete, warf seine Brille einen leichten Schatten auf sein Gesicht. »Es lenkt mich wenigstens von Melissa ab.«

Und schon wieder Melissa.

*

In meinem Zimmer war das absolute Chaos ausgebrochen. Es überforderte mich völlig, für wenige Tage in einer fremden deutschen Stadt zu packen. Auch wenn das Wetter ähnlich werden würde wie hier und ich dort weder einen Bungee-Sprung noch einen Gang über den roten Teppich oder eine Beachparty absolvieren musste.

Mein wildes Hin-und-her-Gelaufe wurde erst unterbrochen, als sich mein Vater lautstark meldete: »Emma, Besuch!«

»Bring ihn her, Dad!«, rief ich zurück.

Mein Vater hatte sich heute eher in unsere Wohnung zurückgezogen und traf Jarek nun zum ersten Mal. Vermutlich musterte er ihn kritisch vom Revers bis zu den Schnürsenkeln, als die beiden den Flur entlang zu meinem Zimmer gingen. Ich glaube, die Hornbrille auf Jareks Nase gefiel meinem Vater am allerwenigsten. Denn er, der einst aus Mangel an Alternativen selbst eine getragen hatte, verstand beim besten Willen nicht, warum Jarek sich für dieses Modell entschieden hatte.

»Solltest du nicht für Deutsch lernen?«, fragte ich verwundert, als Jarek im Türrahmen erschien. Mein Vater stand direkt hinter ihm.

»Nee, nicht wirklich«, antwortete Jarek und machte eine wegwerfende Handbewegung.

Mein Vater erstarrte. Hatte Jarek sich gerade gegen literarische Helden, talentierte Schreiber und, oh mein Gott, Interpunktion ausgesprochen?

»Emma, ich finde nicht, dass du am Abend vor deiner Klassenfahrt noch Besuch empfangen solltest«, mischte mein Dad sich ein.

»Immer mit der Ruhe, Herr Hader, ich wollte mich nur kurz von Emma verabschieden«, antwortete Jarek.

»Das ist aber lieb. Danke dir«, sagte ich und lächelte Jarek an.

Meinen Vater beäugte ich dabei aus dem Augenwinkel. Er machte keine Anstalten, uns Privatsphäre zu gönnen. Wenn der gewusst hätte, was Hannes so alles angestellt hatte ... weitaus Schlimmeres, als nicht für die Deutschprüfung am nächsten Tag zu lernen!

Jarek schien das Missfallen meines Vaters nicht zu stören. Das war das Schöne an ihm: Er ließ sich nicht einschüchtern. Mit einem unwiderstehlichen Lächeln sagte er: »Das wars auch schon, ich geh dann mal wieder.« Er zwinkerte mir zu. »Ciao, Emma, und auf Wiedersehen, Herr Hader!«

Er drehte sich um und ging durch den Flur zurück zur Tür. Mein Vater folgte ihm mit düsterer Miene. Wahrscheinlich wollte er mit eigenen Augen sehen, wie Jarek unsere Wohnung wieder verließ.

*

Ich musste mir das Zimmer mit Alina teilen. Es war kaum zu glauben! Nicht, dass ich etwas gegen Alina hatte. Aber es ging hier ums Prinzip. Im Bus nach Frankfurt hatte unsere Klassenleitung Frau Jäckl festgestellt, dass etwas bei der Zimmerverteilung schiefgelaufen war. Zwei Dreierzimmer weniger, dafür drei Zweierzimmer mehr. Frida und Antonia hatten nicht gezögert, sich eines davon zu sichern. Sie hatten nicht einmal gefragt, ob es mir recht war.

War es natürlich nicht! Seit wir eingeschult worden waren, teilten wir uns auf Klassenfahrten immer ein Zimmer. Egal, ob Skilager, Exerzitien, Schullandheim im bayerischen Wald – wir waren immer zu dritt gewesen. Um vier Uhr nachts hatten wir einander Geheimnisse anvertraut, geflüstert, gekichert und ganz ungeniert Süßigkeiten gefuttert. Ich war wütend, dass sie nun mit dieser Tradition brachen, wenngleich mir klar war, warum sie mich nicht auf ihrem Zimmer haben wollten.

Am ersten Abend in Frankfurt lud Alina Heidi, Maria und Dirk zu uns ein. Im Hintergrund lief *Wer wird Millionär?* auf dem kleinsten Fernseher der Welt, während unsere Gäste ihre gut versteckten Vorräte an Alkohol auspackten. Dirk und Alina pafften zufrieden aus dem Fenster und Heidi versuchte vergeblich, uns zu einer Runde Flaschendrehen zu überreden. »Heidi, bei aller Liebe, aber dafür sind wir zu wenig!«, blockte Maria ab.

Im Laufe des Abends verwüstete der Besuch unser Zimmer. Drei Packungen Chips lagen herum, eine umgestoßene Flasche Bier hatte einen hässlichen Fleck auf dem grauen Teppich hinterlassen und ein Nagellackstrich an der Wand war von dem Versuch übrig geblieben, Dirk zu verschönern. Doch im Gegensatz zu Antonias und Fridas Lager musste unser Zimmer immer noch klinisch rein sein. Zumindest wirkten die Damen Ziegler und Gössner am Morgen nicht gerade fit.

Sogar jetzt, um drei Uhr nachmittags, trugen sie noch immer Sonnenbrillen. Dabei hatten wir bereits drei Punkte auf Frau Jäckls Liste abgehakt: die Besichtigung des Römerbergs, den Besuch des Kaiserdoms und die Tour durch die Saalgasse. Nun befanden wir uns bei Nummer vier: Shoppen in der Frankfurter City.

Gerade hatten wir Douglas entdeckt. Und während sich Frida und Antonia noch vor dem grellen Licht versteckten und Alina mit den anderen Mädels vor einem Poster des halbnackten Marc Jacobs herumalberte, suchte ich die Reihen nach Jareks Parfüm ab. Ich hatte ja nicht vor, es mir zu kaufen und auf mein Kissen zu sprühen. Ich wollte nur etwas Gucci by Gucci auf einen dieser Teststreifen kleckern und den Streifen dann in der Jackentasche verschwinden lassen. Und das tat ich und dagegen konnte man doch ja echt nichts sagen. Oder?

*

Einige Tage später hatte Antonia Geburtstag. Ich hatte keine Ahnung, ob sie noch feierte oder schon gefeiert hatte. Sie stand alleine am Reisebus, während alle anderen langsam die Hostelstufen hinabstiegen. Sie trug ein Seemannshirt unter ihrem offenen Hahnentrittmantel. Eine einsame Matrosin. Hatte es Streit gegeben zwischen ihr und den anderen? Hatte sie sich an einen aus unserer Klasse rangemacht, der das nicht wollte? Es würde mir wohl bei der Funkstille, die die meiste Zeit über zwischen uns herrschte, für immer verborgen bleiben. Es sei denn, ich fasste mir ein Herz.

»Alles Gute zum Siebzehnten, Toni«, sagte ich und lächelte. Ich erwartete, dass sie dasselbe tun würde, doch es war vergeblich.

»Danke«, antwortete sie nur und sah mich für den Bruchteil einer Sekunde ernst an. Dann wendete sie ihren Blick ab.

War sie wütend, weil ich kein Geschenk für sie gekauft hatte? Ich hatte ja nur deswegen nichts für sie, weil sie mit keiner Silbe erwähnt hatte, was sie geplant hatte. Als ginge es mich nichts mehr an, rein gar nichts mehr, was mit ihr oder der Clique zu tun hatte.

Verwirrt ging ich an ihr vorbei, die Treppe hoch, in das Innere des Busses. Man konnte mir nicht unterstellen, dass ich keinen guten Willen gezeigt hatte. Aber sie hatte das nicht interessiert. Also sollte es mich auch nicht interessieren. Diese Erkenntnis ließ beinahe eine Last von mir abfallen.

7

Angstfrei

Mit großen grünen Augen sah Mathilda sich um. Sie fand es toll, mit uns ins Libertin zu gehen, das heute ausschließlich von Studenten besucht war. Überall Laptops, aufgeschlagene Mappen, große Brillen. Und auch: Tabakware, Facebook auf dem iPhone, Pizzabrötchen. Es wurde viel diskutiert und gelacht.

Jarek schlug den Weg zu unserem gewohnten Tisch ein. Mathilda folgte ihm, warf einen Blick auf seinen Hintern und zwinkerte mir zu. Ich hatte sie eingeladen, weil ich schon mit ihr verabredet gewesen war, als Jarek mich gebeten hatte, herzukommen. Außerdem war es an der Zeit, dass die zwei einander kennenlernten. Immerhin wusste Mathilda inzwischen mehr über Jarek als meine angeblich besten Freundinnen.

Jarek zog einen Stuhl zurück und Mathilda setzte sich darauf. Danach ließ er sich auf der Bank nieder. Ich kroch zu ihm und freute mich, dass wir einander so nah waren, dass seine Arme meine zufällig berührten.

Mathilda staunte noch immer über das Café und seine Besucher. »Ich würde so gern was trinken. Hier sieht alles so mondän aus. Da muss man doch was trinken«, sagte sie.

»Habe ich auch mal gedacht«, murmelte ich.

Jarek drückte unter dem Tisch leicht meine Hand und wendete sich an Mathilda. »Ich weiß gar nicht, ob sie dir so einfach etwas anderes als Bier ausschenken würden. Und eigentlich wäre nicht mal Bier erlaubt.«

»Ich weiß. Und außerdem ist Emma dabei, da möchte ich auch gar nicht trinken.«

»Mathilda, das ist doch Schwachsinn. Mich stört das nicht.«

»Und warum ziehst du dann immer über Antonia und Frida her, wenn die Alkohol trinken?«

»Ich ziehe nicht über sie her, ich stelle lediglich fest, dass sie es übertreiben und sich furchtbar benehmen, wenn sie angetrunken sind. Aber ich denke, du gehörst zu der Sorte Mensch, die nicht auf dem Tisch tanzt, wenn sie ein Glas Wein intus hat.«

»Hast recht. Trotzdem.« Mathilda drehte sich zur Kellnerin um, die in diesem Moment unseren Tisch passierte. Ich erkannte sie als die wieder, die uns bei meinem ersten Besuch bedient hatte. »Einen Pfefferminztee bitte«, sagte Mathilda.

»Für mich Earl Grey«, ergänzte ich.

»Whiskey.« Jarek grinste, als die Kellnerin ohne Wenn und Aber seine Bestellung aufschrieb. Er war nun 18 und wollte dies offensichtlich nutzen.

»Eine schöne Kette trägst du da«, merkte ich an, als ich den kobaltblauen Anhänger auf Mathildas Dekolleté bemerkte. Er war geformt wie ein Stern. Ich wollte zwar nicht, dass Jarek dachte, wir würden jetzt über Mädchenthemen wie Shoppen, Nägellackieren und Ponys (sowohl Pferde als auch Frisuren) sprechen, aber ich wollte auch nicht schweigend auf unsere Getränke warten.

»Danke. Hat mir meine Oma zum Namenstag geschenkt.« Mathilda lächelte.

Ich nickte und spürte ein kleines bisschen Neid. Selbst wenn es einen Namenstag für mich gab, meine Eltern würden ihn nicht feiern. Wir begingen ja nicht einmal Ostern richtig, das Fest bestand für uns nur aus einem gemeinsamen reichhaltigen Frühstück am Ostersonntag.

»Ich glaube, es gibt keine Heilige Emma«, antwortete ich. »Und sag jetzt bitte nicht, ich wäre es.«

Mathildas Gesicht wurde ernst. »Hey, ich wollte dich nicht beleidigen. Ich dachte einfach, es stört dich, wenn ich mir was Alkoholisches genehmige.«

Ich hob abwehrend die Hände. »Ich finde es süß, dass du Rücksicht nimmst. Aber nein, es stört mich nicht. Du kannst auch gern eine rauchen oder Heroin nehmen.«

Sie lachte. »Danke für das Angebot, aber ich bleibe lieber beim Tee.«

Just in diesem Moment wurden wir unterbrochen, aber nicht von der Kellnerin, sondern von einem Kerl mit Vollbart. »Excuse me, do you know where I can get some cash?«

Mathilda hob die Brauen und beugte sich zu mir herüber. »Was will der?«, flüsterte sie.

Ich konnte nur die Augen verdrehen. Meine Nachhilfeschülerin und ich hatten noch einiges an Arbeit vor uns.

Ich drehte mich zu dem Bärtigen und erklärte ihm den Weg zum nächstgelegenen Sparkassenautomaten. Er bedankte sich überschwänglich und erzählte mir dann, ihm wäre im Dom der größte Teil seines Geldes in die Spendenkiste gefallen. Und jetzt wäre er pleite und könne sich nicht einmal mehr ein Heißgetränk leisten. Ob es immer so kalt in Deutschland wäre? In Kalifornien, wo er lebte, wäre das nie der Fall.

»Verstehst du irgendetwas?«, raunte Mathilda Jarek zu, während ich dem Fremden aufmerksam zuhörte.

Jarek versuchte, sich das Lachen zu verkneifen, und schüttelte den Kopf.

Als sich der Typ verabschiedet hatte, drehte ich mich wieder zu meinen Freunden und sagte: »Der Kerl hat mich an Walden Schmidt erinnert.«

»An wen?«, wollte Mathilda wissen.

»Ashton Kutcher in *Two and a Half Men*«, sagten Jarek und ich gleichzeitig und für einen angenehmen Moment sahen wir einander an.

»Ah! So heißt der also in der Serie! Ich achte immer nur auf seine Bauchmuskeln.« Mathilda nahm ihren bestellten Tee in Empfang und wechselte ganz beiläufig das Thema, während sie ihn mit Zucker süßte. »Apropos Bauchmuskeln, hat jemand heute schon den Sportteil gelesen?«

Natürlich meldete sich Jarek. Er war quasi im FC-Bayern-Trikot aufgewachsen. Ich seufzte kaum hörbar.

»Sehr gut. Was hältst du davon, dass der Uli wieder shoppen geht?«, fragte Mathilda.

Und während Jarek ihr antwortete, als wäre er Olli Kahn persönlich, kam ich nicht umhin zu denken: Hey, ich verstehe vermutlich nur von Quantenphysik weniger als von Fußball, aber ich finde es toll, dass ihr zwei euch so wunderbar vertragt. Endlich mal gute Neuigkeiten.

*

Es war ein Mittwochnachmittag und wie immer ging ich zuerst zum Briefkasten, als ich von der Schule nach Hause kam. Meine Eltern waren gerade mit der Neulieferung einer

Vampirsaga beschäftigt und der Laden lief so gut, dass meine Mutter mal wieder nicht für mich kochen konnte. Im Kopf war ich deshalb schon dabei, mir eine Tiefkühlpizza zu machen, als mir verschiedene Flyer, Pfarrbriefe und die Zeitung in die Hände fielen. Das große, braune Kuvert, das sich ebenfalls in dem Papierberg verbarg, hielt ich für einen Katalog. Erst als ich die Treppe hinter mich gebracht und die Post auf der Flurkommode abgelegt hatte, sah ich, dass mein Name darauf stand: »An Emma Hader.« Ich runzelte die Stirn, griff nach dem Umschlag und riss ihn auf. Mein Hunger musste warten. Zuerst musste ich den Brief lesen: »Sehr geehrte Frau Hader, wir freuen uns, Ihnen mitteilen zu können, dass wir Ihnen einen Platz auf unserer Schule anbieten können.«

Den Rest musste ich mir gar nicht mehr ansehen. Leise kreischte ich. Sie hatten mich angenommen. Endlich. In meinem Kopf hallte ein »Oh mein Gott« und mein Herz schlug – wieder einmal – doppelt so schnell wie normal. Ich sprang auf und ab, dreht mich im Kreis, tanzte. Erst als mir die Puste ausging, packte ich meine Sachen und lief in mein Zimmer. Den Zusagebrief und die Schulunterlagen verstaute ich sicher unter meiner Bettdecke. Denn so glücklich ich auch war, ich hatte ein Problem: Weder meine Eltern noch meine Freundinnen wussten, dass ich mich beworben hatte. Ich hatte also noch jede Menge Streitgespräche und schlechte Stimmung vor mir, ehe sich mein Traum endlich erfüllte.

*

Er lachte und zog mich an sich. Es war unsere zweite Umarmung im neuen Jahr. Außerdem hatten bereits ein flüchtiger Wangenkuss und das Küsschen zu seinem Geburtstag stattgefunden, einmal hatte er meine Hand gedrückt, dreimal zufällig meinen Oberschenkel gestreift und zwölfmal meinen Oberarm berührt. Also, grob geschätzt. Ich führte natürlich nicht Buch darüber.

»Emma, das sind so großartige Neuigkeiten!«, rief Jarek. »Gratuliere dir!« Er hatte mich in meinem Zimmer überrumpelt, ich hatte eigentlich früh zu Bett gehen wollen. »Voll gut. Ich freu mich so für dich.«

Ich lächelte. Jareks Gesicht war leicht gerötet, er atmete tief ein und aus. Irgendwie schien er zu glühen und es war merkwürdig.

»Gehts dir gut?«, fragte ich ihn sicherheitshalber und er nickte.

Ich ließ meinen Blick durchs Zimmer schweifen, bis zu der Tasse auf meinem Nachttisch. Mittlerweile war der Kakao darin abgekühlt, ich hatte ihn mir aus der Küche geholt, ehe Jarek aufgetaucht war.

»Was willst du denn eigentlich hier?«, rutschte es mir heraus, während ich das Porzellan anstarrte.

»Ich wollte dich einfach nur sehen.«

Jareks Worte drangen gar nicht bis zu mir durch. Ich hatte lange darüber nachgedacht und nun, da er hier war, beschloss ich, es endlich zu tun. »Komm mit«, sagte ich und packte seine Hand.

»Wohin?«

»In meinen Kleiderschrank.«

»Ich bin aber nicht Boris Becker«, witzelte er.

»Das ist ein Kleiderschrank und keine Besenkammer«, antwortete ich. »Und außerdem will ich dir was zeigen. Das habe ich noch niemandem gezeigt.«

»Wow, was für eine Ehre.«

»Warts nur ab!« Ich öffnete die Schranktür, schob einen Stapel Pullis von A nach B und hob dann eine Schachtel vom Regal, die zuvor von herabhängenden Ärmeln bedeckt gewesen war. Dann hängte ich ein paar meiner Kleider um, damit diese nicht Jareks Kopf kitzelten, wenn er saß. Immerhin war er um einiges größer als ich.

»Hanteln?«, fragte er ungläubig, als er die kleine Box in meinen Händen sah.

»Das sind doch keine Hanteln. Auch wenn welche drauf gedruckt sind«, erwiderte ich und setzte mich.

Die Box hatte ich mir vor Jahren von Antonia stibitzt, als diese angefangen hatte, ihre Jane-Fonda-Fitness-Nummer durchzuziehen. Sie war so besessen von ihrem Äußeren, dass sie mich und Frida sogar zeitweise gezwungen hatte, mit ihr joggen zu gehen. Jedenfalls sah meine Mutter so gut wie nie in meinen Kleiderschrank. Und wenn sie es tat, dann rührte sie niemals die Hantelbox an – zu meinem Glück! Denn in ihrem Inneren befanden sich hunderte DVDs, die ich gesammelt hatte.

Das erläuterte ich auch Jarek, bevor ich den Karton öffnete. »Vielleicht flüchte ich mich einfach gern in diese Serien, weil meine Eltern null Peilung von meiner Generation haben und meine Freundinnen mich hassen, weil ich nicht trinke. Die Idylle hält dann genau so lange wie eine Tasse Kakao.«

»Manchmal ist aber auch das wahre Leben idyllisch«, antwortete Jarek kryptisch.

Ich hob den Deckel ab und sah Erstaunen in Jareks Gesicht. »Du hältst mich jetzt vielleicht für einen Freak, aber es ging nicht anders. Sie sind meine Drogen: gute Serien«, erklärte ich und strich über meine Babys. Von dieser Schatztruhe wussten nicht mal Frida und Antonia.

»*Gilmore Girls*, *Friends*, *Grey's Anatomy* ... was du für das Geld hättest kaufen können!«

»Was du alles hättest kaufen können, wenn du nicht die ganzen Platten gekauft hättest«, antwortete ich.

Jarek lächelte. »Touché«, sagte er und dann: »Ich mag, dass du dich so begeistern kannst. Für Sprachen, Reisen, Serien. Wenn du etwas liebst, dann mit Leib und Seele. Das ist total cool.«

»Hmm, danke.« Ich lächelte halb. Es tat gut, solche Worte zu hören. Besonders von ihm. »Weißt du, ich habe Angst, nach München zu gehen. Früher dachte ich, ich würde darunter leiden, von meinen Eltern und von meinen Freunden getrennt zu sein. Heute geht es mir nicht mehr darum.« Ich seufzte. Ich hatte ja auch vor einiger Zeit geglaubt, ohne Hannes in München verenden zu müssen, aber das hatte sich gelegt. Ich fuhr fort: »Jetzt habe ich nur noch Angst, es ihnen zu sagen. Davor, dass sie mir kurz vor dem Ziel noch einen Strich durch die Rechnung machen. Und davor, dass ich in München versage und irgendwann wieder hier bin.«

»Du wirst nicht versagen. Ich kenne niemanden, der so gut Englisch spricht. Und außerdem bist du eine Kämpfernatur. Dir wird nichts passieren.« Jarek legte seine linke Hand auf meine.

Und es schien nicht, als wenn er vorhatte, sie gleich wieder loszulassen. Seine rechte strich derweil über meinen Hals. Ich blieb ganz still sitzen, atmete furchtbar flach. Seine Nase berührte meine. Jareks Duft ließ mein Herz rasen. Und dann küsste er mich plötzlich.

Ich war so erstaunt, dass ich meine Zunge kaum bewegte, als ich seine in meinem Mund spürte. Gerade noch so konnte ich die Augen schließen. In meinen Ohren summte es.

Als er sich von mir löste, atmete ich schwer. »Emma, mir ist etwas klargeworden. Du ... du hast dich so um mich gekümmert, als das mit Melissa war ... und eigentlich habe ich nur noch den Drang, dir von allem zu erzählen, was in meinem Leben vor sich geht. Ich will niemand anderen mehr sehen als dich. Dein süßes Gesicht. Ich ... ich mag dich sehr.«

Ich spielte mit dem Saum seines T-Shirts, während ich ihm gestand, dass ich schon so fühlte, seit er damals in den Buchladen gekommen war. Er entschuldigte sich dafür, dass er so lange gebraucht hatte, um es zu merken. Und dann küssten wir uns erneut.

*

»Findest du, ich sehe heute irgendwie anders aus?«

»Du trägst deine Haare zusammen und du hast was Schwarzes an, weil das betont, wie blass du bist. Also nein, du siehst aus, als hättest du den üblichen Knall.« Mathilda blickte kaum von ihren Englischaufgaben auf.

»Haha«, antwortete ich und dann rückte ich mit der Sprache heraus. »Ich sehe nicht mehr ungeküsst aus.«

»Aaah!«, machte Mathilda und nahm meine Hände. Während sie im Sitzen auf und ab hüpfte, rief sie: »Jarek?«

»Jarek!« So musste Kate Middleton geklungen haben, als sie ihrer besten Freundin erzählt hatte, sie hätte was mit dem britischen Kronprinzen am Laufen.

»Ich mochte ihn schon immer«, grinste Mathilda.

Als sie mich losließ, bemerkte ich, dass ich die Klassenzimmertür nicht geschlossen hatte, weil ich zu sehr darauf konzentriert gewesen war, auf Wolke sieben zu schweben.

»Ich mach mal eben zu, damit wir ungestört an deiner Grammatik arbeiten können«, sagte ich und stand auf.

»Ja ja, und damit uns keiner dabei unterbricht, wenn wir über den Knackarsch deines Freundes sprechen«, fügte Mathilda hinzu.

Ich tat so, als hätte ich es nicht gehört, und ging zur Tür. Ich wollte gerade zur Klinke greifen, da sah ich, dass Frida sich auf dem Flur herumdrückte. Sie stand mit ein paar Mädchen aus der Parallelklasse zusammen, die alle Kumpels von Stefan dateten. Es war längst Schulschluss und eigentlich hatten sie hier nichts mehr zu suchen.

»Habt ihr das gerade gesehen? Voll peinlich, dass Emma jetzt mit den kleinen Kinder rumläuft!«

Ich erstarrte. Frida lästerte über mich ab. Und über Mathilda, die in der Neunten war und fast einen Kopf größer als ich. Wie konnte sie nur?

Ich ließ die Tür geräuschvoll zufallen. Musste ich jetzt auch noch ertragen, dass sie über mich lästerte? Noch dazu öffentlich? Alles Schlechte, was ich mir je über sie oder Antonia gedacht hatte, hatte ich nie in großer Runde ausgesprochen. Ja, beschwert hatte ich mich schon so manches Mal, aber ich war nie abfällig geworden.

»Was ist?«, fragte Mathilda, weil ich noch immer mit dem Gesicht zur geschlossenen Tür stand. Sie hatte zum Glück nichts mitbekommen.

»Ach, nichts«, antwortete ich. »Wollen wir jetzt über den Knackarsch meines Freundes sprechen?«

Mathilda nickte breit grinsend. Und dann erzählte ich ihr in allen Einzelheiten von Jareks Liebesgeständnis. Und davon, dass ich an der Sprachenschule angenommen worden war.

Sie freute sich riesig für mich, stellte aber auch die entscheidende Frage: »Was sagen deine Eltern dazu, wenn du nach München gehst? Die sind bestimmt voll traurig, oder?«

Das wären sie sicher, wenn sie es wüssten, dachte ich, und ließ den Kopf auf den Tisch sinken. Wie sollte ich es ihnen nur sagen? Ich konnte ja nicht einfach mein Zimmer leerräumen und einen Zettel hinterlassen. Sie mussten es erfahren. So bald wie möglich.

Nach der Stunde überlegte ich mir eine *Mission: Impossible*-reife Strategie. Doch um eine Gehirnwäsche bei meinen Eltern durchzuführen, fehlte mir das Geld oder das nötige wissenschaftliche Geschick. Mathilda hatte sich noch mit Klassenkameraden verabredet und so stand ich allein an der Bushaltestelle, als Antonia mich aus meinen Gedanken riss.

»Hey«, sagte sie. Ihre Stimme klang dabei so kühl, als wäre sie die Schneekönigin von Hans Christian Andersen.

»Hi.« Ich schwankte zwischen einer sommertagswürdigen Wärme in der Stimme und vornehmer Zurückhaltung. Was brachte sie auf einmal dazu, mich anzusprechen? Tat sie es, weil ihr Hofstaat – also Frida – nicht dabei war? Oder weil sie dieser ganzen Kindereien müde war?

»Freitag vor einem Jahr war ich zum ersten Mal legal im Boulevard. Ich dachte mir: Hey, ein Jahrestag, am besten sollte ich das vergangene Jahr feiern, weil es so geil war. Und dann ist mir aufgefallen, es wäre nicht dasselbe, nur mit Frida und ohne dich hinzugehen. Es wäre also schön, wenn du auch kommst.«

Ich lächelte leicht.

Doch dann warf sie einen missbilligenden Blick auf meine Klamotten: »Aber zieh dir was Ordentliches an! Und hab dich nicht so mit dem Trinken!«

Und schon war mein Lächeln verschwunden.

*

Ich wartete, bis meine Eltern am Abend im Wohnzimmer saßen, und baute mich vor der Couch auf. Ich musste mich ein paar Mal räuspern, ehe sie ihre Nasen aus den Büchern hoben. »Ich muss euch was sagen«, begann ich, meine Finger so heftig knetend, als hielte ich gleich eine Rede vor Tausenden von Leuten. »Ich habe doch mal erwähnt, dass ich gerne was mit Sprachen machen würde.«

Meine Eltern nickten langsam und sahen einander an.

Ich seufzte. »Also ich finde, die beste Art, mir eine Zukunft aufzubauen, ist, erstmal auf die Sprachenschule zu gehen. In München. Die ist da wirklich hervorragend und ... die haben mich angenommen.«

Stille. Hätten wir eine Wanduhr gehabt, man hätte sie ticken gehört.

»Ich werde also nach München gehen.«

»Was willst du denn in München?« Mein Vater legte sein Buch weg und nahm die Lesebrille ab. »Unsere prächtige Altstadt gab es schon, da saßen die in München noch ums Lagerfeuer. Und viel mehr ist aus diesem Sündenpfuhl dann auch nicht geworden ...«

»Na ja, München ist Landeshauptstadt, sogar Weltstadt. Aber egal ... Ich werde auf jeden Fall dorthin ziehen und Sprachen lernen.«

Mein Vater erhob sich und ging im Raum auf und ab. »Der Münchner spart nichts! Der geht jeden Abend raus, weil ihm die Decke auf den Kopf fällt. Und draußen, da ist alles so teuer, also arbeitet er Tag für Tag völlig umsonst. Und du wirst nicht mal arbeiten, also wirst du sofort pleite sein! Und dich mit Kerlen herumtreiben und ...« Mein Vater redete sich in Rage. Wie ein rollender Stein purzelte er einem Wutausbruch entgegen, überschlug sich.

»Dad, ich werde mich nicht mit Kerlen herumtreiben! Ich habe jetzt einen Freund!«

»Das auch noch?« Mein Vater wurde immer lauter. »Und wir wissen nichts davon? Warum hast du uns nichts davon erzählt?«

»Weil ihr nie fragt! Weil du nur im Laden rumhängst! Wir verbringen als Familie nie Zeit miteinander und selbst an den Feiertagen liest du lieber vor, als mit mir zu sprechen. Das ist alles, was für dich zählt, dein Buchladen mit deinen bescheuerten Büchern! Wir fahren auch nie in den Urlaub und das ist okay für mich, weil ich akzeptiert habe, dass ihr selbstständig seid und euch das nicht erlauben könnt. Aber ich möchte für mein Leben mehr. Mehr als ein Zimmer über einem Buchladen und Freunde, die nicht zu mir halten.« Ich holte tief Luft, bevor ich mit zitternder Stimme hinzufügte: »Euch reichen eure Bücher, aber mir ist das nicht genug. Ich will raus hier!«

»Ich kann das ja verstehen, Spätzchen«, schaltete sich nun meine Mutter ein. Dass sie wilde Münchner Jahre gehabt hatte, vergaß Papa nur allzu gern. Kein Wunder, sie sprach in seiner Gegenwart nie von ihnen. (»Weißt ja, wie er ist. Dass ich was mit diesem Dichter hatte, wird er nie verwinden«, erklärte sie das immer.) Sie sagte: »Emma will ihr Leben selbst bestimmen – ich finde das okay, Bernd.« Das klang zwar weniger nach einer Mutter als nach einer Frauenrechtlerin, aber mein Vater hörte eh nicht auf sie.

Mit Zornesfalte auf der Stirn keifte er: »Du wirst da völlig alleine sein! Hilflos! Das lasse ich nicht zu!«

»Du musst mich nicht beschützen, Dad. Ich bin alleine zum Einstellungstest gefahren und mir ist nichts passiert.«

Mein Vater schnaubte. »Allein? Ohne mit uns zu sprechen? Das ist unverzeihlich.«

»Ich wusste, dass du dich querstellen würdest. Aber du kannst mir nicht verbieten zu leben. Du kannst mir nicht verbieten, wegzuziehen und was aus mir zu machen.«

»Doch, genau das werde ich«, antwortete mein Vater. Und damit verließ er den Raum. Kurz darauf hörte ich ihn unten im Laden poltern.

Meine Mutter zuckte mit den Schultern, als wollte sie ihn entschuldigen und sagen: »So ist er eben.«

Aber warum war er so? Mir dämmerte, dass Tante Juli etwas damit zu tun hatte. Sie war in den Achtzigern auf die schiefe Bahn geraten. Das musste hart für ihn gewesen sein, denn irgendwann hatte sie einfach den Kontakt zu ihm abgebrochen. Heute wusste keiner, ob sie noch lebte oder nicht. Aber so war ich doch nicht! Ich hatte Jarek, ich trank keinen Alkohol, ich machte eine anständige Ausbildung. Warum erkannte er das nicht? Ich hatte ja nicht gesagt, dass ich eine Karriere als Drogendealerin oder It-Girl anstrebte. Ich wollte doch nur Sprachen lernen. Um Filme zu übersetzen. Oder Bücher. Oder um Simultanübersetzerin für *Wetten, dass..?* zu werden. Vielleicht würde ich irgendwann sogar für einen Menschenrechtsanwalt oder die UN arbeiten. Was war denn daran schlimm? Fremdsprachenkorrespondentin war ein ehrbarer Beruf und er eröffnete mir irre viele Möglichkeiten.

Hilflos sah ich zu meiner Mutter. »Glückwunsch, meine Kleine. Du wirst mir fehlen«, sagte sie und griff dann wieder nach ihrem Buch.

8

Zweifels-frei

Auch wenn ich das Tanzen liebte, hatte ich Stuart für heute abgesagt. Ich war nicht in der Stimmung, befürchtete, bei jeder Drehung wie ein geschlagener Hund aufheulen zu müssen.

Statt zum Kurs war ich zu Jarek gegangen und der brauchte dringend etwas zum Anziehen, weshalb wir uns nun in den Arcaden befanden. Für einen Donnerstagabend war es ausgesprochen ruhig. Ganz allein waren wir in der Umkleide von H&M. Und Jarek hatte soeben ein Stück seines Bauches entblößt.

»Also, bei der weißen Strickjacke bin ich sicher, die nehme ich. Aber das karierte Hemd? Was meinst du? Ist das was zum Ausgehen?«

Ich gaffte kurz mit offenem Mund auf den Astralkörper meines Freundes.

Jarek deutete das als Zeichen dafür, dass ich ernsthaft nachdachte, und plapperte weiter: »Schade, dass du morgen ins Boulevard gehst. Sonst hätte ich dich zur Klassenfete mitnehmen können.«

»Ihr gebt eine Fete?« Ich musste lachen.

»Ja, total altmodisch, oder? Mit Engtanz und alkoholfreier Bowle. Irgendwann wird die selbstredend mit Gin versetzt, aber davor warne ich dich dann natürlich.«

»Natürlich.« Ich seufzte. »Ich würde furchtbar gerne mit dir zu der Party gehen, aber ich glaube, dann bringen Frida und Antonia mich um.«

»Ich dachte, ihr redet sowieso kaum noch miteinander? War eure Klassenfahrt nicht ein totales Desaster?«

»Ja, aber diese Freitagabende sind das Letzte, das uns noch verbindet. Wenn ich heute nicht hingehe, ist es echt vorbei mit unserer Freundschaft.«

»Und was wäre so schlimm daran? Ich meine, ich weiß, dass du es früher gemocht hast, dort zu tanzen, aber dir hat es doch nur deshalb gefallen, weil ihr alle zusammen dort wart. Aber ›zusammen‹ seid ihr da schon lang nicht mehr. Stimmt doch oder macht es dir noch Spaß?«

Ich überlegte kurz. Selbstverständlich hätte ich den Abend viel lieber mit Jarek verbracht. Denn er hatte recht: Ich hielt an etwas fest, das schon längst passé war. Der Zauber der durchtanzten Nächte war vergangen. Ich empfand keine Freude mehr an der Musik oder an den Leuten. Ich vermisste an diesen Abenden Jarek. Und echte Freunde. Freunde, denen ich sagen konnte, dass mich die Sprachenschule angenommen hatte. Dass das Klima in meiner Familie deswegen eisig geworden war. Und Herrgott, dass ich einen tollen Freund hatte.

Doch meine Gespräche mit Frida und Antonia gingen schon seit Wochen kaum mehr über eine Begrüßung hinaus. Sie taten, als hätte ich nicht nur aufgehört zu trinken, sondern auch aufgehört, ich zu sein. Aber das alles war aus gutem Grund passiert, das hoffte ich zumindest.

Ich erwiderte zaghaft: »Ich kann doch nicht einfach nicht mehr hingehen.«

»Natürlich kannst du. Du bist ein freier Mensch. Alles, was du wirklich musst, ist Steuern zahlen und sterben – und das beides nicht in den nächsten Jahren.« Jarek verzog den Mund zu einem verschmitzten Grinsen.

»Weißt du, wenn ich dein Selbstbewusstsein hätte, dann täte ich es vielleicht. Dann würde ich ihnen sagen, dass mich der ewige Freitagabendscheiß im Boulevard ankotzt. Aber so blöd es klingt: Ich traue mich nicht. So weit bin ich eben noch nicht. Antonia kann ziemlich herrisch sein, wenn wir nicht alle nach ihrer Pfeife tanzen. Ich will mich einfach nicht anschreien lassen.«

»Und wer gibt Antonia das Recht, dich so zu behandeln? Mensch Emma, du bist dein eigener Herr. Du solltest dich nicht jemandem unterwerfen, nur weil du glaubst, dass er dein bester Freund ist. Und außerdem halte ich dich für sehr selbstbewusst. Du bist alleine nach München gefahren, wirst dorthin ziehen. Also, feige bist du nicht. Und schüchtern auch nicht. Du brauchst dir auch keinen Mut mehr anzutrinken. Tu es doch einfach. Geh zu ihnen, sag ihnen, was du denkst, und dann geh mit mir auf die Fete. Oder fahr nach Hause und guck 'ne Serie. Hauptsache ist, dass du machst, was *du* willst, nicht was *sie* wollen.«

Ich zweifelte an seinen Worten.

Hatte ich wirklich die Eier in der Hose, um das zu tun, was offensichtlich getan werden musste? Es war ja klar, dass sie mich nicht vor Freude umarmen würden. Erst recht nicht, wenn ich ihnen sagte, dass ich wegziehen würde. Im Gegenteil, dann würde unsere Freundschaft vorbei sein. Aber wahrscheinlich war das die einzige Lösung, denn dieser

Zustand, in dem ich mich befand, bereitete mir nur noch Schmerzen.

»Soll ich mitgehen?«, fragte Jarek.

Ich antwortete nicht.

Eindringlich sah er mich an. »Ich will dich zu nichts zwingen, ich will nur dein Bestes.«

Ich fing seinen Blick auf. »Es wäre schön, wenn du mitkommen würdest.«

Jarek lächelte so, dass ich ebenfalls lächeln musste. »Also, was sagst du nun zu dem Hemd?«

Ich schmunzelte. »Ich dachte, die Quintessenz deiner Rede war, man soll nichts auf die Meinung anderer geben?«

»Ja, aber das gilt nicht für die Meinung des Menschen, der einem wichtiger ist als alle anderen.« Jarek grinste und beugte sich vor. Er küsste mich ein paar Sekunden lang, dann wiederholte er: »Also?«

Ich strich über den Hemdkragen und sog Jareks Duft ein, dann erhob ich den Daumen. »Kaufen!«

*

Es pochte an meiner Tür. »Was?«, schrie ich. »Darf ich jetzt nicht mal mehr Geld ausgeben? Willst du mir das ebenfalls verbieten?«

»Ich bins.« Meine Mutter öffnete die Tür einen Spalt und streckte den Kopf hindurch.

»Na?«, sagte ich leise und sah sie verwundert an.

Mein Vater sprach seit Tagen nicht mit mir und auch sie hatte nur ein paar Worte mit mir gewechselt. Außerdem kam es nicht gerade oft vor, dass sie den Buchladen vor dem Feierabend verließ.

»Ich wollte dir nochmals gratulieren. Wegen des Schulplatzes«, sagte sie vorsichtig.

»Danke.« Ich fuhr damit fort, meine Einkaufstüten auf dem Bett auszupacken, die Quittungen zu ordnen, obwohl ich sie eh wegwerfen würde, und die neu gekauften Teile zu glätten.

»Du bist dann die zweite Generation in München, weißt du das?«

»Wenn ich es denn schaffe.« Mein Blick streifte meine Mutter flüchtig. Etwas verloren stand sie an meinem Schreibtisch und stützte sich darauf ab. Sie hätte sich wohl gern auf das Bett gesetzt.

»Du wirst nach München gehen. Und er wird wieder mit dir sprechen«, sagte sie und zuckte mit den Schultern.

»Glaubst du wirklich?«

Anscheinend wollte meine Mutter nicht noch mal mit den Schultern zucken. Oder den Kopf schütteln. Oder nicken. Sie tat nichts. Ich seufzte.

»Ich für meinen Teil bin stolz auf dich. Wir sind richtige Pionierinnen!«

Sie kam auf mich zu, um mich zu berühren, doch ich wich zurück. Wenn sie mich nicht vor meinem Vater unterstützte, durfte sie mich auch nicht umarmen.

Sie wechselte nun schnell das Thema. »Wie läufts denn mit Antonia und Frida?«

»Miserabel, wie schon seit Ewigkeiten. Es ist, als würde ich versuchen, einen toten Hund Gassi zu führen.«

Meine Mutter runzelte die Stirn. »Sie sollten sich eigentlich freuen, dass du nicht mehr trinkst. Sobald du einen Führerschein hast, wirst du sie immer fahren können.«

Ich lachte trocken. »Ich finde es schön, wie pragmatisch du denkst, Mom, aber ich werde nie einen Führerschein haben, jedenfalls nicht so lange, wie ich nicht über einen kalifornischen Highway brausen kann.«

»Oh«, sagte sie nur knapp.

Ich schnalzte mit der Zunge. »Tja.«

»Sie sollten dich sowieso nicht nur mögen, weil du ihnen nützlich bist, sondern weil du toll bist und stark. Ich bin jedenfalls auch stolz darauf, dass du das durchziehst. Es ist kein Stigma, nicht zu trinken, weißt du?« Trotz meines Rückzugs, preschte sie nun vor und gab mir einen Schmatzer auf die Stirn.

Als sie das Zimmer verließ, warf ich die Quittungen in den Papierkorb. Und stand dann so verloren in meinem Zimmer herum, wie sie es gerade getan hatte.

*

Im neu erstandenen Schwedenensemble begleitete mich Jarek am nächsten Abend ins Boulevard. Ich wusste, dass Antonia und Frida schon vor elf dort waren, weil Aberdeen eine Mittelalternacht feierte und sie keine Lust auf dieses Gedöns hatten. Anders als Hannes und Stefan, sie verbrachten dort bei Met einen Männerabend.

»Ah, taucht die auch endlich mal auf«, begrüßte mich Frida pampig. Es war zwar noch recht früh, aber sie und Antonia waren schon leicht angetüdelt.

»Wer ist das denn?« Antonia taxierte Jarek von oben bis unten. Sie ließ sich nicht anmerken, dass er auf sie wirkte, wie er auf jeden wirkte, der ihn zum ersten Mal sah: hübsch und sympathisch. Dafür spürte ich umso deutlicher, dass sie mich dafür verabscheute, dass ich es wagte, Hand in Hand mit einem Typen aufzukreuzen, während sie noch immer Single war.

Frida lehnte sich interessiert vor. »Ist der der Grund, warum du nichts mehr trinkst?«

»Nein, Frida, ich brauche keinen Kerl, der mir vorschreibt, nicht mehr zu trinken. Das war meine eigene Entscheidung.« Ich sah zu Jarek und war unendlich froh, dass er dabei war. Denn ein bisschen Rückendeckung tat mir gut. »Ich würde euch jetzt gern zwei Sachen sagen. Erstens: Ich hasse es hier. Ich habe keine Lust mehr, mich mit Jacky-Cola vollschütten zu lassen oder durch den Kunstnebel zu waten, um zur Tanzfläche zu finden. Außerdem will ich nicht ständig auf euch aufpassen, wenn ihr wieder mal drüber seid und irgendetwas anstellt. Ins Boulevard werde ich nie, nie wieder gehen. Tut mir leid, das perfekte Bild des Mädelsdreiers zu zerstören, aber Image ist eben nicht alles für mich. Was hilft es, wenn eine Freundschaft auf einem Foto perfekt aussieht, ihr aber nicht mehr mit mir redet?« Ich holte kurz Luft und setzte dann mit Kloß im Hals fort: »Und zweitens: Ich bin ab September an der Sprachenschule in München. Ich werde dorthin ziehen und nicht jedes verflixte Wochenende heimkommen, nur weil ihr das so wünscht.«

Antonia blinzelte, als ob sie sich daran erinnern würde, mal mit mir über meine Zukunftspläne gesprochen zu haben. Dann warf sie bissig zurück: »Wenn wir dir so unwichtig sind, dann ist es besser, du gehst jetzt. Wo es dir hier doch sowieso nicht gefällt.«

»Wir wollen dich gar nicht aufhalten, Verräterin«, pflichtete ihr Frida bei.

Ihre Worte trafen mich hart. Und ihre Blicke brannten auf meiner Haut. Irgendwo in mir drinnen hatte ich wohl doch noch gehofft, dass wir einander in die Arme fallen und uns lieb haben würden.

»Also freut ihr euch gar nicht für mich?«, versuchte ich es noch ein letztes Mal.

Unisono und mit kaltem Blick antworteten sie: »Wieso auch?«

Bevor ich mich umdrehte, richtete ich meinen Blick auf Antonia. »Frohen Jahrestag dann noch.«

Als wir uns vom Boulevard entfernten, zog Jarek mich in seine Arme und hauchte mir einen Kuss auf die Stirn. »Ich bin stolz auf mein Mädchen.«

Es war eine klare Nacht. Und ich fühlte mich von allen verlassen, selbst die leuchtenden Sterne schienen mich zu verspotten.

Ich schnaubte. »Dein Mädchen hat sich gerade ultrablöd anmachen lassen.«

»Aber du hast es durchgestanden. Und jetzt musst du nie wieder in diesen Tempel der Dumpfbacken gehen«, antwortete Jarek leise.

Ich guckte betrübt auf meine Schuhe.

»Willst du noch mit zu meiner Klassenparty?«, wisperte Jarek.

»Nein, ich glaube, ich fahre nach Hause«, entgegnete ich müde.

Jarek zog mich an sich und küsste meinen Mund, meine Nase, meine Stirn. »In Ordnung«, sagte er und strich mir noch einmal durchs Haar, dann ging er weiter und ich ging zur Bushaltestelle. Als er sich noch einmal umdrehte und winkte, hob ich vorsichtig meine Hand. Warum war Erwachsenwerden nur so ein Mist?

*

Wenigstens erwischte ich Ralf bei Skype. »Hey. Ich hatte schon das Gefühl, du gehst mir aus dem Weg, weil du alle meine Einladungen nicht beantwortet hast«, begrüßte ich ihn, als sein Bild auf meinem Rechner erschien.

»Nein, es lag nicht an dir. Ich konnte mit niemanden sprechen. Es war ... es ist ... entsetzlich. So verdammt entsetzlich.«

Hatte er bei unserem letzten Telefonat noch über seinen Beziehungsstress gewitzelt, so war er nun todtraurig. Die Ringe unter seinen Augen zeigten deutlich, dass er in den letzten Nächten kaum geschlafen hatte. Ihn so gequält zu sehen, brach mir das Herz.

»Was ist denn?«, fragte ich vorsichtig.

»Wir ... ich ... es ist vorbei zwischen Jacques und mir.«

»Oh nein«, antwortete ich. Und dann setzte ich hinzu: »Von Tag zu Tag tut es weniger weh, glaub mir.«

Ralf verzog leidend das Gesicht. »Versprochen?«, fragte er, seine kohlefarbenen Augen leuchteten selbst auf dem Bildschirm.

»Versprochen!«, erwiderte ich. Was sollte ich denn auch anderes sagen? Außer: »Wurdest du eigentlich angenommen?«

»Ja«, sagte Ralf und wendete den Blick ab.

»Und wirst du kommen?«

Es hätte mich nicht gewundert, wenn Ralf alles hingeschmissen hätte. Immerhin hatte er Französisch lernen wollen, um seinen Exfreund zu beeindrucken. Er würde die Sprache wohl für immer mit ihm in Verbindung bringen.

»Natürlich. Ich kann es kaum erwarten, neben dir zu sitzen. Und dich zu allerlei Schabernack anzustiften.« Ein Lächeln stahl sich nun auf sein blasses Gesicht. Für ihn schien es noch ein bisschen fremd, aber wir wussten beide, dass er wieder lachen würde. Irgendwann. Wir waren ja noch jung. Und hatten Zeit.

*

Jarek hatte einen leichten Kater und hatte mich jammernd angerufen, weil er dringend ein wenig Liebe und Pflege benötigte. Also machte ich mich hübsch und landete am Samstagnachmittag bei ihm – oder besser mit ihm in der Kiste: Wir lagen auf seinem Bett und küssten uns.

Es war wunderschön, bis ich bemerkte, dass er immer näher an mich heranrückte und mich immer fester an sich drückte. Zuerst fand ich es noch aufregend, doch dann stieg Angst in mir hoch, wie ein großes Ungeheuer richtete sie sich langsam auf. Als er seine Hand auf meine linke Brust legte, ergriff mich die nackte Panik. Zwischen meinen Fingern spürte ich plötzlich nicht mehr Jareks seidiges Haar, sondern die gegelten Strähnen von Thomas. Ich konnte nicht mehr Jarek riechen, nur noch Thomas' Alkoholfahne. Ich stieß Jarek weg. Der schöne Moment, den wir eben noch gehabt hatten, zerbrach.

Ich rang nach Atem. »Also, ich …«

»Nein, tut mir leid, ich … schon gut.« Jarek schüttelte leicht den Kopf, als wolle er sich erklären, könne es aber nicht.

»Also …« Ich setzte erneut an, doch mir fehlten die Worte. Natürlich hatte ich das Gefühl, Jarek alles sagen zu können. Aber die Sache mit Thomas? Ich würde sie mit ins Grab nehmen müssen, so sehr schämte ich mich.

Jarek schnappte sich die Fernbedienung und stellte den Fernseher. »Ah, eine Folge von *ALF*!«, rief er gleich darauf.

Und ich umarmte mich selbst und verbot mir, mehr in das gerade Geschehene zu interpretieren als nötig.

*

Als Frau Gordon klar geworden war, dass sie noch einiges tun musste, um die gesamte Klasse erfolgreich durch die Englischprüfung zu bringen, hatte sie uns Referate aufgebrummt. Die Themen waren frei wählbar. Dirk hatte den Reigen mit einem Vortrag über Fall Out Boy eröffnet und offensichtlich die Leidenschaft meiner Mitschüler geweckt. Die meisten hatten beschlossen, ebenfalls über etwas zu sprechen, das ihnen am Herzen lag. So hatte es bereits Referate über Haustiere, Skispringer und Napfkuchen gegeben.

Obwohl ich in Englisch normalerweise ziemlich gewissenhaft war, hatte ich mir bisher noch nicht einmal überlegt, über was ich sprechen wollte. Das Chaos in meinem Leben hatte mich zu sehr gefordert, als dass ich darüber hatte nachdenken können. Also saß ich nun, am letzten Abend vor meinem Referat, in meinem Kleiderschrank und wühlte panisch in meiner Schatztruhe mit DVDs. Sollte ich über eine der Serien reden?

Ich wusste es nicht und hatte obendrein nicht wirklich Lust. Seit gestern fühlte ich mich matschig. Antonia und Frida meldeten sich seit Freitag nun überhaupt nicht mehr bei mir und ich befürchtete, das würde sich auch am Montag nicht ändern. Ich kam mir wie die Böse vor, obwohl ich wusste, dass ich es eigentlich nicht war. Und auch die Sache mit Jarek machte mir trotz meines eigenen Drüber-Nachdenk-Verbotes zu schaffen.

Ich kroch aus meinem Kleiderschrank und stolperte über die Modezeitschriften, die ich sorgfältig auf dem Boden gestapelt hatte. Obwohl ich sie schon längst hatte wegschmeißen wollen, lagen sie noch immer herum. Ich wusste, wenn ich jetzt anfing, aufzuräumen, würde ich definitiv nicht mehr mit dem Referat fertig werden. Dennoch griff ich nach den obersten vier Magazinen und setzte mich mit dem Rücken an die Wand.

Beim Durchblättern einer *Seventeen*, die ich wie etliche andere Zeitschriften über den Buchladen meiner Eltern bezog, blieb ich bei einem Bild von Demi Lovato hängen. Ich hatte mir nie besonders viel aus ihr gemacht – ich mochte zwar Popmusik, aber selbst mir waren ihre Songs zu seicht. Auf dem Foto sah Demi aus, als käme sie gerade vom Strand: Das braune Haar mit dem leichten Rotstich war wild gewellt, sie war kaum geschminkt. Ihre Sommersprossen leuchteten und sie trug ein Oberteil im Ethnolook. In dem Interview, das dazu abgedruckt war, erzählte sie, dass sie nicht mehr trank, keine Drogen nahm und sich nicht mehr nach den Mahlzeiten übergab. Dumpf konnte ich mich daran erinnern, dass sie mal Furore gemacht hatte, indem sie einen ihrer Tänzer geschlagen hatte und danach in die Rehab gegangen war. Und nun las ich: »I think sober is sexy. It's cool. I think it's way cooler to be above the influence than under the influence.«

Wow. Vielleicht sollte ich mein Referat über Demi Lovato halten? Nicht über ihre Musik, Gott bewahre, aber darüber, wie sie zu sich selbst gefunden hatte. Wie sie zu sich stand, zu ihrem Körper. Sie war eine Latina, an der etwas dran war. Hatte naturgemäß eine kurvenreiche Figur, die sie sich Gerüchten zufolge früher, als sie ihre ersten Disney-Erfolge gefeiert hatte, weggehungert hatte. Jetzt erblühte sie. So wie ich.

Als ich einen Tag später vor der Klasse stand, war ich erstaunlicherweise nicht nervös. War ich sonst völlig außer mir, wenn ich vor versammelter Mannschaft sprechen musste, so blieb ich heute ganz ruhig. Ehe ich michs versah, schloss ich meinen Vortrag damit, dass Demi Lovato den Freitagabend inzwischen lieber in der Badewanne verbrachte als auf wilden Partys.

Frau Gordon klatschte heftig Beifall und auch der Rest der Klasse schien sich gut unterhalten gefühlt zu haben. Zumindest lächelten sie mich alle nett an – alle, bis auf Antonia und Frida. Die sahen verbittert aus, aus ihren Augen sprühte die Missgunst – und da sie in der ersten Reihe saßen, hatte ich sie während des Vortrages unentwegt im Blick gehabt.

Ich wusste noch gut, warum sie in die erste Reihe gesetzt worden waren. Eigentlich hatten wir uns alle hinten im Klassenraum verteilt. Alina und ich hatten am Fenster gesessen, die beiden im Mittelgang. Eine Origami-Schlacht in einer Mathestunde – wir hatten einander lautstark mit Papierschiffen bekriegt – hatte jedoch dazu geführt, dass eine sehr aufbrausende Frau Jäckl die beiden nach vorne verdammt hatte und zwar für alle Zeiten. Da sich Alinas und meine Schuld nur schwer hatte beweisen lassen – die meisten zerstörten Schiffchen hatten sich bei Frida finden lassen –, hatten wir nur in die zweite Reihe vorrücken müssen. Dort saßen wir noch immer, im Rücken der beiden Eisköniginnen.

Mit gesenktem Kopf sammelte ich meine Unterlagen, das Plakat und den Stick ein, auf dem ich meine Power-Point-Präsentation mitgebracht hatte. Ich war zuversichtlich, dass ich eine gute Note bekommen würde. »Ich fand dein Referat toll«, sagte Alina, als ich mich wieder neben sie setzte.

Als ich nach der Stunde zu Frau Gordon ging, wollte sie mir meine Note zunächst nicht verraten. »Sag mir erst eines«, forderte sie. »Hat sich die Sprachenschule schon bei dir gemeldet?«

Herrje, ich hatte ganz vergessen, ihr davon zu erzählen. Ich senkte den Blick. »Ich krieg gleich ein schlechtes Gewissen, Frau Gordon, weil ich es Ihnen noch gar nicht gesagt habe. Ich bin angenommen worden. Ich hatte nur so viel um die Ohren ... und meinem Vater gefällt das ganz und gar nicht.«

»Das tut mir leid. Aber ich freue mich unheimlich, dass du genommen wurdest. Du wirst deinen Weg gehen. Dein Referat war heute sehr emotional und eindringlich. Das hätte die Emma, die noch vor ein paar Jahren in diesem Klassenraum ganz hinten saß, nie gekonnt. Und auch mein Sohn sagt, dass du dich gemausert hast. Glaub mir, wenn du so weitermachst, sieht deine Zukunft rosig aus. Oh, und by the way: Du hast die Eins wirklich verdient.«

*

Es passierte im Kino. Relativ unvermittelt, einfach so. Die Freude, meine Traumausbildung machen zu dürfen, war immer noch groß, doch da waren noch andere Gefühle. Ich konnte sie nicht richtig benennen, bis ich diese romantische Komödie sah, in der eine chaotische Singlefrau in einer wunderschönen Wohnung in Manhattan lebte. Wie konnte sie sich diese nur leisten? Wie konnten sich all diese mittellosen Mädchen in den Filmen nur ihre kuscheligen Zweizimmerbleiben leisten? Carrie Bradshaw verzichtete aufs Essen, damit sie sich die *Vogue* kaufen konnte, aber wie bezahlte sie ihre Miete?

Plötzlich wurde mir heiß. Ich wollte auch eine offene Küche, Blumen auf den Fensterbänken, ein riesiges Schuhregal. Aber wie sollte ich das bezahlen? Gut, München war nicht Manhattan, aber ich hatte de facto keine Einkünfte. Mein Vater wollte nicht, dass ich wegzog, er würde also weder meinen Mietvertrag unterzeichnen noch Geld vorstrecken. Ich würde zwar Bafög bekommen, aber das wäre viel zu wenig, um über die Runden zu kommen. Und selbst, wenn meine Mutter mir aushalf, war es ausweglos.

Jarek hatte seinen Arm um mich gelegt. Ich flüsterte ihm zu: »Ich kann nicht nach München gehen.«

Irritiert sah er mich im Halbdunklen an. »Wieso nicht?«, murmelte er, es klang ein wenig, als hätte ich ihn aus dem Schlaf gerissen.

»Weil ich es nicht schaffen werde, eine Bleibe zu finden. Und zu bezahlen. Warum habe ich da nicht früher drüber nachgedacht? Ich hatte doch genug Zeit ... ich ...« Ich bekam Atemnot.

»Hey, Emma, ganz ruhig!« Jarek streichelte über meine Schulter und neigte seinen Kopf.

Ich sog seinen Duft ein. Anders als sonst konnte mich das aber nicht beruhigen. Ich japste weiter.

»Emma, hör zu. Ich habe eine Idee«, sagte er, nachdem er einen Moment überlegt hatte. »Wir ziehen einfach zusammen.«

Sein Satz ließ all die anderen Menschen im Kino verschwinden und den Film verstummen. »Wie bitte?«, wisperte ich.

»Na, warum denn nicht? Ich gehe nach München, ob ich von der Uni genommen werde oder nicht. Du gehst nach München. Also ziehen wir beide zusammen. Dann können wir uns die Miete teilen und ich kann den Mietvertrag unterschreiben. Das löst all deine Probleme. Und ich muss dich nicht so oft vermissen, wenn du in einer anderen Wohnung bist.« Er küsste mich. »Was meinst du?«

Ich wusste nicht, was ich meinte. Konnte ich mit ihm zusammenziehen, obwohl wir noch gar nicht lange zusammen waren?

Ich sah ihn an, nur einen Moment lang, und wusste: Ja, ich konnte.

*

Es war zu schön, um wahr zu sein. Mein Vater war zwar immer noch bockig. Aber meine Mutter griff mir tatsächlich unter die Arme. Zwar hielt sie einen Sicherheitsabstand zu meinem MacBook, mit dem ich das Internet nach Wohnungsannoncen durchsuchte, aber sie stellte eine Kalkulation auf, wie hoch die Miete sein durfte, und bot mir an, mich finanziell zu unterstützen. Zudem klärte sie mich über den Unterschied von Kalt- und Warmmiete auf und erzählte mir, wie es gewesen war, als sie nach München gezogen war. Damals hatte man sich noch auf die Tageszeitung verlassen müssen! Und selbst wenn man diese gleich um fünf Uhr morgens erstanden hatte, waren die Wohnungen oft schon vergeben gewesen, ehe man von der nächstgelegenen Telefonzelle aus hatte anrufen können.

Zum Glück war das heute deutlich einfacher. Ich brauchte nur ein paar Stunden, um eine Liste mit fünf Wohnungen zusammenzustellen, die für mich und Jarek infrage kamen.

Am Abend präsentierte ich Jarek, was ich ausgesucht hatte. Doch er reagierte anders, als ich es mir erhofft hatte.

»Und wir müssen uns die schon an diesem Samstag anschauen?«, fragte er mich mit einem ernsten Gesicht.

»Ja, wir sollten nicht länger warten, du weißt doch, was in München los ist.«

»Aber diesen Samstag kann ich nicht. Ich habe ein Fotoprojekt, das ist schon lange geplant.«

»Oh.« Ich runzelte die Stirn. Blöd. Konnte ich meinem Freund verbieten, sein für die Zukunft wichtiges Portfolio zu erweitern, um eine für die Zukunft wichtige Bude zu finden?

»Aber ich habe überhaupt kein Problem damit, wenn du alleine losfährst.«

»Ist das nicht etwas komisch, wenn ich für uns beide entscheide?«

»Nein, überhaupt nicht. Ich vertraue auf deinen Geschmack.« Er merkte, dass ich damit nicht glücklich war, also nahm er meine Hand und fügte hinzu: »Hey, tut mir leid, aber das ist echt wichtig. Und du brauchst mich wirklich nicht, um diese Entscheidung zu treffen. Du bist doch schon groß.«

*

Zwei Tage später saß ich im Buchladen und vertrieb mir die Zeit mit einem Roman. Doch ganz gleich, wie oft ich die erste Seite des zweiten Kapitels auch las, die Worte blieben nicht hängen. Zu sehr beschäftigte es mich, dass Jarek nicht mitkommen wollte, wenn ich über unsere Zukunft entschied. Obwohl ich zugestimmt hatte, allein zu den Besichtigungsterminen zu gehen, fühlte ich mich nicht wohl damit. Und tatsächlich trog mich mein Bauchgefühl nicht. Ich hatte das Buch gerade frustriert zugeschlagen, weil es keinen Sinn machte, weiterzulesen, wenn ich ohnehin nichts verstand, als Melissa zur Tür hereinkam.

»Hi, Emma!«, rief sie und kam geradewegs auf mich zu, um mich zu umarmen.

»Hey«, erwiderte ich verlegen.

»Habt ihr zufällig *Wie ein einziger Tag* da? Die Jungs sind ja am Wochenende unterwegs und ich möchte mich damit in die Sonne hauen«, erklärte Melissa den Grund ihres Besuchs.

»Ach, dein Freund macht auch bei dem Projekt mit? Das wusste ich ja gar nicht. Fotografiert er auch?«, fragte ich, während ich hinter dem Tresen hervorkam.

»Der doch nicht! Aber Jarek hat ihn zu einer Runde Paintball eingeladen, als er mich letztens vom Unterricht abgeholt hat. 'Ne ganze Menge Jungs aus unserer Klasse gehen dahin, aber das weißt du ja sicher.«

Nein, das wusste ich nicht. Jarek würde doch am Wochenende fotografieren gehen. Zumindest hatte er das behauptet. Um mir vor Melissa keine Blöße geben, antwortete ich, ohne eine Miene zu verziehen: »Brauchst du eine Tüte oder gehts so?«

Kaum, dass sie den Laden verlassen hatte, rief ich meine Mutter an. Ich bat sie, mich abzulösen. Mein Herz raste und ich kochte vor Wut. Meine Mutter hörte es an meiner Stimme, fragte aber nicht nach. Stattdessen beendete sie ihren Yogakurs und kam sofort in den Laden. Ich drückte ihr einen kurzen Schmatzer auf und griff nach meinen Sachen.

Warum hatte Jarek nicht gesagt, was er wirklich plante? Warum belog er mich? Meine Fragen trieben mich voran. Innerhalb von zehn Minuten erreichte ich das Haus, in dem Jarek mit seinen Eltern lebte. Ich fand ihn im Garten. Diesmal fotografierte er tatsächlich. Was auch immer er mit dem Bild eines zertretenen Gänseblümchens vorhatte.

»Hey«, rief ich, während ich auf ihn zustapfte.

»Emma!« Jarek sah verwundert auf. »Hatten wir uns für heute Abend verabredet?«

»Wieso? Hast du schon etwas anderes vor? Paintball vielleicht?«

Jarek erstarrte. »Emma ...«

»Jarek, hast du mich angelogen? Hast *du* nicht von Vertrauen gesprochen? Wie soll ich dir bitte vertrauen, wenn ich für unsere gemeinsame Zukunft vorsorge und dann von Melissa erfahre, dass dich unsere Zukunft eigentlich gar nicht interessiert?«

Die Sonne zeichnete seine Züge weich und ließ seine Haut erstrahlen. Sein bedrückter Ausdruck passte nicht zu seinem makellosen Gesicht.

»Die Action mit den Jungs war schon lange ausgemacht. Das kann ich nicht absagen. Ich gehe gerne mit dir in kitschige Komödien, aber glaub mir, manchmal muss ich auch etwas für mich tun.«

»Das ist ja auch okay, Jarek. Aber warum hast du mich angelogen?«, fragte ich verletzt.

»Weil ich mir dachte, ein verkrampfter Kontrollfreak wie du könnte es nicht verstehen, wenn ich wegen eines Paintballspiels absage.«

Er atmete schwer, während seine Worte in mir explodierten. Augenblicklich sank ich in mir zusammen. Das hatte wehgetan.

Traurig sah ich ihn an. Ich sah in seinem Gesicht, dass er sofort merkte, dass er zu weit gegangen war.

»Wenn du so über mich denkst, sollten wir nicht zusammen sein«, antwortete ich leise.

»So habe ich das nicht gemeint«, sagte er so schnell, dass er sich dabei verhaspelte. »Aber gib es zu, du hättest es nicht gut gefunden, wenn ich aus diesem Grund nicht mit nach München gekommen wäre.«

»Stimmt, weil ich ein Paintballspiel tatsächlich nicht so wichtig finde. Und wenn du genauer darüber nachdenkst, ist es auch nicht so wichtig.«

»Es tut mir leid. Ich wollte dich nicht verletzen.«

»Vielleicht war ich ja die ganze Zeit über schon nur der Trostpreis, weil du Melissa nicht haben kannst. Melissa, die fröhlich in der Sonne liest, während sie ihren Freund machen lässt, was er will.« Ich begann, kopfschüttelnd auf und ab zu gehen, aber in Wirklichkeit versuchte ich nur, die Tränen zu beherrschen, die sich in mir aufstauten.

»Emma, hör auf, es tut mir leid.« Jarek bekam mich am Arm zu fassen.

Ich blieb stehen, sah ihn flüchtig an. »Du wirst das Paintballspiel nicht canceln, oder?«, fragte ich ihn tonlos.

»Nein.«

Ich riss mich los und begann wieder, mit dem Kopf zu schütteln – auf dem Weg Richtung Straße.

*

G und D, das waren leichte Akkorde, die, ganz gleich, wie man sie anschlug, glockenhell klangen. Es war die Gitarre meiner Mutter, ich hatte sie in einer Kiste gefunden und zupfte nun unbeholfen an ihr herum – hier auf dem Speicher, mitten im Staub. Ich hatte mich nicht in meinem Zimmer verkriechen wollen, auch nicht im Kleiderschrank. Jarek hatte diesen geheimen Ort betreten dürfen, alles in meinem Zimmer roch nach ihm. Sonst gefiel es mir, zwischen Stücken zu wohnen, die mich an ihn erinnerten, doch jetzt wollte ich nichts sehen oder hören von ihm. Und er anscheinend auch nicht von mir. Er hatte es aufgegeben, mich anzurufen.

Hier oben unter dem Dach störte mich niemand beim Alleinsein. Und das war gut. Ich wollte meinem Vater nicht die Chance geben, zu behaupten, er hätte es ja geahnt, dass mir dieser Junge das Herz brechen würde. Und auch die mitleidigen Blicke meiner Mom konnte ich im Moment einfach nicht ertragen. Am liebsten wollte ich, dass die Welt unterging.

Die Gitarre gab einen weiteren schiefen Ton von sich. Meine Mutter hatte einst mit ihr im Englischen Garten gesessen und Bob-Dylan-Songs gespielt. Songs über Liebe und Frieden. Ihre Erzählungen waren mir früher immer wie Überlieferungen aus einer anderen Zeit vorgekommen. Als es einfacher war, einfach wegzugehen, als man nicht ständig erreichbar gewesen war. Eine Zeit ohne Facebook und Handy. Sicher, es war auch eine Zeit, in der man nicht so viele Wahlmöglichkeiten hatte wie heute und in der man nicht so viele Menschen in seinem Umkreis kannte. Aber hatte zu dieser Zeit nicht jeder so sein können, wie er war? Oder war es schon damals verkehrt, so zu sein wie ich?

*

Diesmal saß kein Betrunkener im Zug, der die Mitfahrenden mit seinem Gesang betörte. Dafür ein extrem lautes Kind. Während sich die eine oder andere Dame dazu hinreißen ließ, mit dem etwa vier Jahre alten Jungen »Na, wo isser denn?« zu spielen, waren Mathilda und ich am Rande eines Gehörsturzes.

»Vielleicht schreit das Kind, weil ihm so viele fremde Frauen die Finger auf die Nase drücken?«, überlegte Mathilda laut.

Ich rechnete derweil aus, wie lange wir noch nach München brauchen würden. Wir waren zwar schon in Freising, aber mir war klar: Das letzte Stück würde das schlimmste werden!

»Sorry, wenn ich dich nicht gezwungen hätte mitzufahren, könntest du dir jetzt einen ruhigen, stressfreien Tag auf dem Sofa machen.« Ich verzog die Mundwinkel zu einem entschuldigenden Lächeln.

»Du hast mich doch gar nicht gezwungen«, antwortete Mathilda und ihre Augen blitzten vergnügt.

»Stimmt auch wieder. Also bist du selbst schuld.«

»Was wäre ich denn für eine Freundin, würde ich dich in so einer Situation alleine fahren lassen?«

»Weißt du, wenn Jarek wenigstens mit seiner Foto-AG unterwegs wäre, um Bienen oder Augenlider oder was auch immer zu fotografieren. Aber Paintball mit den Boys?«

»Boys will be boys«, gab Mathilda zurück.

Ich guckte grimmig. »Es geht um unsere erste gemeinsame Wohnung, einen Meilenstein in unserer Beziehung, den übrigens *er* anvisiert hat. Es ist doch kein Wunder, dass ich sauer bin, oder? Außerdem: Dass ich ein Kontrollfreak bin, hat er bestimmt nicht nur im Streit gesagt, das denkt er wirklich. Er findet mich verkrampft.«

»Er hat das vielleicht nur doof ausgedrückt. Überleg doch mal: Wenn du früher mit deiner Barbie spielen wolltest, deine Eltern dich aber mit zu Verwandten nehmen wollten, da hast du doch auch alles Mögliche getan, um bei den Barbies zu bleiben, oder? Da hast du auch rumgeschimpft.«

»Ich hatte früher keine Barbies. Deswegen bin ich heute auch so ein Girlie, ich musste das irgendwie aufholen. Wahrscheinlich hasst Jarek auch das an mir.«

Das Kind schrie weiter, noch bis zum Münchner Hauptbahnhof, wo wir den Zug verließen und in die U-Bahn nach Milbertshofen stiegen. Als wir ein paar Minuten später unser Ziel erreichten, rauschte es noch immer in meinen Ohren.

»Ist das spannend! Wir suchen dir eine Wohnung!«, sagte Mathilda nun zum bereits hundertvierzigtausendsten Mal an diesem Tag. Sie schien tatsächlich aufgeregter als ich zu sein.

Es war Anfang April und die alten Häuser versprühten ihren Charme im Sonnenlicht. Flauschige Hunde, viele Menschen, sogar lachende Kinder waren hier auf den Straßen. Anders als in Regensburg tobte in München das Leben.

»Es ist vor allem ziemlich hirnrissig«, antwortete ich. »Ich kann noch nicht mal kochen, das Einzige, was ich zuwege bringe, sind Kakao und Suppe. Ich bin verloren.«

»Du bist doch sowieso den ganzen Tag in der Schule. Und danach kann dir ja Jarek was Hübsches kochen. Weil er dich nicht verlassen wird und du ihm verzeihen wirst«, entgegnete Mathilda.

»Das ist Rollenverteilung, wie ich sie mag«, witzelte ich und gab Mathilda die Ghettofaust, auch wenn ich an ihrer Theorie von meinem Glück zweifelte.

Woran ich nicht zweifelte: In der Küche des ersten Objektes würde mir Jarek keinesfalls etwas Hübsches kochen. Denn obwohl die Maklerin immer wieder betonte, wie ruhig die Lage doch sei, erschien mir die Straße, an der die Wohnung lag, als wäre sie die befahrendste der Welt. »Die Fenster sind gut abgedichtet, da hört man nichts!«, erklärte die Mittvierzigerin im Hosenanzug und ruderte etwas hilflos mit den Armen, während unten ein Laster vorbeifuhr und dabei so lärmte, dass man das Ende des Satzes kaum mehr hörte.

Mathilda und ich nickten brav, sahen uns aber mit hochgezogenen Augenbrauen an, als sich die Maklerin umdrehte, um uns das acht Quadratmeter große Schlafzimmer zu zeigen.

Die nächste Wohnung befand sich an der U-Bahn-Haltestelle Oberwiesenfeld. Sie war unaufgeräumt und gehörte einer Rentnerin, die sie ganz sicher nicht allein ins Internet gestellt hatte. Wahrscheinlich hatten ihr ihre Kinder oder Enkel dabei geholfen oder irgendjemand anderes, der wusste, wie man mit Photoshop umging. Als die alte Dame Mathilda und mich fragte, ob wir »Lesbierinnen« seien, verließen wir die Wohnung ohne ein weiteres Wort.

Leicht geknickt fuhren wir danach nach Schwabing, zu einer weiteren winzigen Wohnung mit einem winzigen Schlafzimmer. Mir war schon klar gewesen, dass die Wohnungssuche in München kein Zuckerschlecken werden würde, aber so schlimm hatte ich sie mir nun auch wieder nicht vorgestellt.

»Vielleicht bist du ja auch eher der WG-Typ«, versuchte mich Mathilda aufzuheitern, als wir in den dunklen Flur von Objekt Nummer vier traten. »Du kannst nicht kochen, gehst dafür aber gerne weg. Wäre doch ideal. Und Jarek ist ja ohnehin sehr gesellig.«

»Ach, Mathilda, danke, dass du mir ein bisschen Hoffnung schenkst«, gab ich zurück und drückte auf die Klingel.

Uns öffnete Flo, 23, Theaterwissenschaftsstudent, eine Brille, so groß, wie ich es noch nie zuvor gesehen hatte. Ich war mir sicher, dass mein Vater es nicht gutheißen würde, wenn ich in eine Männer-Wohnung zog. Aber da wir sowieso nicht mehr miteinander sprachen, würde er vermutlich nichts davon erfahren.

Flo führte mich durch die Wohnung – und was ich sah, gefiel mir. Küche und Bad waren für eine Studentenbude überraschend sauber und mein potenzielles Zimmer war größer als zehn Quadratmeter. Ich überlegte bereits, wie ich es einrichten würde, als Flo mir während der Führung ein bisschen zu nah kam. Plötzlich spürte ich seinen Atem an meinem Hals, er betrachtete wohl meine Ohrringe.

»Hast du noch andere Piercings?«, fragte er mich neugierig.

Ich war froh, nicht alleine hergekommen zu sein, und warf Mathilda einen panischen Blick zu.

Flo stotterte: »Ich meine, äh, du bist schön.«

Panischer Blick Nummer zwei.

»Äh, danke, Flo, ich glaube, wir müssen weiter.« Ich griff nach Mathildas Hand und stürzte in den Flur. »Flo, hat mich gefreut, dich kennenzulernen», rief ich noch, kurz bevor sich die Wohnungstür hinter uns schloss.

»Was war das denn?«, kicherte Mathilda auf dem Weg nach unten.

»Ich habe keine Ahnung«, antwortete ich. »Keine Ahnung.«

Um den Schrecken zu vergessen, lud ich Mathilda zu einem Coffee to go und einer kleinen Stadtführung ein. Ich zeigte ihr die Leopoldstraße, den Walking Man, die Seidlvilla und erzählte ihr, was ich darüber wusste. Doch irgendwie konnte ich mich nicht so recht konzentrieren. Stattdessen erwartete ich, dass Jarek uns jeden Moment entgegenkam, säuselte, dass ihm alles leid täte, er sein Treffen verschoben hätte und mir nachgefahren wäre. Aber nichts dergleichen passierte. Natürlich nicht.

Als der Kaffee ausgetrunken war und die Füße begannen, wehzutun, machten wir uns mit der U-Bahn auf zu einem weiteren Termin. Ich sah schon aus der Ferne, dass der Verwalter bereits vor dem Haus stand und einen Schlüssel in seiner Hand drehte. »Ah, das sind Sie ja«, begrüßte er uns. »Darf ich die Damen bitten, mir zu folgen?«

Er führte uns in den zweiten Stock, was ich gut fand, da ich nach den letzten drei Besichtigungen kaum mehr die Beine heben konnte. Ich war nicht nur unsportlich, sondern hatte auch noch Angst vor Aufzügen. Als der Verwalter die Wohnungstür aufstieß, ergriff mich sofort das Gefühl, endlich zu Hause angekommen zu sein. Die Wände in der gesamten Wohnung waren stechend weiß gemalert, der Parkettboden war gut erhalten. Die Küche war in das Wohnzimmer integriert, so wie ich es eigentlich schon immer gewollt hatte, und das Schlafzimmer bot genug Platz für mein Bett und meinen Schrank. Darüber hinaus gab es sogar einen Balkon und obwohl ich wegen meines hellen Teints keine Lust auf Sonnenbaden hatte und dem Herrgott tagtäglich dafür dankte, kaum Puder verwenden zu müssen, freute ich mich darüber. Ich würde schon Verwendung für die drei Quadratmeter im Freien finden. Die Wohnung war einfach perfekt. Sie lag zentral, war gut erhalten, es war nicht laut und niemand baggerte mich an. Außerdem war sie ideal geschnitten und danach wählte ich ja auch meine Kleider aus. Sitzt gut, sieht top aus? Gekauft! Im Geiste sah ich schon die Blumen auf den Fensterbänken.

Ich klopfte ein paarmal an die Wände, ohne wirklich zu wissen, was ich da tat, nur um zu zeigen, dass ich ernsthaftes Interesse hatte.

Nachdem wir auch das Badezimmer inspiziert und ein »Sehr gut« dafür vergeben hatten, standen wir mit dem Verwalter im Flur. Gedanklich baute ich schon das Billyregal für meine Schuhe auf.

»Der eigentliche Nachmieter ist abgesprungen. Spontan ausgewandert nach Mallorca.«

Ich nickte, man kennt so was ja. Dabei stellte ich fest, dass uns der Verwalter misstrauisch betrachtete. Ich vermutete bereits, er würde sich ebenfalls Gedanken über unsere Sexualität machen, als er mich fragte: »Und was führt Sie nach München? Wollen Sie bei Siemens arbeiten?«

Ich schüttelte den Kopf und musste aufpassen, nicht herumzudrucksen. Stattdessen sagte ich semi-stolz: »Ich gehe auf die Sprachenschule.«

»Ah ja.«

Er sah zwar nicht beeindruckt aus, aber auch nicht angewidert. Ich konnte mir gut vorstellen, dass er mitentschied, wer die Wohnung bekam.

»Wie werden Sie sich dann Ihr Leben hier finanzieren?«

»Mein Freund wird ebenfalls herziehen. Wir teilen uns die Miete. Und ich bekomme etwas Geld von meinen Eltern. Und Bafög.« Zumindest bei Letzterem war ich mir sicher.

»Ab wann bräuchten Sie die Wohnung denn dann? August?«

»Mitte oder Ende August. Ich fange im September an.«

Der Mann schien zu überlegen. »Drei Monate Leerstand«, murmelte er und ich sah meine Chancen bereits schwinden. Kein Vermieter hielt seine Wohnung so lange für einen Teenager ohne Einkünfte frei.

Ich lächelte den Vermieter an und hoffte, sein Herz ein bisschen zu erweichen.

»Das träfe sich gut«, sagte er schließlich. »Mein Sohn will demnächst nach München kommen, der könnte die Zeit hier überbrücken.«

Ich nickte und warf Mathilda einen fragenden Blick zu.

»München ist 'ne tolle Stadt«, sprach der Verwalter weiter. »Bald haben wir wieder das Tollwood, da kann man schön hingehen. Und dann die ganzen Bars. Da trifft man ja auch einige Fußballer.«

Mathilda grinste, vermutlich träumte sie schon davon, Manuel Neuer in die Arme zu laufen. Ich war mir derweil sicher, ich würde die Wohnung nicht bekommen, und ging im Kopf schon meine Möglichkeiten durch. So viel war klar: Wohngemeinschaften fielen flach. Ich hatte zwar noch eine Besichtigung im Kalender, aber in dieser WG hausten sogar zwei Männer und inzwischen hatte ich ziemlich wenig Bock darauf, mit ihnen zusammenzuziehen. Dann gab es noch Wohnheime, aber die meisten waren für Studenten und die wenigsten für ein junges Paar geeignet. Und selbst wenn mich irgendein christliches Wohnheim aufnahm, an die dortigen Regeln wollte ich mich nicht halten. Ich wollte nicht bevormundet werden, da konnte ich ja gleich daheim bleiben. Tja, dann konnte ich wohl nur noch unter die Donnersbergerbrücke ziehen. Keine Ahnung, ob mich Mathilda dort auch besuchen würde.

»Ich gehe tatsächlich nicht so viel weg«, antwortete ich schließlich.

»Nicht viel weg? In Ihrem Alter? Wie alt sind Sie, 17?«

»Noch bin ich 16. Und ich gehe schon alleine deswegen nicht viel aus, weil ich nicht trinke.« Ich hob verlegen die Hände.

Der Verwalter riss erstaunt seine Augen auf. »So etwas hört man aber selten …«, sagte der Mann.

Mathilda musste sich ein Lachen verkneifen, so entgleist waren ihm seine Gesichtszüge.

»Also, ich habe nachher noch zwei Termine mit Wohnungssuchenden. Danach melde ich mich.«

»Danke«, sagte ich. »Auch dafür, dass Sie uns herumgeführt haben.« Geknickt schüttelte ich dem Herrn die Hand, dann schnappte ich mir Mathilda und eilte mir ihr hinaus an die frische Luft.

Es hatte mich wieder überkommen, dieses entsetzliche Gefühl, nicht mehr atmen zu können. Ich hatte gerade meine Traumwohnung gesehen, aber selbst, wenn ich sie bekam, was ziemlich unwahrscheinlich war, würde mir derjenige fehlen, den ich liebte. Ich wusste nämlich nicht, ob Jarek und ich uns je wieder zusammenraufen würden. Mathilda sah mich fragend an und zum ersten Mal schien sie keine aufmunternden Worte für mich parat zu haben. Warum konnte ich mich nicht einfach verkriechen? Mich vor dem Erwachsenwerden verschließen?

Mein Blick fiel auf den Irish Pub, der sich unter der soeben inspizierten Wohnung befand. »Lass uns da mal reingehen«, sagte ich zu Mathilda und zog sie hinter mir her.

Ich war am Ende meiner Kräfte und sank auf die Bank an einem Ecktisch. Der Pub war so klischeehaft irisch eingerichtet, wie das Aberdeen voll mit Schottenkaros war.

»Ich kann mir nicht vorstellen, ohne Jarek zu sein. Aber ich kann auch nicht mit ihm zusammen sein, wenn er mich nicht so sein lässt, wie ich bin.«

»Du tust ihm unrecht«, sagte Mathilda.

Skeptisch blickte ich sie an. »Das glaube ich nicht. Ich bin absolut fertig. Wenn er das alles nicht so gemeint hat, warum ruft er mich dann nicht an? Weil er es eben doch alles so meint, wie er es gesagt hat. Ich weiß inzwischen nicht einmal mehr, ob ich mit ihm in diese großartige Wohnung ziehen will.«

»Natürlich willst du das, du liebst ihn.«

»Aber er mich anscheinend nicht.«

Es war ausweglos. Gut, dann war ich vielleicht ein wenig zu alt für mein Alter. Beschäftigte mich mit Antialkoholismus und Büchern und Sprachen. Aber er sollte mich dafür lieben. Ich liebte ihn ja auch für seine Vernarrtheit in die Fotografie und für all seine Marotten. Dafür, dass er immer und überallhin Zettelchen klebte, um sich an wichtige Termine zu erinnern. Dafür, dass er immer fünf Minuten zu spät kam. Dafür, dass er sowohl typisch männliche Interessen hatte als auch totalen Weiberkram mochte. Ich liebte ihn für all das. Auch wenn ich es ihm noch nicht gesagt hatte. Wir beide hatten einander noch nicht »Ich liebe dich« gesagt. Und auch nicht miteinander geschlafen. Ich war noch nicht mal von selbst darauf gekommen, mit ihm zusammenzuziehen. War ich am Ende vielleicht doch selbst schuld an allem?

Die Bedienung kam, ich fragte nach einem Bier.

»Emma!«

»Lass mich, Mathilda. Ich muss mal abschalten.«

Bei Frida half das doch immer wunderbar: Sie trank so viel Bier, bis nichts mehr ging. Bis die Welt in Watte gepackt war und es keine Probleme mehr gab. Ich wollte auch keine Probleme mehr. Einmal im Leben wollte ich wie Frida sein.

Das Bier wurde vor mir abgestellt. Ich wollte gerade einen großen Schluck nehmen, da klingelte mein Handy. Ob das Jarek war? Ich nahm ab.

Es war nicht Jarek, es war Mr Tollwood. »Sie kriegen die Wohnung!«, sagte er nüchtern.

Ich glaubte, mich verhört zu haben. »Bitte?«, fragte ich und ein wenig Schaum schwappte über den Rand des Glases, als ich es wegschob.

»Sie wirken auf mich wie ein sympathisches, vernünftiges junges Fräulein und ihr Bursche ist da bestimmt nicht anders. Ich sage es Ihnen, wie es ist: Mir gehört die Wohnung unter der freien Wohnung und ich hätte nichts dagegen, wenn über mir keine übergewichtigen Kinder laufen lernen würden. Darum verzichte ich gerne auf die Besichtigungstermine mit den zwei jungen Familien und sage Ihnen gleich zu.«

Ich lächelte breit. »Das ist ja wunderbar!«

»Ja, finde ich auch«, entgegnete er.

Ich bedankte mich noch einmal höflich und der Verwalter versprach, den Vertrag gleich morgen abzuschicken – ein Exemplar an mich, eines an Jarek. Nachdem wir aufgelegt hatten, sprang ich auf, wobei ich an die Tischkante stieß. Ein kleiner Schwall Bier ergoss sich auf das Holz.

»Mathildchen, ich habe die Wohnung«, jubelte ich.

Ihre Miene erhellte sich. Die Sorge darüber, dass ich mich gleich bis zur Besinnungslosigkeit betrinken würde, verschwand. »Wow, wie cool!«, rief sie.

»Ja, allerdings.« Ich lächelte und schob das Glas von mir. »Das brauche ich wohl doch nicht.«

9

Hitzefrei

Am Wochenende lugte Jarek plötzlich in mein Zimmer. Ich hatte acht Tage lang nichts von ihm gehört. Kein Anruf, keine Facebook-Nachricht, kein Klingeln an der Tür. Ich hatte mich inzwischen von meinen Schuldgefühlen freimachen können, aber nicht von der Wut darüber, dass er mich hatte hängen lassen.

»Hey«, begrüßte er mich und setzte vorsichtig einen Fuß über die Schwelle. Als bitte er um Erlaubnis, weitergehen zu dürfen, sah er mich an.

Ich antwortete ihm nicht, lächelte auch nicht. Stattdessen saß ich auf meinem Bett und wedelte mir weiterhin mit einer Zeitschrift Luft zu. In den letzten Tagen war es stetig wärmer geworden und in meinem Zimmer hatte sich die Hitze gestaut wie unter einer Glocke.

»Der Mietvertrag ist gestern gekommen«, sagte Jarek leise.

Ich drehte ihm mein Gesicht zu. Ich konnte noch immer nichts sagen. Wie gelähmt sah ich ihn an, wie er da mit seinem zuckerfreien Red Bull stand, als hätte er mich nicht zutiefst beleidigt und belogen.

»Ich habe mir im Netz die Fotos von der Wohnung angesehen, sie sieht wirklich gut aus. Mathilda checkt bestimmt schon The Selby, um uns das Einrichtungskonzept abzunehmen, nicht wahr?«

»Vermutlich«, entgegnete ich nun kühl und klang dabei gar nicht nach mir selbst. »Sie ist ja auch eine gute Freundin. *Sie* ist mit mir nach München gefahren.«

»Emma, ich war ein Arsch. Ein totaler, absoluter, unglaublicher Arsch. Und ich habe mich danach einfach nicht mehr getraut, bei dir anzurufen, weil ich wusste, wie sauer du bist. Und das macht aus mir noch einen viel größeren Arsch, weil ich Angst vor einer Konfrontation hatte. Weißt du, für mich ist es manchmal schwer, Fehler einzugestehen. Was meinst du denn, wie meine Mutter das mit dem Fotografieren findet? Zukunftslos. Sie und mein Vater unterstützen mich notgedrungen, aber von ihr höre ich ständig: ›Tu dies, tu jenes …‹ Ich habe meine Aggressionen darüber an dir ausgelassen und das war falsch. Und vermutlich hat meine Mutter auch recht und ich habe keine Zukunft. Immerhin habe ich immer noch keine Zusage von der Akademie!«

»Hey, das wusste nicht, dass dich das so belastet«, flüsterte ich. »Warum hast du mir nie davon erzählt?«

»Weil du selbst so viel um die Ohren hast.« Jarek kaute nun auf seiner Lippe herum.

»Aber wenn es damit endet, dass du so frustriert bist, dass du mir so etwas Unverzeihliches an den Kopf wirfst …«

»Es tut mir furchtbar leid. Manchmal habe ich das Gefühl, dass so einiges nicht ausgesprochen ist zwischen uns.«

Ja. Eventuell diese drei kleinen Worte, von denen man immer hörte … Vorsichtig befeuchtete ich meine Lippen. Plötzlich war er wieder da, dieser Kloß in meinem Hals.

Jarek nutzte die Gelegenheit, um weiterzureden. »Zum Beispiel, ob wir nicht bereit wären, zur nächsten Base vorzurücken. Ich meine, wir ziehen ja nun zusammen. Und werden bald ein Bett teilen …«

Moment, wann war aus seiner Entschuldigung ein Bedrängen geworden?

»Jarek, ich glaube, es ist ein ungünstiger Moment, jetzt darüber zu sprechen.«

»Ja, wahrscheinlich hast du recht. Wir sollten es jetzt erst einmal langsamer angehen lassen. Ich habe mir etwas überlegt. Komm mit.«

Ich blinzelte. Und stand auf, um ihm zu folgen. Weil er eben mein Jarek war. Und ich mir nichts sehnlicher wünschte, als dass sich alles wieder einrenkte. Wir gingen nach unten, durch die Tür und hinaus. Ich blieb nicht am Laden stehen, um hineinzurufen, dass ich wegging. Das tat ich in letzter Zeit sowieso nicht mehr und in Zukunft würde es sich erübrigen. Meine Mutter würde zulassen, dass ich auszog. Das hatte sie mir bei einem Kaffee beteuert.

Ich hatte Probleme, mit Jarek Schritt zu halten, er hatte einen Affenzahn drauf. Als ich schon dachte, mir in meinen Chucks eine Blase laufen zu müssen, fanden wir uns am Donauufer wieder. Genauer: auf der Jahninsel. Früher hatten Antonia, Frida und ich die Punks, die hier für gewöhnlich herumlungerten, ganz interessant gefunden, mittlerweile hatten ihre wilden Outfits und die bunten Haare aber ihren Reiz verloren. Die Jahninsel war längst kein Ort mehr, an dem ich mich aufhielt.

Auf einem Fleckchen im Grünen entdeckte ich zwei Liegestühle. »Guck mal, die hat wohl jemand hier vergessen«, japste ich und zeigte darauf.

»Jap, das war ich«, antwortete Jarek und grinste breit. Er hielt an und stellte seine Red-Bull-Dose im Sand ab. Neben den Stühlen und einer Kühltruhe, die mir erst jetzt auffiel. »Arizona Ice Tea?«, fragte er mich.

»Gerne doch.«

Überrascht nahm ich die bunte Flasche, die er mir hinhielt, und setzte mich, als er mich mit einer einladenden Geste dazu aufforderte.

»Also, ich dachte mir, wir machen einen kalifornischen Nachmittag. Als Ausdruck meiner Entschuldigung.«

»Auch wenn der Eistee aus Arizona kommt, man trinkt ihn sicher auch in L.A.«, korrigierte ich ihn. »Dein Konzept klingt gut. Ich bin gewillt, die Entschuldigung anzunehmen.«

Ich fummelte meine Sonnenbrille aus meiner Handtasche und setzte sie mir auf die Nase.

Es war zwar erst Mai, aber die Luft roch nach Sommer, nach frisch gemähter Wiese und geschmolzenem Asphalt. Die Donau glitzerte. Irgendwo bellte ein Hund, ein paar Menschen lachten.

»Und zu einem kalifornischen Nachmittag gehört auch das hier!« Jarek zog ein Buch unter seinem Stuhl hervor und reichte es mir.

»*Spanisch für Anfänger?*«, fragte ich etwas überrascht.

»Na, du weißt schon. Weil doch die Hälfte aller Kalifornier Spanisch spricht«, erklärte er.

Zugegeben: Sein Konzept funktionierte nicht so ganz. Aber ich war gerührt. Er gab sich die größte Mühe, mir zu zeigen, dass er mich für all meine Eigenarten liebte. Also drückte ich ihm einen flüchtigen Schmatzer auf.

»Hab an dich gedacht, als ich es im Buchladen sah.«

»Hat mein Vater dich bedient?«

»Ja«, antwortete er und zwinkerte.

Na, wenn das kein guter Anfang war.

*

Mittlerweile war Antonia in die letzte Reihe verdrängt worden. Es fühlte sich zwar komisch an, dass ich nun vorn stand, doch Stuart wurde nicht müde zu betonen, dass Antonia keine Fortschritte gemacht hatte, zumindest nicht beim Tanzen.

Was ihre Diät anging, sah das etwas anders aus. Es würde bald kein Body mehr da sein, den sie rocken konnte.

Stuart war über Ostern mit seiner Mutter in die Heimat geflogen, um Verwandte zu besuchen. Heimat, das war für ihn Oxford, ein Ort, der in meiner Vorstellung wie ein verzaubertes Fünfzigerjahre-Städtchen aussah.

Nachdem er sich eine Stunde lang zu Gwen Stefanis *What You're Waiting For?* verausgabt hatte, stand ihm der Schweiß auf der Stirn. Er wischte ihn sich gerade mit einem Handtuch ab, als ich ihn nach seinem Urlaub fragte.

Doch statt mir zu erzählen, was der Osterhase ihm ins Nest gelegt hatte, wühlte er nun hektisch in seiner Tasche. »Wait a minute«, haspelte er. »Ich habe dir was mitgebracht!«

Sofort war ich aufgeregt. Doch als mir Stuart das Geschenk in die Hand drückte, fühlte ich mich wie an Weihnachten mit meinen Eltern. »Ein Buch?«, fragte ich etwas enttäuscht, während ich das Cover betrachtete. *Lady Windermere's Fan* von Oscar Wilde. Ich las zwar gerne auf Englisch, aber dann doch eher Bücher von Meg Cabot …

Stuart lachte über mein entgeistertes Gesicht und erklärte mir, dass Oscar Wilde in Oxford studiert hatte. Außerdem war das Buch 2004 unter dem Titel *A Good Woman* mit Scarlett Johansson verfilmt worden.

Meine Züge hellten sich auf. »Na, so ist das! Thanks, Stuart!«

Unsere Filmfachsimpelei über den Film wurde unterbrochen, als Stuart abgeholt wurde – diesmal nicht von seiner Mutter, sondern von seiner Freundin, einer rothaarigen Schönheit. Sie lächelte mir zu und ohne Scheu lächelte ich zurück.

*

Gut, dass Mathilda Ideen für die Wohnungseinrichtung sammelte, denn dafür hatte ich keine Zeit. Und auch nicht, um Stuarts Geschenk zu lesen. Die vier Abschlussprüfungen rückten unaufhaltsam näher. Jarek ging es auch nicht besser, sein Abitur verlangte seine ganze Aufmerksamkeit. Doch es war zwecklos, unsere Lernsessions zu kombinieren. Nicht nur, weil wir völlig unterschiedlichen Stoff lernen mussten – er beschäftigte sich mit analytischer Geometrie, ich mit Bilanzierung –, wir verloren auch zu viel Zeit, weil wir immer wieder zu knutschen begannen.

Ich war froh, dass es wieder so war wie vor dem großen Streit. Auch, wenn hin und wieder ein kleines Männlein in meinem Hinterstübchen anklopfte und mich daran erinnerte, dass Jarek mich belogen hatte, versuchte ich, ihm Freiraum zu geben. Und er versuchte, ihn nicht in Anspruch zu nehmen.

»Und wie war dein Tag so?«, fragte Jarek. Wieder einmal war er völlig unerwartet reingeschneit und ich hatte ihn nicht wegschicken können, obwohl ich mein Lernpensum noch nicht annähernd geschafft hatte.

»Oh, in der letzten Stunde hatten wir Religion. Lernt natürlich keiner mehr dafür, braucht man auch normalerweise nicht«, antwortete ich.

»Deswegen war Reli immer mein Lieblingsfach. Einfach nur labern. Oh, und Physik!«

Ich lachte. »Sie sind gruselig, Herr Wintersteiger!«

Es war mir unbegreiflich. Jarek mochte neben Physik auch Chemie und die Experimente, die sie in diesem Fach machten. Männer und ihre Faszination für Hochentzündliches – ich würde es nie verstehen.

»Jedenfalls macht Frau Günther trotzdem weiter mündliche Kontrollen. Heute hat sie Frida drangenommen. Bei ihrer erzkatholischen Mutter und ihrer urbayerischen Abstammung hätten die Fragen eigentlich kein Problem für sie sein sollen, waren sie aber.«

Jarek runzelte die Stirn. »Was war denn das Thema?«

»Abtreibung. Dazu sollte ja eigentlich jeder eine Meinung haben. Aber Frida hatte weder einen Schimmer, was man tun kann, um verzweifelte Mütter zu unterstützen, noch davon, was die unterschiedlichen Kirchen von Abtreibung halten. Sie meinte, sie hätte es vergessen. Meiner Meinung nach hat sie das noch nie gewusst. Stefan hat es ihr ja wahrscheinlich noch nie gesagt.«

»Was ist dann passiert?«, hakte Jarek nach.

Ich konnte mir ein schadenfrohes Lächeln nicht verkneifen. »Dann ist Frau Günther total ausgeflippt.«

»Ich liebe es, wenn Lehrer durchdrehen.«

»Ja, aber irgendwie hat keiner gelacht. Wir saßen nur mit offenem Mund da, bei dem, was die Günther alles rausgehauen hat! Dass man im Lehrerzimmer schon über Frida spricht, dass das ihre letzte Chance war und dass sie sich wenigstens ein bisschen anstrengen sollte. Ich glaube, auch die Formulierung ›dumm wie Brot‹ ist gefallen. Dabei denke ich nicht, dass man das als Lehrer überhaupt sagen darf.«

»Wenns aber stimmt«, kicherte Jarek.

»Auf jeden Fall hat Frida sich dann hingesetzt und ihr ganzes Gesicht war rot – so habe ich sie noch nie gesehen! Sie war richtig wütend und wollte sich dann nach der Stunde bei Antonia auskotzen. Aber als sie gerade mitten in einem Satz war, in dem ›dumm wie Brot‹ noch das Netteste gewesen wäre, hat Antonia sie angeblafft, dass sie selber schuld wäre, so getadelt zu werden.« Ich stoppte kurz, nicht nur, um Luft zu holen, sondern auch um nachzudenken. »Vielleicht ist Antonia nicht länger auf Fridas Seite.«

»Wer wäre das schon, wo sie sich doch so wenig Mühe gibt und jede echte Hilfe ablehnt? Reden denn sie und Antonia überhaupt noch miteinander? Oder saufen die nur gemeinsam? Und hat Frida inzwischen schon einen Ausbildungsplatz?«

»Nee, nicht dass ich wüsste.« Ich schüttelte den Kopf. »Aber Antonia hat Alina vor Kurzem erzählt, dass sie jetzt Versicherungskauffrau wird. Ich würde zwar niemals irgendeine Versicherung bei Toni abschließen, aber es ist doch schön, dass sie etwas gefunden hat, das ihr gefällt.« Und dann fügte ich leise, aber von Herzen kommend hinzu: »Ich gönn ihr das. Wirklich.«

Jarek küsste mich sanft auf die Schläfe und zog mich auf seinen Schoß. Ich konnte ihm direkt in die braunen Augen blicken. »Du bist viel zu gut für die alle«, sagte er und dann küsste er mich richtig.

*

Als ich am nächsten Morgen einen Blick auf den Vertretungsplan warf, war ich glücklich. Der heutige Tag würde mit einer Freistunde für meine Klasse beginnen. Während sich meine Mitschüler im Schulgebäude verteilten, um für die letzte Erdkundearbeit ever zu lernen, beschloss Frida, das Gelände zu verlassen. Mich störte das nicht weiter. Es war ihre Entscheidung und ich war weder ihre Mutter noch ihre beste Freundin, sodass ich mich nicht zuständig fühlte, sie zu überreden, bei uns zu bleiben und mitzumachen.

Antonia war inzwischen ebenso verzweifelt wie wir anderen auch.

Ich fand sie auf der Treppe, auf der wir früher immer gesessen hatten, als wir noch eine Einheit gewesen waren.

»Hey. Ich hab dir was mitgebracht.« Ich streckte ihr die Papiertüte hin.

Antonia sah mich fragend an. »Wow, vielen Dank, eine Tüte«, sagte sie. Nur zögerlich wagte sie einen Blick hinein. »Ein Sandwich?«

»Du bist so dünn geworden. Ich dachte, du könntest es gebrauchen.«

»Willst du mich verarschen, oder was?«

»Nein, du bist wirklich dünn geworden. Vielleicht solltest du weniger joggen und mehr essen.« Ich legte ihr die Hand auf die Schulter. »Hör zu, das ist nicht böse gemeint. Ich will nur, dass es dir gut geht. Und das solltest du auch wollen.«

Damit drehte ich mich um und ging zurück durch den Flur, zurück zu meinen Büchern. Ich spürte Antonias Blick im Rücken, sah mich aber nicht um. Ich fühlte mich, als hätte ich allen Dämonen der Vergangenheit die Stirn geboten.

In der Pause vor Erdkunde saßen bereits alle im Klassenraum, absolute Stille war eingekehrt. Mehr als die Hälfte der

Klasse schrieb Spicker in die Atlanten. Ich versuchte unterdessen, das Arbeitsblatt über Indien auswendig zu lernen. Zehn Minuten blieben mir, dann würde ich all meine Kenntnisse auf einen Zettel schreiben. Und weitere 45 Minuten später würde ich nie wieder Detailwissen über Indien brauchen.

Frida, die nun wieder da war, lernte nicht. Stattdessen kippelte sie mit ihrem Stuhl und schrieb SMS, vermutlich an Stefan.

Dirk kaute nervös auf seinem Bleistift herum. »Mist, ich kann das nicht lesen!«, fluchte er und strich sich den schwarzen Pony aus dem Gesicht. Dann stand er ruckartig auf und stürzte auf mich zu. »Emma, was steht im letzten Absatz? Ich hab meine Colaflasche draufgestellt und sie ist ausgelaufen.«

»Ach, die brauchst du doch eh nicht fragen, wo sie doch alles weiß.« Während Frida die Worte über ihre pink geglossten Lippen schleuderte, blähte sich ihr gepiercter Nasenflügel auf.

»Hä?« Dirk hob den Kopf und sah Frida an. »Wie passen Satzende und -anfang bitte zusammen?«

Frida verdrehte die Augen, ohne sich von ihrer SMS abzuwenden. »Halt die Klappe, du Opfer«, blaffte sie.

»Frida, bitte lass uns in Ruhe lernen, ja? Anders als dir ist uns das wichtig«, antwortete ich.

*

»Ich habe Angst, dass deine Freunde mich nicht mögen«, gab ich zu, während wir im Halbdunkel und Hand in Hand durch die Altstadt schlenderten.

»Warum sollten sie das nicht tun?« Jarek sah mich über den Rand seiner Brille hinweg an.

»Na ja, weil ich es nicht cool finde, wenn andere Leute in Schulen einbrechen. Weil ich mir über deren Eltern Gedanken mache. Oder weil ich vor solchen Situationen, also neue Leute zu treffen, Angst habe.«

»Also, meine Freunde heißen weder Frida noch Antonia, sie heißen Kai und Sven. Und die sind beide gut drauf. Denen ist es bestimmt egal, dass du manchmal ohne Grund am Rad drehst.« Jarek lachte kurz und laut auf.

»Was heißt hier ›ohne Grund‹? Ich will einen guten Eindruck bei deinen Freunden machen.«

Ich löste meine Finger von seinen und verschränkte die Arme vor der Brust.

Jarek schüttelte sich erneut. »Das meinte ich nicht. Dass du gerade zehn Minuten über dein Schuhwerk für heute Abend geredet hast, das hatte keinen Grund!«

»Wenn ich flache Schuhe anziehe, sehe ich neben dir wie ein Zwerg aus«, brummelte ich, doch Jarek überhörte es.

Er hielt mich an der Schulter fest, sodass ich ihn anschauen musste, und küsste mich flüchtig auf die Nasenspitze. Und dann sah ich auch schon den blonden Wuschelkopf, der an der Außenmauer des Libertins lehnte und eine rauchte. Es war Sven, dessen Haut so weiß wie Schnee war. Neben ihm stand ein zweiter Typ, genauso groß und mit akkurat gescheitelten Haaren. Das musste Kai sein – oder zumindest jemand, der zum selben Friseur wie Jarek ging.

»Hey ihr alten Ganoven, das ist meine Freundin Emma!«, begrüßte Jarek die beiden.

»Na endlich! Wir haben schon so viel von dir gehört!« Während Kai mir förmlich die Hand schüttelte, umarmte Sven mich stürmisch und hüllte mich dabei in einen Dunst aus Zigarettenrauch und Männerparfüm.

Vergnügt öffnete er mir die Tür und gemeinsam traten wir über die Schwelle des Cafés. Wir setzten uns an unseren Tisch und orderten bei der Kellnerin: »So wie immer!« Das hieß für die Jungs Bier, für mich Tee.

Nach den ersten Schlucken, während derer Jareks Kumpels darüber diskutiert hatten, ob Barney Stinson die Negs noch vor Howard Wolowitz erfunden hatte, sah Sven mich prüfend an. »Also, Emma, dein Rock …«

Ich erstarrte. »Was ist damit?«, fragte ich hektisch.

Einmal mehr war ich unsicher, hatte Angst, ausgelacht zu werden.

»Das Pastellige, das kommt ja wieder. Versteh ich vollkommen, logo. Aber wusstest du, dass dein Freund versucht hat, sich ein Hemd mit exakt demselben Blumenmuster zuzulegen?«

Auch, wenn ich nicht zu viel auf die Meinung anderer geben wollte, war ich erleichtert. »Das war nicht mein Einfluss!«, rief ich lachend aus.

»Das wissen wir.« Kai schmunzelte. »Jarek schläft manchmal über dem *Vice Magazine* ein und kommt dann mit den skurrilsten Ideen an.«

»Er ist im letzten Sommer im Norwegerpulli rumgelaufen, bevor alle das taten. Bei zwanzig Grad«, warf Sven ein.

Kai kicherte. »Und wir nur so: ›Der Jarek spinnt schon wieder!‹ Doch kaum wurde es Herbst – und bäm, alle trugen Strickpullis.«

»Da hast du dir echt 'nen komischen Vogel ausgesucht, das weißt du hoffentlich«, sagte Sven und klopfte Jarek freundschaftlich auf die Schulter.

»Ja«, antwortete ich. »Aber abgesehen von seinem Modefimmel ist der komische Vogel ganz angenehm«, sagte ich und warf Jarek einen kurzen liebevollen Blick zu.

Entspannt nahm der einen Schluck Bier.

Um ehrlich zu sein, verstand ich nun sogar ein bisschen, warum er lieber mit diesen Typen Paintball spielte, als schnöde Erwachsenendinge zu tun. Sie waren echt liebenswert.

»So, und wer von euch beiden war bei Jareks erster und einziger Kneipenschlägerei dabei?«

*

Aus Aberglauben – oder war die Wirkung inzwischen wissenschaftlich erwiesen? – beschloss ich, mir die Bücher am Abend vor der ersten Prüfung unters Kopfkissen zu legen. Leider stellte sich das als ziemlich unbequem heraus, sodass ich mich die halbe Nacht hin und her wälzte und immer wieder auf die Uhr schaute. Am Ende kam ich auf gerade einmal fünf Stunden Schlaf, einen steifen Nacken und ein ungutes Gefühl. Hätte ich vielleicht schon früher mit dem Lernen beginnen sollen? Die Streber lernten immerhin schon seit Weihnachten. Da war ich aber mit Selbstmitleid, Freundschaftsdramen und Verliebt-in-Jarek-sein beschäftigt gewesen. Oh, und mit dem Stricken eines Schals. Was, wenn ich nun deswegen durch die Prüfungen fiel?

Vier zehnte Klassen fanden sich am Morgen in der Aula ein. Es war beruhigend zu sehen, dass ich nicht die Einzige war, deren Augenringe so tief wie Mondkrater waren.

Mathilda kam noch kurz vorbei, um mir Mut zuzusprechen. Bevor sie aus dem Prüfungssaal und in ihre Klasse gescheucht wurde, überreichte sie mir feierlich ein pinkes Pony aus Plastik.

»Was hilft mir denn ein Pony bei Betriebswirtschaft?«

»Eigentlich nichts, aber guck, ich habe es angezogen wie einen Fußballspieler.«

Da es eine blonde Mähne hatte, schloss ich: »Hast du es als Bastian Schweinsteiger verkleidet?«

»Korrekt!«, jubelte Mathilda. »Viel Glück!«

»Kann ich brauchen!« Ich winkte mit dem Pony und ging dann nach vorn zum Lehrertisch.

Hannes kam mir entgegen. Er sah aus, als hätte er sich gerade erbrochen. Ich verzog keine Miene und auch er grüßte mich nicht. Kannte man uns nicht, glaubte man nicht, dass ich einmal unsterblich in ihn verliebt gewesen war.

Als ich den Lehrertisch erreicht hatte, holte ich einmal tief Luft. Hier wurde entschieden, wer während der Prüfung neben wem saß. Oder vielmehr wurde es ausgelost. Ich stellte mich in die Schlange und verfiel in Trance, bis Frau Jäckl mir die Hand an den Rücken legte und mich zu meinem Platz bugsierte. Zum ersten Mal in der Geschichte der Menschheit saß ich nicht hinter oder neben Frida, sondern vor ihr. Während ich mein Bayern-Pony auf dem Pult platzierte, hörte ich sie mit Antonia flüstern. Herr Schmalzbauer ging unterdessen durch die Reihen, um die Handys einzusammeln.

Frida wisperte Antonia zu. »Ich habe alles auf mein Mäppchen geschrieben.«

»Wie? Alles?«, fragte Antonia.

»Na ja, alles, was man braucht.« Frida grinste zufrieden, als wäre es eine Meisterleistung, mit hellgrünem Stabilo auf ein giftgrünes Mäppchen zu schmieren.

»Du hättest auch lernen können.«

»Dann hätte ich aber nicht mit Stefan zum See fahren können.«

Frau Jäckl hatte sich vorn am Pult aufgebaut und klatschte nun in die Hände. Alle Schüler sollten sich zu den ihnen zugewiesenen Plätzen begeben. Als Antonia an mir vorbeiging, ohne Frida noch einmal Erfolg zu wünschen, bemerkte ich, dass sie nicht mehr so klapperdürr war wie noch vor ein paar Wochen. Ich freute mich für sie.

Im Saal wurde es nun still. Ich beugte mich vor und versuchte, mich auf die Prüfung einzuschwören. Es wäre ein Wunder, wenn Frida sie bestehen würde.

*

Als wir Anfang Juli unsere Noten erfuhren, war niemand so erleichtert wie Frida. Sie hatte den Abschluss tatsächlich gepackt. Auch ich war ziemlich froh, denn selbst die Matheprüfung hatte ich bestanden. Mit einer Drei, einer ziemlich guten Zensur, wie ich fand.

Die Tage vor und nach der Notenverkündung verbrachten wir im Tanzkurs. Stuart hatte sich bereit erklärt, alle vier Abschlussklassen in den Standardtänzen zu unterrichten. Dirk, dessen Freundin Katja ebenfalls aufs Gymnasium ging, hatte sich als mein Tanzpartner zur Verfügung gestellt. Ich fand das sehr sozial von ihm. Seinen Umgang mit mir beim Foxtrott, Cha-Cha-Cha und Swing allerdings weniger …

Wie sich herausstellte, lagen mir die Standardtänze nicht ganz so gut. Ich gab mir aber dennoch die größte Mühe, sie zu lernen – auch wenn ich nicht vorhatte, zum Abschlussball zu gehen. Ja, ich war wie die Mädchen in amerikanischen Serien und Filmen, die gegen den Prom rebellierten. Aber nicht, weil ich keinen Freund hatte und mich davor fürchtete, ausgelacht zu werden, nein, aus einem anderen Grund: Ich wollte nicht gezwungen sein, danach ins Boulevard zu fahren. Denn alle würden dorthin fahren.

Stattdessen traf ich mich mit Mathilda. Wir hatten uns für einen Mädelsabend mit Helmut-Dietl-Marathon entschieden. Die Serien, die allesamt in München spielten und Klatschjournalisten und Stenze begleiteten, waren eine gute Einstimmung auf mein neues Leben. Dazu gab es heiße Schokolade. Und außerdem hatte Mathilda die trashigsten Süßigkeiten der Welt gekauft – von Daniela-Katzenberger-Popcorn bis zu Pringles mit Ketchupgeschmack lag am Ballsamstag alles in meinem Zimmer.

Wir hatten bereits zwei *Münchner Geschichten* gesehen, als Mathilda auf die Pausentaste drückte und den Vorspann von Folge Nummer drei unterbrach.

»Ich habe eine Idee!«, rief sie und auf einmal blitzten ihre Augen so auf, wie sie es immer taten, wenn sie sich für etwas begeisterte.

Ich legte meine Stirn in Falten. »Falls du Twister spielen willst, kannst du dir das abschminken, das ist mir viel zu viel Sport.«

»Nein, Quatsch!« Mathilda sprang auf und machte eine Geste, die mich dazu animieren sollte, dasselbe zu tun. »Wir fahren dahin, wo die feinen Leute residieren.«

Ich blieb sitzen. »Mathilda, wenn du mich doch noch zum Abschlussball bringen willst, muss ich dich leider umbringen.«

»So ein Schwachsinn! Nun komm, auf, auf mit dir! Mach dich hübsch!«

»Hübsch? Ich habe nicht mal was Schickes zum Anziehen.«

»Wirklich nicht?« Mathilda verschränkte die Arme vor der Brust und legte den Kopf schief.

»Wozu denn auch? Ich bin die Abschlussballverweigerin.« Hilflos hob ich die Schultern.

Ich hasste Überraschungen! Natürlich vertraute ich Mathilda, aber dennoch war mir mulmig, weil ich nicht wusste, was sie plante. Wohin wollte sie? Auf den Friedhof? Als Jugendsünde abgehakt und definitiv nicht mehr auf meiner To-do-Liste. Ins Restaurant? Ich hatte mich schon mit so vielen Süßigkeiten vollgestopft, dass ich das Gefühl hatte, nie mehr Hunger haben zu können …

Mathilda überlegte kurz. »Was hattest du bei der letzten großen Familienfeier an?«

»Der goldenen Hochzeit von Oma und Opa?« Ich sprang vom Bett auf und trottete zu meinem Kleiderschrank. Kurz darauf schwenkte ich ein apfelgrünes Neckholdertop mit goldenen Applikationen hin und her.

Ich sah von Mathildas geschocktem Gesicht zu dem Top und dann wieder zu ihr. »Okay, okay«, sagte ich. »Jetzt weiß ich auch, warum mein Cousin über Inzest nachgedacht hat. Hör auf, so zu gucken.«

Mathilda grinste schief. »Zieh dir einfach was Nettes an. Aber auf keinen Fall dieses Ungetüm von Weggehoberteil. Und wie wärs mit dem Marienkäferanhänger, den Jarek dir geschenkt hat?«

Ich kam mir reichlich bescheuert vor, als ich wenig später neben Mathilda im Bus saß. Während sie eine schwarze Trainingsjacke und eine Jogginghose trug, hatte ich meinen Trenchcoat angezogen. Darunter hatte ich mich für ein Kleid in Zartrosa entschieden. Und zu allem Überfluss hatte mir Mathilda auffordernd meinen roten Lippenstift entgegengestreckt. Wie hätte ich mich dagegen wehren sollen?

»Willst du mir vielleicht erklären, warum ich meine guten Pumps anhabe?« Ich starrte auf die blank geputzten Schuhspitzen, in denen ich mich fast spiegeln konnte.

Mathilda schüttelte den Kopf – schon wieder.

Ich stöhnte genervt auf. »Natürlich nicht!«

»Hey, entspann dich. Es wird äußerst cool.«

»Wir fahren doch nicht etwa zu einem Paintballfeld?«

»Dann hätten wir beide sicher was völlig anderes an. Chillax, Emma!« Mathilda grinste spitzbübisch.

Als der Bus an der nächsten Station anhielt, sprang Mathilda auf, griff sich meinen Arm und zog mich nach draußen. Hätte ich einen besseren Orientierungssinn oder wenigstens beim Wandertag aufgepasst, hätte ich zumindest erahnen können, wo ich mich befand. Doch so sah ich nur stockdunkle Nacht. Es war unheimlich still. Die ganze Welt schien schon zu schlafen, nur Mathilda und ich liefen noch herum. Wir bogen um eine Ecke und das Nächste, was ich sah, war ein Typ in einer schwarzen Lederjacke. Der Schatten der Nacht verdeckte sein Gesicht. In mir spannte sich alles an. Es war zwar schon etwas länger her, aber der Abend mit Thomas war noch präsent in meinem Kopf. Ich packte Mathildas Hand und drückte vor Schreck so fest zu, dass ihre Finger leise knackten.

»Au! Was ist denn los?«

»Da steht wer!«, keuchte ich und blieb nun wie erstarrt stehen.

»Ja, dein Freund, du Freak.« Mathilda wand sich aus meinem Griff und gab mir einen Stoß.

Ich stolperte auf Jarek zu. »Hey, was machst du denn hier?«

Er lächelte. »Na, ich bin dein Date für heute Abend.«

»Aber Mathilda und ich ...« Ich drehte mich um, um auf meine Freundin zu zeigen, doch sie war verschwunden.

»Mathilda war meine Komplizin«, verriet mir Jarek.

»Bei was?«

»Komm mit!« Nun war er es, der mich bei der Hand nahm und weiterführte.

Als wir am Ziel ankamen, erkannte ich die ganzen alten Steinmauern und Grünflächen endlich. Wir befanden uns im Innenhof des Schlosses Sankt Emmeram, das im Besitz der Adelsfamilie Thurn und Taxis war. Hatte ich Jarek mal davon erzählt, wie gern ich hierherkam?

Mein Blick fiel auf die unzähligen Teelichter, die auf dem Boden aufgestellt waren. In Kombination mit den imposant beleuchteten Gebäuden wirkte es, als wären wir in einem See aus Licht gelandet. Ich kam mir vor wie im Film. Aber definitiv im richtigen.

»Bin ich hier bei *Nur die Liebe zählt,* oder was? Du weißt doch, dass ich Jörg Pilawa nicht leiden kann.«

»Kai Pflaume«, korrigierte mich Jarek mit einem sanften Lächeln. »Und nein, bist du nicht. Ich habe mir das Hirn zermartert, wie ich dich am Abend des Abschlussballes aufmuntern kann. Du hast zwar so getan, als ob es dir nichts ausmacht, aber ich habe all deine Lieblingsserien geguckt – in fast jeder gibt es einen prächtigen Abschlussball. Und als meine Kontaktlinsen am Austrocknen waren und ich schon kurz vorm Verzweifeln war, ist mir eingefallen, dass du es hier so magst. Das hast du mir im Winter erzählt, kurz nachdem wir uns kennengelernt haben.« Jarek grinste. »Wie wärs, zeigst du mir, was du in den letzten Tagen gelernt hast?«

Ich sah ihn fragend an.

»Na, dein Wissen aus dem Tanzkurs«, sagte er.

Ich nickte und er ging ein paar Schritte, um die Boombox für den iPod anzumachen. Ein Song von Jareks Lieblingsalbum von Placebo erklang. Er hieß *Broken Promise* und war so herzzerreißend melancholisch, wie ich mich in den letzten Monaten gefühlt hatte.

Jarek half mir aus meinem Mantel und machte mir ein Kompliment, wie schön ich doch aussähe. Dann nahm er mich erneut an der Hand und legte die andere an meine Hüfte. »Darf ich bitten?«, fragte er.

»Natürlich.«

Während wir uns zur Musik drehten, trat ich Jarek ein ums andere Mal auf den Fuß. Er geriet zweimal aus dem Takt, aber das war uns egal. Immer wieder küssten wir uns. Im Halbdunkel glänzten Jareks schokoladenbraune Augen mit den Flammen der Teelichter um die Wette. Ich fühlte mich wie verzaubert.

Als der Song vorüber war, führte mich Jarek zu einer kleinen Bank. Beinahe hätte ich mich auf eine langstielige Rose gesetzt. Dieser Abend war vielleicht nicht mehr an Kitschigkeit zu überbieten, aber er war genau das, wovon ich immer geträumt hatte.

Das Lied, das nun erklang, war noch schwermütiger als das vorangegangene. Und plötzlich – ich konnte es nicht kontrollieren – machte sich in mir die große Angst breit, Jarek könnte mir etwas Schlimmes sagen.

»Warum zitterst du?«, fragte er sofort alarmiert. »Frierst du? Soll ich dir deine Jacke holen?«

»Nein, ich … ich weiß auch nicht«, hauchte ich in sein Ohr, meine Stimme noch weniger unter Kontrolle als meinen Körper.

»Aber ich weiß es«, entgegnete Jarek. »Ich liebe dich.«

Da waren sie: die drei kleinen Worte, auf die ich gewartet hatte. Ich fühlte mich so unglaublich gut, als ich erwiderte: »Ich liebe dich auch.«

»Ich bin so froh, dass ich dich kennengelernt habe, Emma. Und dass wir zusammenziehen werden. Und dass sie mich auf der Akademie angenommen haben!«

Ich traute meinen Ohren kaum. »Wirklich? Sie haben dich angenommen? Oh mein Gott, Jarek, das ist ja fabelhaft!« Überschwänglich umarmte ich ihn.

Ich hatte jemanden gefunden, der für mich den Innenhof eines Schlosses klarmachte und Teelichter aufstellte, nur um mit mir zu tanzen und mir seine Liebe zu gestehen. Und ich würde mit ihm nach München ziehen, wo wir unseren Traum leben konnten. Es war alles so perfekt.

Alles, bis auf eine Sache. Ich wünschte mir, dass sich auch zu Hause alles wieder einrenken würde.

10

Frei

Es hatte Ende 2011 eine Aktion im Fernsehen gegeben, die uns zu unserem Abschlussstreich inspiriert hatte. Mediales Aufsehen hatte sie erregt und ein junger Mann war beim Nachahmen sogar festgenommen worden. »Stehen, damit es weitergeht« hatte es in der Sendung *neoParadise* geheißen. Laut Joko Winterscheidt und Klaas Heufer-Umlauf war es die faulste Bewegung der Welt, bei der man entweder gegen irgendetwas stehen konnte, wie das Töten von Robben zum Beispiel, oder für irgendetwas, wie den Rückzug der deutschen Truppen aus sämtlichen Kriegsgebieten.

Wir Abschlussklässler hatten uns jahrgangsübergreifend darauf geeinigt, fünf Minuten lang gegen die Schule zu stehen. Immerhin war es harmloser, als irgendwo einzubrechen und Lineale zu klauen.

Als ich Jarek davon erzählte, war er verwundert. Waren Abistreiche nicht etwas für, nun ja, Abiturienten? Tatsächlich hatte diese Form der Unterrichtsstörung aber auch an meiner Schule Tradition. Sie gehörte in den Tagen zwischen Abschlussball und Zeugnisausgabe ebenso zum Programm wie der verzweifelte Versuch mancher Lehrer, noch Unterricht zu machen.

Natürlich wussten die Lehrer nicht, wann und in welcher Form wir unseren Streich durchführen würden. Frau Ulrich verstand daher nicht, was es zu bedeuten hatte, als wir uns in der Geschichtsstunde plötzlich erhoben. Gerade hatte sie uns noch eine Übersicht über die Neuzeit gegeben, da waren plötzlich alle Stühle zurückgeschoben worden – alle Stühle in vier Klassen. Wahrscheinlich resignierten die anderen Lehrer in den anderen Räumen, Frau Ulrich aber tobte. Was denn mit uns los sei, wollte sie wissen. Dabei tropfte ihr der Schweiß vom Gesicht.

Es erschien mir, als legte ich einige Schweigeminuten für meine Jugend ein. Und für die Freundschaft, die Frida, Antonia und mich einst verbunden hatte. Obwohl ich direkt hinter ihnen an meinem Tisch stand, inmitten meiner Klasse, fühlte ich mich allein gelassen. Sicher, ich hatte inzwischen Mathilda und Jarek. Aber dennoch konnte ich mich dem nicht verwehren, wie sehr ich die zwei vermisste. Die Mario-Kart-Sessions, die Karaokeabende, selbst die Kickerturniere im Aberdeen hatten Spaß gemacht. Damals, als Frida und Stefan noch nicht als doppelköpfige Person aufgetreten waren, sondern auch mal getrennt voneinander herumgehangen hatten. Im Sommer waren wir oft zum Schwimmen rausgefahren, mit diesen Bussen, in denen man stets Angst hatte, dass sie jeden Moment auseinanderfielen. Was hatten wir während der Fahrten gelacht! Und dann beim anschließenden Freiluftgrillen!

Vier Minuten waren rum. Meine Gedanken schweiften aus der Vergangenheit in die Zukunft. Jarek und seine Mutter würden heute noch zu Ikea fahren und da auch ich noch ein

Wörtchen dabei mitzureden hatte, welche unnützen Küchenutensilien wir für unseren Haushalt brauchten, nahmen sie mich mit. Natürlich wäre es schöner gewesen, mit meinen eigenen Eltern dorthin zu fahren, aber mein Vater schmollte noch immer.

Ich sah auf die Uhr. Gleich würden wir alle das Schulhaus verlassen. Es war ja ohnehin sinnlos, hier noch länger herumzusitzen. Man konnte uns nichts mehr beibringen. Zumindest nichts mehr, was wir auch aufnehmen würden. Die Abschlussprüfungen waren geschrieben. Das Leben würde neue Lektionen für uns bereithalten.

Als die fünf Minuten vergangen waren, ging ich mit hocherhobenem Haupt aus dem Klassenzimmer.

*

Mathilda hatte sich eine Sweet-Sixteen-Party gewünscht, wie sie im Buche stand. Keine durchgesoffenene Nacht, auch wenn wir bereits geklärt hatten, dass ich damit kein Problem hatte. Sie wollte ein rosafarbenes Kleid tragen, das zu ihrem blonden Haar passte und sie zu einer Prinzessin machte, hatte sich eine Disney-Torte mit Erdbeergeschmack gewünscht und dass sich all ihre Freunde und Verwandten bei ihr zu Hause versammelten. Und so geschah es dann auch.

Nachdem wir eine Stunde lang Wii gespielt hatten, saßen wir alle völlig fertig am Küchentisch. Der rosa Stoff von Mathildas Kleid war vollkommen zerknittert. Wir hatten uns stumm darauf verständigt, sie gewinnen zu lassen, weil es ihr Ehrentag war. Mathilda strahlte über das ganze Gesicht. Und ich war zufrieden, weil ihr mein Geschenk so gut gefiel. Immerhin hatte ich Jarek dazu verdonnert, mir beim

Aussuchen zu helfen, und obwohl er Shopping-erprobt war, hatte ihm die eine Stunde bei Douglas ordentlich zu schaffen gemacht.

»Was ist mit dem hier?«, hatte er gefragt und mir einen bauchigen roten Flakon unter die Nase gehalten.

Ich hatte eine Augenbraue gehoben. »Das ist Hypnotic Poison von Dior. So rieche ich. Willst du, dass Mathilda nach mir riecht?«

»Okay, und was ist mit dem hier?« Mittlerweile hatte er die Suche nach einem schönen Flakon aufgegeben und reichte mir nur noch das, was in Reichweite war.

»Prada Candy? Das ist Fridas Duft«, hatte ich geflüstert und das Fläschchen weggestellt. In normaler Lautstärke hatte ich dann den Himmel befragt: »Warum gibt es nur kein FC-Bayern-Parfüm? Damit würde ich Mathilda eine riesige Freude machen!«

Gott sei Dank hatte mir der Himmel dann auch tatsächlich geholfen. Denn plötzlich waren mir die rot-weißen Thomas-Sabo-Anhänger aufgefallen. Der Shoppingtrip war damit gerettet gewesen und Mathilda hatte sich beim Auspacken sehr gefreut.

Da die halbe Partygesellschaft gerade in eine Diskussion über Mathildas Klassenlehrerin eingebunden war, wandte ich mich Wilma zu. Sie war Mathildas ältere Schwester und jedermann nannte sie Wimmi.

»Und was studierst du?«, fragte ich sie.

»Lehramt für Realschule, in Passau.« Sie schob sich eine Strähne des dicken, blonden Haares hinters Ohr. Es sah dem ihrer Schwester sehr ähnlich.

»Ach.« Ich nickte verständnisvoll. Wie konnte man nur ernsthaft Lehramt studieren? Und dann auch noch in Passau?

»Heute wars in der Uni ganz okay«, sagte sie. Sie hatte wohl meinen leidenden Gesichtsausdruck bemerkt. »Wir haben eher aufgehört und so konnte ich mit dem früheren Zug herfahren. Ansonsten ist es eigentlich ziemlich stressig. Im Grunde lerne ich in jeder freien Minute.«

»Ich kann dich nur zu gut verstehen«, seufzte ich.

Wilma lächelte. »Stimmt ja, Mathilda hat mir erzählt, dass du in München auf die Sprachenschule gehen wirst! Freust du dich schon?«

Ich erwiderte das Lächeln. »Unheimlich«, antwortete ich. »Bin aber auch ziemlich aufgeregt.«

»Wer will zur Feier des Tages einen Prosecco?«, rief nun Mathildas Mutter, als sie die Lasagne auf den Tisch stellte. Sie hatte dieselben gesunden blonden Haare wie ihre beiden Töchter.

Alle jubelten und riefen: »Hier, ich, bitte!« Nur Wilma und ich blieben stumm. Wir waren die Einzigen, die sich nicht über das Blubberwasser freuten.

Ich runzelte die Stirn. »Ich dachte, du bist mit der Bahn da?«, fragte ich Wilma, als sie das Glas, das ihr von einem anderen Gast hingestellt wurde, beiseiteschob.

»Ja, aber ich trinke trotzdem nicht. Ich habe vor einem Jahr aufgehört«, erklärte Wilma.

Skeptisch sah ich sie an: »Wirklich? So richtig?«

»Ja. Keinen Tropfen mehr seit letztem Juli. Nicht mal Rotweinkuchen. Ich war aber früher keine Alkoholikerin, falls du das jetzt denkst. Ich hatte nur keine Lust mehr aufs Trinken.«

Wow. Ich war nicht länger ein Alien.

»Cool. Mir gehts genauso!«, sagte ich.

»High five!«, rief Wilma und ihre Augen funkelten dabei so, wie die ihrer Schwester es immer taten.

Ich lachte und klatschte sie ab. »Wir sollten uns mal über alkoholfreie Cocktails austauschen.«

*

Das Klopfen kam im denkbar ungünstigsten Moment. Blair Waldorf war gerade im Begriff, Dan Humphrey zu küssen. Natürlich war ich mir als geübter *Gossip Girl*-Fan darüber im Klaren, was als Nächstes passieren würde, aber ich wollte es dennoch nicht verpassen.

Trotzdem klappte ich nun den Laptop zu und schob ihn unter die Bettdecke. Ich wollte ja noch immer nicht von meinen Eltern dabei erwischt werden, wie ich von der verbotenen Frucht kostete.

»Herein!«, flötete ich und nahm meine Kakaotasse in die Hand. Falls es Jarek war, der mir ohne Ankündigung noch einen spätnächtlichen Besuch abstatten wollte, fände er meine Pose lässig, falls es meine Mutter war, würde sie keinen Verdacht schöpfen und mit mir die Details der morgigen Zeugnisübergabe durchgehen.

Doch weder Jarek noch meine Mom standen vor der Tür. Es war mein Vater, der seinen Kopf durch die Tür steckte und zum ersten Mal seit Monaten nicht aussah, als würde er mir Hausarrest aufbrummen wollen, bis ich volljährig war.

»Können wir reden?«, flüsterte er.

»Seit wann redest du denn wieder mit mir?«, pampte ich.

»Emma …«

Ich rollte mit den Augen, hielt aber die Klappe.

Mein Vater setzte sich auf die Bettkante, dorthin, wo der Laptop lag. Ich verkniff mir einen Aufschrei und hoffte, dass mein wertvollster Besitz es überleben würde.

»Weißt du«, begann mein Vater langsam, »es hat mich enttäuscht, dass du uns nie gefragt hast, wie wir das alles finden. Dass du nach München ziehen willst oder einen Freund hast.«

»Dad, ich bin ein freier Mensch. Ich kann euch doch nicht bis an mein Lebensende fragen, was ich tun soll.« Ich zog mein Marienkäferstofftier an meine Brust.

»Das ist mir schon klar, aber in meinem Kopf bist du immer noch die 5-Jährige, auf die man aufpassen muss. Die sich die Finger am Herd verbrennt und die nach Erlaubnis fragt, wenn sie alleine auf den Spielplatz will.«

»Was ich nie durfte.«

»Da warst du fünf, das hätte dir niemand erlaubt!«

»Und jetzt willst du mir nicht erlauben, nach München zu gehen. Zu tun, was ich schon immer tun wollte. Weißt du, ich bin alleine zum Vorstellungsgespräch gefahren, habe mir alleine eine Wohnung gesucht. Ich glaube, ich komme ganz gut klar.«

»Das hast du mir bewiesen, ja. Dass du selbstständig alles managen kannst. Aber mir ist einfach nie klar gewesen, wie die Zeit dich hat reifen lassen. Ich habe es für einen Kinderstreich gehalten. Für Flausen in deinem Kopf. Und dann die Sache mit deiner Tante Juli.« Er atmete tief ein. »Aber die besten Bücher handeln davon, dass die Charaktere in die große, weite Welt hinausgehen. Und das will ich meiner eigenen Tochter nicht verwehren.« Er seufzte. »Es fällt mir schwer, aber morgen ist deine Zeugnisübergabe. Dann bist du zwar noch nicht offiziell erwachsen, aber fast. Und du bist absolut fähig, in eine Millionenstadt zu gehen, ins Ausland, überallhin. Dass mir die Sache nicht gefällt und die mit deinem Freund noch viel weniger, wird sich wohl nicht ändern. Aber ich will mein Mädchen nicht verlieren. Und du wirst uns doch immer wieder besuchen, oder?«

»Selbstverständlich.« Ich prostete ihm lächelnd mit meiner Tasse zu.

»Ich habe dir auch etwas mitgebracht.« Mein Vater stand auf und ging zurück in den Flur. Als er wiederkam, wedelte er ein Buch über München hin und her. »Da steht alles drin, was man wissen muss. Nach welchen Persönlichkeiten die Straßen benannt wurden, wie viele Räume die Bayerische Staatskanzlei hat, wann das Hofbräuhaus erbaut wurde und so weiter.«

Ich nahm das Buch entgegen und gab meinem Vater ein Bussi auf die Wange.

Bevor er ging, deutete er auf meinen Marienkäfer. »Den habe ich dir geschenkt. Weißt du das noch?«

Natürlich wusste ich es noch. Nicht, dass ich mich an den Tag meiner Geburt erinnern konnte. Aber ich kannte die Geschichte, wie er ihn für mich gekauft hatte, überglücklich, Vater geworden zu sein.

»Ja, Dad«, antwortete ich. »Und ich liebe ihn.«

Mein Vater lächelte und wünschte mir eine gute Nacht.

Eine Weile betrachtete ich noch den Marienkäfer und konnte es nicht fassen, dass das gerade passiert war. Dass sich der böse Geist, der über der Familie geschwebt war, in Luft aufgelöst hatte. Zufrieden legte ich das Buch auf meinen Nachttisch und holte mein MacBook wieder hervor. Es war unversehrt. In bester Laune drückte ich auf »Play« und den Marienkäfer fest an mich.

*

Ich konnte mich nicht erinnern, wann ich das letzte Mal in der Kirche gewesen war. Für meine Eltern war Religion nicht interessant, Goethe dafür umso mehr. Frida hatte hingegen diverse Sonntage in der Kirche ausnüchtern müssen, weil ihre Mutter unfassbar gläubig war. Aber wo war sie nur? Sicher, wir waren nicht länger beste Freundinnen, dennoch sorgte ich mich um sie.

Ich sah mich in der Kirche um, in der beinahe alle versammelt waren, die mich in den letzten sechs Jahren begleitet hatten, und einmal mehr erfasste mich Wehmut. Es war schön, nie wieder Fächer wie Chemie oder Mathe zu haben. Aber es war auch verdammt traurig, nie wieder in dieses nach Bohnerwachs riechende Gebäude zurückzukehren, in dem ich fast mein halbes Leben verbracht hatte.

In diesem Moment entdeckte Alina, die neben mir auf der Holzbank saß, Heidi.

»Hey, komm zu uns!«, rief sie ihr zu.

Heidi drängelte sich zu uns durch und begann sofort zu flüstern: »Wisst ihr, was ich gerade hinter der Kirche gesehen habe? Frida und Stefan veranstalten ein Wetttrinken.«

»Das gibts doch nicht!« Alina schüttelte missbilligend den Kopf.

»Ist Antonia auch dabei?«, fragte ich.

»Nein, bin ich nicht«, hörte ich sie hinter mir sagen. In ihrer Stimme lag keine Spur des Giftes, das sie sonst über mir ausspuckte.

Mit einem zaghaften Lächeln wollte sie wissen: »Darf ich mich zu euch setzen?«

»Sicher.« Heidi und Alina rutschten ein Stück, sodass sich Antonia neben mich setzen konnte.

Ich sog scharf die Luft ein.

Bevor ich in die Verlegenheit kam, etwas zu sagen, richtete Antonia das Wort an mich. »Es tut mir leid«, sagte sie.

Ich war überrascht. »Was tut dir leid?«

»Na, alles. Ich war ein totaler Drachen. Aber ich hatte in gewisser Weise Angst, die Kontrolle zu verlieren. Du hast aufgehört zu trinken, damit dir das nicht mehr passiert – und ich habe einfach nur weitergemacht. Auch mit dem Nichtessen. Ich fand es gut, mich irgendwann nicht mehr selbst zu kennen.« Antonia atmete tief durch. »Ich hätte nicht so hart zu dir sein dürfen. Dich nicht zwingen dürfen, dich selbst zu verleugnen. Du hattest recht damit, dass ich zu viel auf mein Äußeres achte. Ich wollte doch nur allen gefallen. Und was hat es mir gebracht? Nichts. Ich bin allein.«

»Du bist nicht alleine. Du hast tolle Freunde.«

Antonia schnaubte spöttisch. »Tolle Freunde? Hast du schon gehört, was Frida macht? Sie ruiniert gerade den wichtigsten Tag ihres Lebens. Und der Abschlussball war auch voll schrecklich. Sie hat auf die Tanzfläche gekotzt und mein Date hat mir ununterbrochen seine Zunge ins Ohr gesteckt.«

»Also genau das, was du immer bei wildfremden Typen machst?«

»Und schon wieder hast du recht.« Antonia seufzte. »Dass du fort gehst, ist gut für dich. Du kannst dich von allem lösen, was in der Vergangenheit war. Ich werde für immer hier bleiben. Die Schuljahre werden meine goldenen Jahre gewesen sein und so golden waren die nun auch wieder nicht. Ich habe die ganze Zeit nur meine Nase in die Luft gestreckt und geherrscht wie eine Königin, damit alle zu mir aufsehen und bei mir bleiben. Aber jetzt sind alle weg. Dabei wollte ich mich dieses Jahr doch verlieben und beliebt sein, ich wollte glücklich sein.«

»Was, wenn ich dir in München ein paar süße Typen vorstelle?«

Gut, bisher kannte ich dort nur Säuselflo von der Wohnungsbesichtigungstour, aber ich rechnete damit, bald neue Freunde zu finden. Und wenn ich dann doch nicht so selbstbewusst auf neue Menschen zuging, wie ich es jetzt plante, hatte ich ja immer noch Ralf. Der würde sicherlich ein paar Jungs aufreißen.

»Das wäre schön. Ich würde dich gern besuchen. Es tut mir leid, dass ich dir vorschreiben wollte, nicht nach München zu gehen. Ich wollte nicht, dass du mich hier zurücklässt.«

»Ich hätte das nie getan, dich im Stich lassen.«

»Das ist mir auch klar geworden. Danke, Emma.«

Wir umarmten einander. Und während der Fürbitten lächelten wir einander immer wieder an. Das schmalzige Zeug von »Freunde fürs Leben«, das durch die Kirche klang, schien auf einmal wahr.

Die Zeugnisse wurden uns eine halbe Stunde später überreicht, ebenfalls in der Kirche, obwohl diese neben unserer Schule stand. Anscheinend hatte niemand Lust gehabt, die Aula zu dekorieren. Der Chor sang sich die Lungen aus dem Leib – und das bei Songs, die unpassender für eine Kirche nicht hätten sein können. Als ich von Frau Jäckl mein Abschlusszeugnis entgegennahm, hatten sie gerade etwas von James Blunt angestimmt. Und ich sah alles wie durch einen Nebel aus Freude und Glückseligkeit. Die Anwesenden klatschten, Frau Gordon am lautesten. Mein Blick fiel ungläubig auf den Bogen Papier. »Mittlere Reife«, stand dort. Nahm man mal das »Mittlere« weg, dann stach einem das »Reife« ins Auge. Und so wars gekommen. Ich war gereift. Meine Brust schwellte vor Stolz.

Als wir den Gang entlang schritten und nach draußen traten, klopften mir meine Eltern auf die Schulter. Und auch Mathilda, die bereits auf dem Kirchhof wartete, wirkte stolz.

»Solltest du nicht im Unterricht sein?«, lachte ich.

»Sag mal, hast du fünf Minuten nach Entlassung aus dem Schuldienst schon vergessen, wann wir Mittagspause haben?«, fragte sie kichernd und drückte mich an ihre Brust. »Glückwunsch zum Abschluss!«

In diesem Moment tauchte auch Jarek auf. »Von mir auch, Kleines.«

»Danke schön!« Ich ließ von Mathilda ab, um Jarek zu küssen.

»Ich dachte mir, ich komm vorbei und dann mach ich ein Foto von dir, Mathilda, deiner Familie und mir. Für unsere Wohnung in München.«

Ich nickte heftig, stellte aber eine Bedingung. »Nur, wenn Antonia auch mit auf das Bild darf!«

Jarek sah erstaunt aus. »Klar«, antwortete er dennoch.

Also gingen wir alle rüber zu der Grünfläche neben der Kirche und stellten uns auf. Jarek betätigte den Selbstauslöser, kam dann angelaufen und umarmte mich von hinten, Mathilda und Antonia drückten mir derweil Küsschen auf die Wangen. Der Blitz hielt diesen Augenblick fest. Für die Ewigkeit.

Danksagung

Großer Dank gebührt meinen mich stets unterstützenden Eltern, denen ich es nicht immer leicht gemacht habe. Auch wenn ich manchmal anstrengend bin, hoffe ich, dass ihr wisst, dass ich euch so lieb habe wie ihr mich.

Besonderer Dank für alle durchgemachten Nächte gilt Kristin Fink. Ohne dich wäre meine Inspiration eine andere gewesen.

Danke auch an die vielen kreativen Menschen in meinem Leben, die mich immer motivieren, weiterzumachen. Einen möchte ich vor allem hervorheben – die wunderbare Bettina Pfau und ihre berauschende Wortverliebtheit.

Für Popcorn in Berliner Nächten bedanke ich mich bei Anastasia Brandt. Wir dürfen niemals müde werden, wenn es Nacht wird!

Der größte Dank gilt allerdings Annika Kühn, für ihre Begeisterungsfähigkeit und Hilfe. Auch Annika Dipp möchte ich für ihre liebe Betreuung danken sowie Jennifer Kroll und Oliver Schwarzkopf für die Chance, ein zweites Buch zu schreiben.

Ohne euch wäre es nicht möglich, meinen Traum zu leben.

DIE AUTORIN

Simone Bauer, geboren 1990, lebt in München und arbeitet in der Kommunikationsabteilung eines DAX-Unternehmens. Darüber hinaus schreibt sie für die Jugendseite der »Süddeutschen Zeitung« sowie verschiedene Online- und Printmagazine. Nachdem ihr Debütroman »Ganz entschieden unentschieden« im Herbst 2011 bei Amelie erschienen ist, legt sie nun ihren ersten Jugendroman »Alkoholfrei« vor. Wie ihre Heldin Emma nimmt Simone nur Getränke mit null Promille zu sich.

Simone Bauer
ALKOHOLFREI
ROMAN

ISBN 978-3-86265-180-1

HERZKLOPFEN UND SO ist das neue Jugendbuchprogramm von Schwarzkopf & Schwarzkopf.

KATALOG
Wir senden Ihnen gern kostenlos unseren Katalog.
Schwarzkopf & Schwarzkopf Verlag GmbH
Kastanienallee 32, 10435 Berlin
Telefon: 030 – 44 33 63 00 | Fax: 030 – 44 33 63 044

INTERNET | E-MAIL
www.schwarzkopf-schwarzkopf.de
info@schwarzkopf-schwarzkopf.de